# Der Tag, an dem ich begann, dich zu lieben

Jaliah J.

# Der Tag, an dem ich begann, dich zu lieben

Die Bürde Sinaloas

**Impressum:**
Deutsche Erstausgabe November 2020
Alle Rechte am Werk liegen beim Autor
Copyright © Jaliah J., Berlin

Der Tag, an dem ich begann, dich zu lieben
Die Bürde Sinaloas

Lektorat: Günter Bast
Cover/Buchgestaltung: Wolkenart – Marie-Katharina Wölk
Herstellung und Verlag: BoD – Books on Demand, Norderstedt.

**ISBN: 978-3-7526-2512-7**

www.jaliahj.de
Instagram: jaliahj_official

# Kapitel 1

Ein leicht muffiger und modriger Geruch liegt über dem Raum, den ich soeben mit Vera betreten habe. »Es ist klein, ich weiß, doch ich bin so froh, ein Zimmer bekommen zu haben, und hier muss man sich die Räume nicht teilen, wie es meistens bei uns in Amerika der Fall ist.«

Um nicht zu neugierig zu wirken, bleibe ich am Eingang des kleinen Studentenzimmers stehen und betrachte den Minnesota-Schal, der über einigen angeklebten Fotos auf der weißen Tapete angebracht wurde. »Ich habe mich ehrlich gesagt gar nicht genau damit befasst, wie die Universitäten bei uns ausgestattet sind. Es war schon ziemlich früh klar, dass ich herkommen und auf der UNAM studieren werde.« Vera hat aus einer Kommode einen Block und zwei neue Bücher gezogen und hält sie glücklich in die Luft. »Hab sie, okay, dann stürzen wir uns wieder ins Getümmel. Wirklich? Ich habe mich erst vor einem halben Jahr dazu entschieden. Ich bin so dankbar, dich getroffen zu haben, Tamina. Ich meine, ich verstehe Spanisch wirklich gut und ich habe mich ja auch bewusst für das Studium hier in Mexiko-Stadt entschieden, doch nach einer Woche, wo ich wirklich nur Spanisch gehört habe, war ich so dankbar, als du plötzlich mit mir auf Englisch gesprochen hast. Mit dir zusammen zu sein, fühlt sich ein wenig wie zu Hause an.«

Wir verlassen Veras kleines Zimmer, mitten in einem riesigen Wohnkomplex auf dem großen Campus der besten und größten Universität Mexikos. Veras Zimmer liegt im sechzehnten Stock und mein Herz beginnt sofort wieder schneller zu schlagen, als sich der Fahrstuhl in Bewegung setzt. Ich bin so hohe Gebäude nicht gewohnt und meine schwitzigen Hände prophezeien mir, als der Fahrstuhl endlich unten ankommt, dass ich mich daran auch nicht so schnell gewöhnen werde.

»Das habe ich gemerkt.« Ich muss lächeln, als ich an den erleichterten Gesichtsausdruck auf Veras hübschem Gesicht denke. Sie stand ungefähr zehn Minuten lang vor der Menütafel in der Cafeteria und hat darauf gestarrt, bis ich sie auf Englisch gefragt habe, ob sie Hilfe braucht. Sie ist mir schon vorher in meinen Kursen aufgefallen. In der Hälfte der Wirtschaftskurse, die ich belege, ist auch Vera eingetragen, und auch wenn einige Austauschstudenten an der Universität sind, sticht Vera mit ihren langen blonden Haaren, den großen blauen Augen und der hellen Haut aus der Masse heraus. »Aber wenn du wirklich nicht zurechtkommst, kannst du auch mit allen anderen auf Englisch sprechen, keiner hier wird da etwas sagen und alle sprechen englisch.«

Ich kann mir vorstellen, dass es nicht so leicht für Vera ist, natürlich bin auch ich vollkommen neu am Campus, doch ich bin zur Hälfte Mexikanerin und das hier ist meine Heimat, auch wenn ich jetzt mit meinen 22 Jahren das erste Mal hier lebe.

Die meisten Studenten, die diese Universität besuchen, sind um die zwanzig Jahre alt. Da ich ein Jahr zu spät eingeschult wurde, weil es, wie fast immer in meinem Leben, Probleme mit meinen Papieren gab und ich mit sechzehn eine sehr wilde Phase hatte, die mich ein Jahr hat wiederholen lassen, bin ich nun sicherlich eine der Älteren, zumindest von den Austauschstudenten. Die mexikanischen Studenten sind meistens um die zwanzig, einige aber auch älter, weil sie auch ein Jahr pausieren mussten oder sich manche Familien nicht jedes Jahr das Schulgeld leisten konnten, welches in manchen Städten leider noch gezahlt werden muss.

»Das weiß ich, ich habe nicht erwartet, so herzlich empfangen zu werden. Da schämt man sich richtig, wie manche zu den mexikanischen Einwanderern in Amerika sind, das geht mir ständig im Kopf herum, wenn ich sehe, wie offen mich hier alle begrüßen. Aber nein … ich habe mir fest vorgenommen, das durchzuziehen.

6

Ich muss mein Spanisch auf ein Top-Niveau bringen, um Spanisch und Wirtschaft unterrichten zu können.« Die hübsche Blondine aus Minnesota schüttelt entschlossen den Kopf, was mich lächeln lässt; auch wenn ich sie erst ein paar Tage kenne, mag ich Vera schon sehr.

Da es hier so viele Studenten gibt, müssen wir ständig jemandem ausweichen, alle eilen von einem Kurs zum anderen, doch daran habe ich mich schnell gewöhnt und es hält mich nicht davon ab, mich weiter mit Vera zu unterhalten. Wir laufen zusammen zur wirtschaftlichen Fakultät.

Der Campus ist so groß, dass es kleine Busse gibt, die von Fakultät zu Fakultät fahren, es gibt ein riesiges Angebot in allen Bereichen. Ich bin schon die ganze Woche dabei, mich umzusehen und versuche mich zurechtzufinden, doch das wird sicherlich noch etwas Zeit in Anspruch nehmen.

Die Kurse, die ich belegen soll, habe ich bereits eingetragen, nun geht es um das, was ich will und das möchte ich mit Bedacht auswählen. Es sind nicht viele Kurse übrig, die mich interessieren und genau dafür ist diese erste Schnupperwoche da. Man kann sich in verschiedene Kurse setzen und austesten, welcher einem zusagt. Daher hat sich mein Kursplan immer wieder geändert in den vergangenen Tagen, heute ist der letzte Tag und ich muss meinen Plan am Ende des Tages im Planungsoffice abgeben.

Der Tag hat früh begonnen, ich renne von jedem Kultur- und Kunstkurs, den ich mir auf eine lange Liste geschrieben habe, zum nächsten. Die Wirtschaftskurse besuche ich auch nebenbei, doch ich möchte mir vor allem bei den Kultur- und Kunstkursen einen genauen Einblick verschaffen, damit ich mich nicht für die Falschen entscheide. Auch wenn all das sehr spannend und aufregend ist, mache ich drei Kreuze, wenn diese Woche um ist und ich meine festen Kurse und einen durchgeplanten Alltag habe.

»Kaffee!« Sobald ich den fahrenden Kaffeewagen entdecke, unterbreche ich alles und ziehe die lachende Vera mit mir zum

Stand. Der Mann kennt mich bereits und bereitet mir meinen Caramel Latte im Becher und Vera ihren normalen Latte zu, während ich mit einem Schein bezahle; die letzten beiden gingen auf Vera, wir wechseln uns in unserer gemeinsamen Kaffeesucht mit dem Bezahlen ab.

Erst nachdem ich einen großen Schluck genommen und mir meine Sonnenbrille aufgesetzt habe, kann ich wieder etwas klarer denken und wir gehen die letzten Schritte zu unserer Fakultät. »Was ich dich schon die ganze Zeit fragen wollte: Ich verstehe ja, dass ich alles getan habe, um aus Minnesota rauszukommen, aber du lebst in Los Angeles. Ich meine, was hat dich dazu gebracht, nicht dort zur Uni zu gehen? Bist du ganz alleine hergekommen oder lebt deine Familie jetzt auch wieder hier? Du wohnst ja nicht auf dem Campus.«

Einen Moment muss ich mich räuspern, fast hätte ich mich an meinem Kaffee verschluckt. Ich hatte mir fest vorgenommen, keine tiefen Freundschaften einzugehen, ich habe es in Los Angeles fast perfektioniert, nur oberflächlich mit jemandem befreundet zu sein. Es gibt nur eine richtige Freundin, die ich dort habe: Alea. Wir sind zusammen groß geworden, unsere Mütter sind beste Freundinnen und so sind wir es auch geworden und das bereits mit drei Jahren. Sie lebt schon seit einem ein Jahr in Connecticut, wo sie an der Yale University studiert. Ich vermisse sie wahnsinnig. Nur aus diesem Grund konnte ich die letzten Wochen, bevor ich nach Mexiko geflogen bin, kaum noch aushalten. All meine alten Bekannten und Freunde gehen neue Wege und nun wird es endlich Zeit, dass auch ich ein neues Kapitel in meinem Leben aufschlage. Allerdings ist mein Leben generell eher komplizierter als das der anderen und ich konnte noch nie offen mit jemandem darüber sprechen. Mir wurde von klein auf beigebracht, Fragen höflich zu umgehen, etwas zu beantworten, ohne zu viel preiszugeben und deswegen setzt sich fast schon automatisch mein einstudiertes Lächeln auf meine Lippen.

»Es war eigentlich schon immer klar, dass ich hier studieren werde, und die UNAM ist eine der besten Universitäten der Welt, ihr Wirtschaftsprogramm ist hochgelobt und ich wollte schon immer hier auf die Uni gehen. Zudem habe ich seit meiner Geburt bei meiner Mutter gelebt, sie ist in L.A. geblieben und ich wollte auch schon immer eine Weile hier in der Heimat meines Vaters leben. Ich war zwar regelmäßig hier, doch hier zu leben und zu studieren wird mich all dem hoffentlich noch einmal näher bringen. Da sehr früh klar war, dass ich hier studieren möchte, hat mein Vater mir irgendwann eine Wohnung in der Stadt gekauft. Sie ist nur zehn Minuten vom Campus entfernt. Mein Vater und meine zwei Brüder leben nicht in Mexiko-Stadt. Sie leben in der Nähe der Grenze. Man fliegt oder kommt mit dem Boot dahin, es ist fast einen Tag mit dem Auto von hier entfernt, im oberen Teil Mexikos, in Baja California, ich weiß nicht, ob dir das etwas sagt … verrückt oder? In L.A. habe ich näher an ihnen dran gewohnt. Ich war die letzte Woche noch bei ihnen und bin in zwei Wochen zum Geburtstag meines ältesten Bruders wieder da.«

Ich halte Vera die Tür auf und wir betreten die riesigen Hallen. Man merkt schnell, dass wir spät dran sind, da die Hallen leerer als üblich sind und unsere Schritte beschleunigen sich automatisch. Die ersten Tage habe ich mich wirklich noch an Pumps mit Absatz gewagt, am dritten Tag bin ich dann wie die meisten hier auf Flipflops und Ballerinas umgestiegen. Das ist auch eine Sache, die ich so sehr daran liebe, nun in Mexiko zu leben. In L.A. hat man es sich zweimal überlegt, ob man ungeschminkt zum Müll wegwerfen hinaus geht. Auch wenn man selbst das gar nicht so merkt, weil man einfach damit groß geworden ist, sehe ich hier auf dem Campus, wie zurechtgemacht und angepasst wir alle in L.A. doch immer waren. Klar gab es auch die Rebellen und auch ich hatte Wochen, wo ich mit wenig Make-up und Hoodie zur Highschool gegangen bin, um anders zu sein, doch es war ein

Hoodie von Balenciaga und ich war geschminkt, wenn auch nicht viel.

In Mexiko, wenn ich zu Besuch war, habe ich meine Ferien und meine Zeit fast immer ungeschminkt und entspannt verbracht, und auch jetzt habe ich diesen Druck, perfekt zu sein, abgelegt. Hier kann ich neu anfangen, hier darf niemand wissen, wer ich wirklich bin und ich kann mir quasi eine neue Identität aufbauen. Auch in L.A. wussten nur Alea und ihre Mutter wirklich alles von mir, die anderen kennen meine Mutter und wissen, dass ich einen reichen Geschäftsmann aus Mexiko als Vater habe und im Grunde ist das ja nicht einmal falsch.

»Das ist richtig schön, du erkundest quasi deine eigenen Wurzeln. Leider hat meine Mutter keine weiteren Informationen über meinen Vater, sonst würde ich das sicherlich auch machen. Ich hoffe, du kommst deinem Vater und deinen Brüdern so näher.« Wir betreten den Kursraum und setzen uns in die mittleren Reihen. Hier gibt es immer diejenigen, die ganz hinten sitzen und hoffen, nicht gesehen zu werden oder jene, die vorne sitzen und die Aufmerksamkeit der Professoren suchen. Die Mitte ist meistens frei, genau wie jetzt. Nach uns tritt auch schon die Professorin in den Raum und ich beuge mich zu Vera. »Wir haben bereits ein sehr gutes Verhältnis. Meine Eltern waren nie richtig ein Paar. Zumindest nicht so, dass man es eine normale Beziehung nennen könnte, doch sie haben beschlossen, mich zusammen aufzuziehen, auch wenn ich in L.A. gelebt habe. Doch mein Vater und meine Brüder sind beruflich ständig in Amerika gewesen und ich habe sie immer ungefähr alle zwei Wochen gesehen. Mein Vater ist zu vielen Veranstaltungen gekommen und auch meine Brüder liebe ich sehr.«

Vera lächelt matt. »Also wenn sie nur halb so gut aussehen wie du, dann bin ich ganz stark dafür, dass du mich ihnen mal vorstellst.« Sofort schießt mir Wärme in die Wangen, was mir immer wieder passiert, wenn mir jemand Komplimente macht. »Also, ich bin mir sicher, dass meine Brüder bei solch einer Schönheit wie dir nicht abgeneigt sind.« Ich schaffe es noch, Vera den Satz zuzuflüstern, bevor die Professorin eine Tabelle an das Board projiziert und unsere Aufmerksamkeit anfordert.

Ich habe nicht einmal gelogen, meine Brüder sind hübschen Frauen gegenüber nie abgeneigt und ich habe auch wirklich zwei sehr gut aussehende Brüder, doch sie sind nur meine Halbbrüder und viel dunkler als ich. Unser Vater ist ein sehr attraktiver Mann. Er hat früh geheiratet, was eher der Wille seiner Familie war, und nachdem meine Brüder Sophian und Isaac geboren wurden, hat es nicht sehr lange gedauert und es gab nur noch Streit zwischen meinem Vater und seiner Frau. So wie meine Mutter mir das erzählt hat, wollten beide die Scheidung, doch die gibt es in Mexiko nicht so einfach. Als sie sich dann doch wieder zusammengerauft haben und sie noch einmal schwanger wurde, verlief die Schwangerschaft nicht so gut, die Mutter von Sophian und Isaac und das Baby sind bei der Geburt gestorben. Ich weiß nicht viel darüber und ich traue mich auch nicht, weiter nachzufragen. Ich kenne aber das Bild der hübschen Frau mit den beiden süßen, kleinen Jungs auf dem Schoß, welches im Flur unseres Hauses am Meer hängt.

Mein Vater hatte danach immer wieder Freundinnen und Abenteuer, wenn man das so nennen kann. Vor allem bei seinen Geschäften in Amerika, wo er auch meine Mutter kennengelernt hat. Sie war damals Kellnerin in einem Restaurant am Strand von L.A. und hat sich mit kleineren Modelaufträgen über Wasser gehalten. Deswegen hat sie auch ihre Heimat Texas verlassen, um in Los Angeles Karriere zu machen, doch leider war sie da nur eine von vielen.

Die Beziehung meiner Eltern hielt fast ein Jahr, auch wenn sie sich nur gesehen haben, wenn mein Vater in L.A. war. Bis heute spricht meine Mutter nicht gerne darüber, doch ich weiß, dass wenn mein Vater bei uns ist, sie sich auch immer wieder nah kommen. Ich habe nicht das Gefühl, dass die Gefühle zwischen meinen Eltern jemals geendet haben, doch wenn ich meine Mutter darauf anspreche, erklärt sie mir nur, dass sie Freunde sind und zusammen versuchen, gute Eltern für mich zu sein.

Mein Vater hat mir immer gesagt, dass er meine Mutter sehr geliebt hat oder noch immer liebt, doch sie wollte und will sich nicht komplett auf ihn einlassen. Als sie dann gemerkt hat, dass sie schwanger ist, hat sie Panik bekommen. Zusammen haben sie nach ewigem Hin und Her beschlossen, dass ich bei meiner Mutter aufwachse, mein Vater aber immer eine Rolle in meinem Leben spielen wird und das hat er auch getan. Natürlich nicht ganz so präsent wie andere Väter oder wie er das für Sophian und Isaac ist, doch ich liebe ihn über alles und bin sehr froh, ihn als Vater zu haben.

Um mich zu schützen und mich friedlich aufwachsen zu lassen, mit allen Möglichkeiten, die einem L.A. bietet, hat meine Mutter aufgehört zu modeln und zu kellnern und mein Vater hat sich um alles gekümmert. Es hat mir nie an etwas gefehlt. Wenn mein Vater von etwas genug hat, dann ist es Geld und Macht. Wir haben ein schönes Haus am Strand, ich war auf einer guten Highschool und konnte mit meinen anderen Freundinnen in allen Dingen mithalten. Wenn ich etwas haben wollte, musste ich nur meinen Vater oder einen meiner Brüder anrufen und ich habe es sofort bekommen. Auch wenn ich mal krank war oder irgendetwas anders nicht gestimmt hat, waren sie sofort an meiner Seite. Es ist vielleicht für andere ein ungewöhnliches Familienmodell, doch ich bin damit groß geworden und mir hat es nie an etwas gefehlt, auch nicht an der Liebe meines Vaters.

Meine Brüder kommen nach meinem Vater, von ihrem Verhalten und auch vom Äußerlichen. Sie sind beide groß und dunkel und sehen sehr gut aus. Ich habe es gehasst, wenn die beiden mich mal von der Highschool abgeholt haben. Die Blicke meiner Freundinnen haben mich immer wieder die Augen verdrehen lassen und sie haben mir danach tagelang in den Ohren gelegen, sie doch endlich mit meinen sexy Brüdern bekannt zu machen. Sophian hatte sogar auf meinem sechzehnten Geburtstag einmal etwas mit Alea, allerdings habe ich ihr klargemacht, dass er ihr nur das Herz brechen wird, was sie auch sehr schnell gemerkt hat. Und nachdem ich Sophian und Isaac zur Rede gestellt und ihnen ein offizielles Verbot gegeben habe, meine Freundinnen zu daten, haben sie sich von da an immer von ihnen ferngehalten.

Ich hingegen bin eine Mischung von meiner Mutter und meinem Vater. Ich habe ihre feinen Gesichtszüge und die grünen Augen meiner Mutter. Es ist nicht ganz so kräftig wie ihr Grün, eher ein helles Grün, doch durch meine langen schwarzen Haare kommen die Augen natürlich besonders gut zur Geltung, zusätzlich dazu habe ich den goldbraunen Hautton meines Vaters geerbt. Meine beste Freundin Alea und auch meine Mutter haben immer versucht, mich zum Modeln zu überreden. Sie sagten, mein Äußeres ist wie dafür gemacht, doch mein Vater war immer dagegen, da es zu viel Aufmerksamkeit auf mich ziehen würde und auch ich war nicht wirklich überzeugt davon und habe es gar nicht erst in Betracht gezogen.

Auch wenn ich mit meinem dunklen Teint und den schwarzen Haaren nicht ganz ins Bild der typisch kalifornischen Cheerleaderin gepasst habe, war ich immer eines der beliebtesten Mädchen auf der Highschool und konnte mich auch nie über das Interesse der Jungs beschweren; solange sie nicht auf meine Brüder getroffen sind, war immer alles in Ordnung.

In L.A. bin ich durch diese Mischung immer etwas aus der Menge herausgestochen, hier in Mexiko weniger. Hier haben fast alle meine Haar- und Hautfarbe, nur auf Grund meiner Augenfarbe könnte man erahnen, dass ich nicht nur mexikanisches Blut in mir trage. Ich spreche perfekt spanisch, dafür hat mein Vater seit meiner Geburt gesorgt.

Sobald ich merke, wie sehr meine Gedanken abschweifen, konzentriere ich mich wieder. Ich bin hier, um Wirtschaft zu studieren, um in die Geschäfte meines Vaters einzusteigen und ihm auf der wirtschaftlichen Ebene zu helfen. Meine Mutter wollte das nie, doch ich habe niemals infrage gestellt, einmal ein Teil dieser Geschäfte zu werden. Mir steht es frei, von wo ich das tue, doch ich habe immer gut von diesen Einnahmen gelebt, meine Brüder und mein Vater arbeiten viel, um uns allen all das zu ermöglichen, und wenn ich einen Teil dazu beitragen kann, dann tue ich das. Doch mein Vater weiß auch, wie sehr ich die Kunst und die Kultur liebe. Ich bin regelrecht süchtig nach der ganzen Geschichte Mexikos, den alten Kulturschätzen, und so habe ich beschlossen, beides zu studieren, Wirtschaft für die Geschäfte, Kultur und Kunst für mich und damit sind alle zufrieden.

Allerdings merke ich bereits nach diesen paar Tagen, dass mir der wirtschaftliche Teil einiges abverlangen wird, ich muss mich konzentrieren, denn ich möchte meinem Vater so gut es geht helfen können.

Trotzdem springe ich quasi auf, als die Wirtschafts-Kursstunde vorbei ist und verabschiede mich von Vera. Sie hat frei und wollte in die Bibliothek, während ich noch zu zwei weiteren Kursen über die alte Geschichte Mexikos und neue Kulturerben Lateinamerikas laufe.

Vor der Fakultät für Kultur und Kunst steht ein Satz in einen weißen großen Stein gemeißelt: 'Por mi raza hablará el espíritu' von José Vasconc. Ein kraftvoller Leitspruch, der für diese wunderschöne Universität steht. In diesen Räumen und Gängen fühle ich mich gleich viel freier. Man hört ein lautes Stimmen-Wirrwarr, Gelächter und Musik hinter einigen Türen, ganz anders als im wirtschaftlichen Teil, doch vielleicht ist genau die Balance aus beidem das, was für mich zu einem guten, zufriedenen Leben führt.

Die zwei Kurse vergehen wie im Flug und ich muss mich beeilen, um rechtzeitig zum Planungsoffice, einem großen Gebäude ganz am Anfang des Campus, zu gelangen. Es schließt um zwanzig Uhr und ich komme erst kurz vorher dort an. Hier werden alle formellen Dinge beantragt, ausgefüllt und abgegeben. Die Sekretärin hat schon ihre Jacke an, nimmt aber noch meinen Kursplan entgegen.

»Danke, Miss Moore, Sie bekommen am Sonntag die Mail mit Ihrem genehmigten Kursplan.« Ich trage den Nachnamen meiner Mutter, all das ergibt immer ein riesiges Papierchaos in meinem Fall, da mein Vater eigentlich darauf besteht, dass ich seinen Namen trage. In den meisten offiziellen Bereichen des Lebens geht das aber nicht, auch hier darf niemand diesen Namen kennen und deswegen bricht bei solchen Vorbereitungen immer das Chaos aus. Wie auch damals, als ich zur Schule angemeldet werden sollte, doch sie haben es dieses Mal schneller regeln können und ich musste kein Jahr warten.

Ich bedanke mich, und erst, als ich das Büro wieder verlasse, kann ich endlich komplett herunterfahren für diesen Tag. Das Wissen, dass die nächste Woche nicht so anstrengend sein wird, lässt mich zufrieden dem Campus entfliehen und auf mein Handy blicken. Vera ist fertig mit den Vorbereitungen ihrer Kurse und fragt, ob wir noch zusammen in der Cafeteria essen wollen, doch ich verlasse gerade das riesige Gelände und bin viel zu faul, wieder quer durch den Campus zu gehen, und mir reicht es, einmal am Tag das Essen in der Cafeteria ertragen zu müssen.

Ich überlege einen Moment, Vera zu mir einzuladen. Wir könnten es uns noch gemütlich machen und eine Serie ansehen oder einfach entspannt ins Wochenende starten, doch ich möchte nicht, dass sie meine Wohnung sieht, noch nicht, es würde viel zu viel von meinem Leben preisgeben.

Müde und doch aufgeregt darüber, endlich diese Woche überstanden und einen tollen Kursplan erstellt zu haben, laufe ich durch die vollen Straßen der City von Mexiko-Stadt. Meine Wohnung liegt nur ungefähr zehn Minuten zu Fuß von der Universität entfernt, was ich bewusst so gewählt habe, so habe ich die Möglichkeit, dorthin zu laufen. Hier gibt es überall kleine Wagen mit Streetfood und da ich gestern erst Tacos hatte, entscheide ich mich für einen veganen Burger mit Avocados. Er schmeckt sehr lecker, ist leider nur sehr klein, deswegen hole ich mir beim Asiaten an meiner Ecke noch eine Suppe, die ich mitnehme.

Ich halte meine Karte an die gesicherte Tür meines Wohnhauses, nur so kann man hier eintreten. Heute ist der ältere Sicherheitsmann da, den ich viel lieber mag als die zwei jüngeren, die immer im Wechsel mit ihm in der Lobby sitzen und unseren Hauseingang bewachen. Mein Vater hat genau ausgewählt, wo ich wohnen werde. »Hallo, Miss Moore, ich wünsche Ihnen einen schönen Abend.« Ich hebe die Hand und gehe zum Fahrstuhl. »Danke, Ihnen auch.«

Wieder werden meine Hände feucht, sobald ich den sich schließenden kleinen Raum betrete, auch wenn es dieses Mal nur in den achten Stock geht, doch diese hohen Gebäude machen mich nervös. Mir gehört eines der beiden Penthäuser in diesem Gebäude, also gibt es nur zwei Wohnungstüren in diesem Stockwerk. Das andere gehört wohl einer berühmten mexikanischen Schauspielerin, die aber nur hin und wieder hier in Mexiko-Stadt ist, bisher bin ich ihr noch nicht begegnet.

Sobald ich die Tür mit der Karte und dem Sicherheitscode geöffnet habe, schlüpfe ich aus den Flipflops und laufe durch meinen hellen Eingangsbereich in den großen Wohnraum. Unser Haus in L.A. ist schon sehr schön, doch diese Wohnung ist unglaublich. Als ich letztes Wochenende hier angekommen bin, habe ich nicht erwartet, was ich hier vorgefunden habe. Ich weiß, dass mein Vater sehr glücklich ist, dass ich nun in Mexiko lebe und ich habe mir schon gedacht, dass er sich viel Mühe gegeben hat beim Aussuchen meiner Studentenwohnung. Ich bin fast zwei Stunden durch diesen Traum einer Wohnung gegangen, bevor ich wirklich realisieren konnte, dass das hier nun mein neues Zuhause sein wird.

Alles ist aus teurem Marmor. Goldene Spiegel hängen an den Wänden, das Bad ist riesig und die antike freistehende Badewanne ein Traum. Ich habe ein großes weiches Bett, einen begehbaren Kleiderschrank, eine Couch, in der ich versinke, wenn ich mich drauf lege, während ich auf einem riesigen Flachbildschirm meine Serien gucken kann. Doch all das ist nichts im Vergleich zu dem, was mich sofort auf die riesige Terrasse zieht, die mit Palmen und gemütlichen Outdoormöbeln, Decken, Laternen und einem kleinen eingebauten Pool das luxuriöseste ist, was ich mir hätte vorstellen können. Von hier aus kann ich direkt auf einen wunderschönen Platz mit einem großen Brunnen herabblicken, an dem hunderte von Tauben Brotkrümel aufsammeln und Liebespaare spazieren gehen. Man hat einen fantastischen Ausblick auf Mexiko-Stadt, und statt erst einmal wieder hineinzugehen, bleibe ich gleich draußen, öffne die Suppe und die kalte Limonade, die ich gleich dazu gekauft habe und tunke Brot in die Suppe, wobei ich mich erschöpft zurücklehne.

Die Woche bin ich zu nichts gekommen, ich muss unbedingt den Kühlschrank füllen und einige Möbel besorgen, um die Wohnung, so schön sie auch ist, etwas mehr nach mir aussehen zu lassen und ihr einen persönlichen Touch zu geben.

Die Suppe ist noch nicht aufgegessen, da klingelt mein Handy und ich muss automatisch lächeln, als ich den Namen meines Bruders auf dem Display sehe.

»Sophian. Wie schön, dass du dich auch mal um deine kleine Schwester kümmerst.« Ich muss leise lachen, weil ich weiß, dass er es hasst, wenn jemand behauptet, er hätte zu wenig Zeit für mich. Doch Sophian tritt in die Fußstapfen unseres Vaters und hat immer mehr zu tun. Als ich eine Woche zu Hause war, war er in Chile wegen einiger Geschäfte. »Du weißt, dass ich mich immer um dich kümmere, hast du meine Blumen nicht bekommen?« Doch, das habe ich, ein umwerfender Blumenstrauß hat mich nur zehn Minuten nach meiner Ankunft überrascht.

»Doch, das habe ich, sie sind wunderschön und sie blühen immer noch.« Mit schlechtem Gewissen sehe ich nach hinten zu meiner Küchenzeile, ich habe vergessen das Wasser zu wechseln und die Blumen sehen nicht mehr so aus, wie sie sollten, doch das werde ich ihm jetzt nicht auf die Nase binden.

»Tut mir leid, dass ich nicht da war, Guapita, aber wenn du zu meinem Geburtstag kommst, mache ich das wieder gut. Wie läuft es bei dir? Hast du dich eingelebt?«

Ich atme tief ein und sehe über Mexiko-Stadt. Ja, das habe ich. Ich genieße es, endlich hier angekommen zu sein, in diesem Teil meines Lebens und freue mich auf die nächsten Wochen und alles, was kommen wird.

# Kapitel 2

Den gesamten Samstag verbringe ich damit, meiner neuen Wohnung meinen eigenen Charme zu verleihen. Ich stöbere in Geschäften nach Bettwäsche, Kerzen, weichen Kissen, Decken und einigen Pflanzen und lande mit einem gefüllten Kofferraum wieder zu Hause.

Am Abend fahre ich in den Club, in dem Vera einen Job an der Bar gefunden hat. Sie hat ein Auslandsstipendium und möchte sich am Wochenende etwas Geld dazuverdienen. Ihre Liste dessen, was sie alles in Mexiko besichtigen will, ist sehr umfangreich, und um all das zu verwirklichen, braucht sie erst einmal Geld. Sie hat schon früher in einer Bar ausgeholfen und kann gut Drinks mixen, was sie beim Vorstellungsgespräch bewiesen hat. Nun steht sie jeden Samstag und manchmal auch am Freitagabend im angesagtesten Club in Mexiko-Stadt hinter der Bar.

Heute ist ihr erster Tag und sie hat mir gleich eine Freikarte in die Hand gedrückt, damit ich sie unterstützen komme. Zumindest moralisch. Ich habe keine Ahnung, wie man Drinks zubereitet. Meine neu gekauften Sachen verstaue ich gleich, schiebe die neue Bettwäsche in die Waschmaschine und gehe duschen, bevor ich mir ein leichtes Sommerkleid überziehe und flache Pumps auswähle. Zum Schluss binde ich mir einen festen Zopf und stecke große Ohrringe in Form eines Kleeblattes an. Da es heute sehr schwül ist, benutze ich nur etwas Concealer zum Kaschieren der Augenringe der letzten Woche sowie etwas Rouge und betone meine Augen.

Vera hat mir gesagt, dass es der angesagteste Club in Mexiko-Stadt ist. Selbst ihr Outfit für hinter der Bar sieht sehr sexy ist, doch ich habe ja nicht vor, zum Feiern in den Club zu gehen, sondern nur, um Vera zu besuchen, deswegen geht das etwas schlichtere Outfit in Ordnung. Da ich sicherlich auch einige Cocktails probieren werde, lasse ich mir ein Taxi rufen und stehe schon zwanzig Minuten später im angesagten Viertel La Roma vor dem Dulce. In dem bunten Viertel fällt der schwarze große Bau gleich auf, einzig die große goldene Aufschrift Dulce hebt sich von dem Schwarz ab und die lange Schlange vor dem Eingang verheißt, dass es voll sein wird.

Geschlagene zwanzig Minuten später halte ich dem Security-Mann meine Freikarte hin und er winkt mich durch. Schon draußen hat man die durchdringenden Bässe und den unverwechselbaren Sound des Reggaetons gehört. Es ist nicht so, dass ich diese Musik nicht mag, meine Brüder hören sie und seit ungefähr zwei Jahren hört man auch in L.A. nur noch die spanischen Worte der bekannten Stars der Szene. Doch nachdem ich sicherlich jedes neue Lied auf dem Markt immer wieder übersetzen musste, hat es mich irgendwann angefangen zu nerven. Allerdings ist das nun vorbei, mit dem Wissen, dass ich hier nichts mehr übersetzen muss, bewege ich meine Hüften leicht im Rhythmus, während ich hinter einer Gruppe lachender und feiernder Frauen in kurzen Minikleidern durch einen dunklen Flur in eine riesige Halle laufe.

Überwältigt bleibe ich stehen.

Das hier ist wirklich eine umgebaute, riesige luxuriöse Halle. Man sieht von hier auf zwei große Tanzflächen, auf denen viele Menschen tanzen und eine Bühne, auf der ein Sänger und ein DJ allen einheizen. Überall laufen Kellnerinnen mit schwarzen und goldenen Minikleidern und Tabletts umher und alles duftet nach Rosen. Es ist schwül, die Menschen tanzen eng beisammen und es duftet wie nach einem frischen Bad.

Ich sehe mich weiter um. Es gibt Samtstühle mit einfachen Bistrotischen am anderen Teil der Halle und mehrere Treppen, die zu einem höheren Teil führen. Ich erkenne, dass es da oben auch eine Tanzfläche sowie eine Bar gibt, doch zuerst versuche ich mein Glück hier und steuere die große Bar bei den Sitzgelegenheiten an.

»Hey Süße, Lust zu tanzen?« Ein Mann mit einer feinen Hose und einem halb geöffneten Hemd hält mir die Hand hin, während ich mir einen Weg durch die Menschenmassen bahne. »Nein danke, ich bin auf der Suche nach meiner Freundin.« Der Mann lächelt und deutet zur Tanzfläche. »Wenn du sie gefunden hast, weißt du, wo du mich findest.«

Natürlich weiß ich, dass die Männer hier viel offener mit den Frauen flirten, doch die letzte Woche habe ich schon so viele Sprüche und Komplimente bekommen, dass ich mich unwillkürlich frage, ob man irgendwann dagegen abstumpft und ob man sie noch ernst nehmen kann. Der Mann hält nach mir schon die nächste Frau auf und ich gehe kopfschüttelnd zur Bar, wo ich sofort Vera finde, die mit roten Wangen, aber einem glücklichen Lächeln auf dem Gesicht Cocktails mixt.

»Tamina, ich dachte schon, du kommst nicht. Ist der Club nicht der Wahnsinn? Was möchtest du trinken?« Ich setze mich auf einen freien Barhocker und Vera kommt zu mir. Sie trägt eine schwarze enge Hose und ein enges schwarzes Top mit der goldenen Aufschrift Dulce und sieht zwar ziemlich aufgeregt, aber trotzdem wunderschön aus.

»Ich bin beeindruckt, ich nehme einen … was empfiehlst du denn?« Sie stellt zwei Frauen ein buntes Getränk hin und greift nach einem größeren Glas mit gestoßenem Eis. »Also, die haben hier ein Geheimrezept für Mojitos, sehr lecker, ich mache dir einen.« Ich nicke und sehe mich weiter um. Zwei weitere Frauen und zwei Männer arbeiten mit Vera hinter der Bar. Vera bringt mir mein Getränk und atmet laut aus, als sie bei mir stehen bleibt.

»Und wie läuft es?« Sie sieht mir zufrieden in die Augen. »Es macht Spaß, die Leute sind nett und ich denke, ich habe schon um die hundert Dollar Trinkgeld gemacht. Oh, warte … Keke, das ist meine Freundin Tamina. Ich habe Keke jetzt zweimal getroffen und dieser Mann schafft es nicht, zwei Minuten still zu stehen.« Ein dunkelhäutiger Mann mit einem frechen Grinsen im Gesicht hält mir die Hand hin. Als ich ihm meine reiche, gibt er einen Kuss auf meinen Handrücken und zwinkert mir zu, während er mit dem Lied, was gerade gespielt wird, mitsingt.

»Heya, hola señorita, dis-moi si tu penses qu'on s'est tout dit. Je ne sais pas danser donc ce soir j'me fais tout petit ...« Ich muss lachen und begrüße ihn auch, dann schiebt Vera mir eine Schüssel mit Nüssen hin und ich probiere den Drink, der wirklich sehr lecker ist.

Auch wenn es sehr voll ist, bleibt Vera immer wieder bei mir stehen. Sie ist froh, dass ich da bin und wir hin und wieder Zeit finden zu quatschen, ich bekomme einige lustige Geschichten von Gästen mit und auch mit Keke unterhalte ich mich ein wenig. Er ist mit seinem Freund vor zwei Jahren aus Kolumbien hergezogen, um Tänzer zu werden. Hier ist er bei einer Agentur untergekommen, die ihm immer wieder Jobs in Musikvideos oder auf Konzerten vermittelt, doch um ständig Geld zu verdienen, arbeitet er hier in der Bar.

Die Zeit vergeht sehr schnell, der Club schließt erst am Morgen, doch um drei Uhr nachts ist weniger los und Vera und Keke können gehen. Zusammen mit Kekes Freund, der auch irgendwann in die Bar gekommen ist, laufen wir alle noch gemütlich ein Stück zusammen. Vera ist überglücklich, so viel Trinkgeld gemacht zu haben. Keke verrät ihr, dass wenn sie sich anstrengt und dem Chef gefällt, sie im VIP-Bereich, der das gesamte obere Stockwerk des Clubs ausmacht, eingesetzt werden kann. Dort arbeiten nur Frauen und das Trinkgeld ist viermal so hoch, doch nicht jeder darf dort arbeiten.

Keke und sein Freund sind ein süßes Paar und laden Vera und mich für den nächsten Nachmittag zum gemeinsamen Grillen auf ihrer Dachterrasse ein. Sie wohnen nur ein paar Blocks vom Club entfernt und wir beide sagen sofort zu. Ein Taxi setzt mich an meiner Ecke ab und fährt dann Vera zum Campus. Müde aber überglücklich falle ich in mein gemütliches Bett, und als ich am nächsten Tag aufwache, muss ich auch schon fast wieder los, um zum Grillen zu gehen.

Die Gegend, in der die beiden leben, ist für ihre schönen Märkte und Geschäfte und das historische Zentrum berühmt, in dem die besten Theaterstücke und Musicals aufgeführt werden. Ich habe Vera im Taxi überredet, uns früher zu treffen und so gehe ich in beigen Leinenhosen und einem weißen Top, geflochtenen Haaren und einer Sonnenbrille zwei Stunden vor dem Grillnachmittag wieder zum Club, wo Vera schon wartet.

Zusammen sehen wir uns das Kulturhaus an und beschließen, im nächsten Monat zu einem Theaterstück zu gehen, wir schlendern über einen Bauernmarkt und kaufen viel Obst und Gemüse, frische Brotfladen und Gemüsedips, die wir mit zum Grillen nehmen können. Ich finde auch eine schöne Korbtasche zum Einkaufen und kann gleich alles darin verstauen.

Pünktlich stehen wir dann vor einem ziemlich heruntergekommenen Hauseingang, auf den ersten Blick, erst auf dem zweiten erkennt man, dass all die Graffitis und Zeichnungen ein wunderschönes Gesamtbild ergeben. Auch wenn hier sicherlich nicht viel getan wird, so sieht man doch, dass die Mieter sich Mühe geben, ihrem Haus Farbe zu verleihen und genau das zieht sich in der schönen Wohnung von Keke und seinem Freund Jamal durch.

Die Wohnung ist klein, doch jeder Teppich, alle Kissen, jedes Bild ist mit Liebe ausgewählt und das spürt man, sobald man die Wohnung betreten hat. Ich fühle mich sofort wohl, auch Vera streift sich ihre Schuhe ab und wir verbringen einen wunderschönen Nachmittag und Abend auf dem großen Terrassenbereich der beiden, der mit Hängematten, Bodenkissen und Lampions unglaublich gemütlich wirkt.

Wir beide erzählen von Amerika. Für Keke und Jamal ist es ein Traum, einmal Amerika zu bereisen, doch es ist zur Zeit fast unmöglich, ein Visum dafür zu bekommen. Die beiden erzählen auch von ihrer ungewöhnlichen Liebesgeschichte. Jamals Vater ist Lehrer in Kolumbien und auf einer Klassenfeier seines Vaters, zu der Jamal mitgefahren ist, hat er Keke getroffen. Natürlich gab das viel Ärger, Kekes Vater hat das bis heute noch nicht akzeptiert, doch das hat sie niemals von etwas abgehalten. Sie lieben sich und sie haben schon viel durchgemacht, um jetzt hier glücklich und zufrieden leben zu können.

Als ich erst kurz nach Mitternacht wieder in meine Wohnung komme, weiß ich, dass ich viel mehr Schlaf hätte bekommen sollen am Wochenende, doch ich bin glücklich darüber, so gut in Mexiko-Stadt angekommen zu sein.


Das Gefühl habe ich dann auch in der nächsten Woche in der Uni. Jetzt habe ich nur noch die Kurse, die ich belegen muss und die Kurse, die ich belegen möchte. In meinem Kurs über die mexikanische Geschichte sitze ich am Dienstag das erste Mal neben Belva, als sie sich völlig übermüdet und mit einem Becher Kaffee und zwei Donuts zu mir gesetzt hat, da nur noch dieser Platz frei war.

Wir sind sehr schnell ins Gespräch gekommen. Belva wiederholt das Unijahr, da sie das letzte abbrechen musste, weil ihre Mutter krank geworden ist und sie zurück in ihre kleine Stadt in der Nähe von Cancun, im Süden Mexikos, fahren musste, um auf ihre Geschwister aufzupassen und ihr zu helfen. Sie wohnt genau wie Vera auf dem Campus und arbeitet am Wochenende in dem historischen Museum, um dort Führungen zu geben.

Ich mag die quirlige hübsche Mexikanerin mit den kleinen wilden Locken, die ihr bis auf die Schultern hängen, und den großen Mandelaugen, die unter einer dicken schwarzen Brille versteckt sind, sofort. Sie ist sehr witzig und nimmt alles mit Humor. Nachdem ich sie mit zu Vera zur Mittagspause mitgenommen habe, konnten wir beide uns kaum mehr von ihr trennen, so viel Spaß hatten wir zusammen.

So vergeht auch diese Woche wie im Flug. Langsam finde ich mich zurecht auf dem Campus und verstehe, wie alles abläuft. In der nächsten Woche stehen schon die ersten Abgabetermine einiger Hausarbeiten in Wirtschaft fest, und ich beginne sofort damit, doch ich weiß, dass ich das gesamte Wochenende daran arbeiten muss und werde. Bei all dem Spaß, den ich hier habe, will ich das auch wirklich gut machen.

Meine Eltern rufen mich täglich an, auch meine Brüder melden sich oft. Mit Alea spreche ich alle zwei Tage per Videoanruf, wir beide haben viel zu tun, doch dafür nehmen wir uns immer Zeit. Sie ist begeistert von meiner Wohnung und will mich gleich in den nächsten Ferien besuchen kommen.

Mein Vater fragt mich, wann ich endlich nach Hause zu Besuch komme und ich muss ihm immer wieder klarmachen, dass, auch wenn ich nun in Mexiko lebe, ich trotzdem zu ihm fliegen oder einen Tag mit dem Auto fahren muss. Es sei denn, ich nehme die Fähre, dann bin ich schneller. Da ich aber das übernächste Wochenende eh zum Geburtstag von Sophian komme, lässt er es darauf beruhen. Er schreibt mir, dass er einen seiner Privatjets jetzt in Mexiko-Stadt stehen lässt, sodass ich jederzeit zu ihnen fliegen kann.

Ich versuche meine Mutter zu überreden, zu mir oder zur Geburtstagsfeier von Sophian zu kommen, damit ich sie wiedersehe. Doch es ist nichts zu machen, meine Mutter möchte nicht nach Mexiko, sie hat das Land ewig nicht mehr betreten und so muss ich auch ihr versprechen, bald nach L.A. zu fliegen. Wenn die Aufgaben der kommenden Zeit allerdings so komplex werden wie die, die ich am Wochenende bearbeiten muss, dann weiß ich nicht, wie ich auch noch das ständige Umherreisen schaffen soll.

Am Freitag haben alle etwas früher Schluss, das ist bewusst so gehalten, da die Woche sonst ziemlich voll ist. Bevor ich mich auf die Hausarbeiten stürze, die ich auch schon in der Woche jeden Tag bearbeitet habe, beschließen Vera, Belva und ich, noch in das historische Viertel zu fahren und dort den Nachmittag zu verbringen.

Wir schlendern durch die Straßen und Märkte und als Keke noch zu uns stößt, bleiben wir bis zum Abend in einem gemütlichen Café und essen Brownies mit Vanillesoße. Keke und Vera versuchen mich zu überreden, am Samstagabend im Club vorbeizuschauen und Belva bietet mir eine exklusive Führung in ihrem Museum an. Ich sage für den Club sofort ab, doch Belva und ich beschließen, zusammen zur Single Night am Wochenende nach Sophians Geburtstag in den Club zu gehen. Belva möchte auch unbedingt in das Dulce und dieser Abend soll sehr beliebt sein. Belva sage ich nicht ganz ab, wenn ich gut vorankomme, werde ich sie im Museum besuchen, doch erst einmal heißt es für mich: lernen, lernen, lernen.

Ich liebe schon jetzt das Leben hier mit meinen neuen Freunden, es ist ganz anders, viel unkomplizierter und freier. Hier habe ich niemanden, der mich beobachtet. Meine Eltern und meine Brüder sind zu weit weg, davor hat immer einer ein Auge auf mich gehabt. Auch wenn ich noch immer nicht komplett offen sein kann darüber, wer ich bin, so war ich trotzdem noch nie so offen und ehrlich zu den Menschen, die ich kennenlerne.

Ich spüre schnell, dass ich Vera, Belva und auch Keke nichts vormachen muss. Sie interessiert es nicht, wer meine Eltern sind und wie ich lebe, oder welches Auto ich fahre und ob ich zu oft dieselben Sachen trage, all das fällt weg. Ich habe mir vor meiner Ankunft in Mexiko-Stadt einen kleinen schwarzen Stadtwagen gekauft, gebraucht, aber in gutem Zustand, sodass ich erst gar nicht wieder in solch eine Rolle verfalle. Deswegen will ich es auch noch vermeiden, meinen neuen Freunden meine Wohnung zu zeigen, auch wenn sich das sicherlich nicht ewig vermeiden lässt. Allerdings werde ich mir immer sicherer, dass auch das für die drei völlig egal wäre und je sicherer ich mir in alldem werde, desto wohler fühle ich mich.

Auch als ich heute das erste Mal mit meinem Auto zur Uni kam, haben sie nur gefragt, wie lange ich es schon habe und sonst nichts weiter dazu gesagt. Das Materielle ist nicht das, was sie an mir interessiert und das fühlt sich ungewohnt, aber sehr schön an.

Deswegen beginne ich völlig entspannt meine Unitage, ohne den Stress, was ich anziehe und wie lange ich zum Zurechtmachen brauche. Auch heute bin ich nur bequem gekleidet. Ich habe mir morgens eine schwarze Leggins mit einem schwarzen Top und dazu weiße Leinenschuhe und eine leichte weiße Strickjacke angezogen, da es zwischendurch immer wieder geregnet hat und es sehr schnell abgekühlt ist.

Als wir erst am Abend zurückfahren und ich Vera und Belva noch am Campus absetze, bin ich froh, dass ich mich so bequem angezogen habe. Ich bin an Tagen wie heute von morgens bis abends unterwegs und denke, ich werde meinen Kleiderschrank für die Zeit in Mexiko-Stadt noch einmal erneuern und einiges ausmisten können.

Müde aber glücklich fahre ich in die Seitenstraße zu meiner Wohnung, um in das Parkhaus zu gelangen, als auf einmal genau vor mir auf der Straße ein kleiner Puppenwagen steht. Irritiert werde ich langsamer und sehe mich um, ob ich das dazugehörige Kind finde. Als ich nichts entdecke, werde ich noch vorsichtiger und halte an, nicht dass gleich ein kleines Mädchen auf die Fahrbahn rennt, um den Puppenwagen zu retten. Ich halte und steige aus, um den Puppenwagen an den Rand zu schieben, doch in dem Moment werde ich grob von hinten umfasst; automatisch öffne ich den Mund, um zu schreien, spüre etwas Feuchtes an meinen Lippen, und plötzlich wird alles schwarz vor meinen Augen.

# Kapitel 3

Als würde eine Horde wilder Pferde über mich hinwegtrampeln, entfährt meinem Mund ein gequältes Stöhnen, als ich es endlich schaffe, meine Augen zu öffnen.

Seit einigen Minuten setzt mein Verstand wieder ein, ich fühle mich wie in Watte eingehüllt, doch ich weiß, dass ich zur Tiefgarage wollte und danach erinnere ich mich an nichts mehr, Ich spürte noch etwas Nasses und dann war alles schwarz. Vielleicht bin ich angefahren worden, das würde zumindest erklären, wieso ich mich so schlecht fühle, mir alles wehtut und ich meine Augen nicht öffnen konnte.

Erst jetzt blinzle ich vorsichtig und sehe in einen dunklen Raum, der nur schwach beleuchtet ist. Ich spüre, dass ich auf etwas Weichem liege, ich versuche, meinen Kopf zu wenden, doch sofort dreht sich alles und ich stöhne noch einmal auf.

»Was soll der Scheiß, Gomez? Es ist mitten in der Nacht, ich hatte gerade ziemlich viel Spaß und du weißt, dass du gar nicht hier sein darfst. Du kannst froh sein, dass Enzo nicht da ist, was gibt es, was nicht warten kann?«

Ich höre, wie eine Tür aufgeschlossen wird. »Wie kommst du überhaupt hier rein? Du weißt, wie die Anweisungen lauten.« Die Männerstimmen in meinem Kopf dröhnen und ich muss die Augen wieder schließen. Verdammt, ich muss wach werden und klar denken können, doch ich schaffe es nicht, die Augen noch weiter offen zu halten.

»Mein Cousin Martin ist doch bei euren Wachen und er weiß, wie gerne ich zu euch gehören möchte. Deswegen hat er mich reingelassen, seid nicht sauer auf ihn, er wusste, dass ihr euch hier Gold liefere und Enzo mehr als zufrieden sein wird.«

Dann ist es ganz still, und noch einmal versuche ich meine Augen zu öffnen, doch ich schaffe es nicht, die Wolkenwand in meinem Kopf ist einfach noch zu mächtig. Ein Fluchen lässt mich trotzdem zusammenzucken.

»Hast du deinen Verstand verloren? Was soll das hier werden? Denkst du, Enzo findet so etwas gut? Er hat an jeder Hand zehn Frauen, dachtest du, du schleppst ihm hier jemanden an und er … ist sie tot?«

Wo bin ich gelandet? Auch wenn ich meinen Körper kaum bewegen kann, arbeitet mein Verstand langsam wieder. Ich spüre eine große Hand erst an meinem Handgelenk und dann an meiner Stirn.

»Nein, ich habe sie betäubt, sie wird bald wieder richtig wach werden; als ich sie aus dem Kofferraum geholt habe, ist ihr Kopf angestoßen, aber sonst fehlt ihr nichts weiter. Glaub mir, Cantara, wenn Enzo sie sieht, wird er mir dankbar sein, ich will noch nicht zu viel verraten, doch das hier wird alles ändern.«

Ich höre, wie sich schwere Schritte entfernen. »Ich habe für den Scheiß keine Zeit, in meinem Bett warten zwei warme Körper auf etwas Spaß. Lass die Frau wieder wach werden, in ein paar Stunden ist Enzo da und dann sehe ich gerne dabei zu, wie er dir den Kopf abreißt, solange bleibst du im Wachhaus bei Martin. Verschwinde vom Grundstück, du weißt genau, dass du nicht hier sein darfst.«

Wieder höre ich einen Schlüssel und dann Schritte, die sich entfernen, bis gar nichts mehr zu hören ist. Ich atme tief ein. Wo bin ich gelandet? Was ist passiert? Ganz ruhig, ich schreie mich innerlich selbst an. Ich weiß, dass man in solchen Situationen ruhig bleiben muss, doch ich kann meinen rasenden Puls nicht stoppen, und je unruhiger ich werde, desto schwindliger wird mir. Es kommt mir ewig vor, bis ich mich selbst beruhigt habe und langsam imstande bin, meine Augen zu öffnen.

Es dröhnt immer noch in meinem Kopf, doch mein Wille, endlich herauszufinden, wo ich bin und was los ist, ist so stark, dass ich es schaffe, sie offenzuhalten und mich umzusehen. Erst dann bemerke ich, dass meine Arme mit einem Seil zusammengebunden sind. Sie schmerzen, doch da mein ganzer Körper wehtut, habe ich das vorher nicht wahrgenommen.

Langsam schaffe ich es, klarer zu sehen. Ich liege auf einem Bett, mitten in einem großen Raum. Ein Bad scheint von hier abzugehen, zumindest sieht es so aus. Dichte Vorhänge sind zugezogen und auch wenn man erkennt, dass draußen bereits die Sonne scheint, ist es noch abgedunkelt im Raum.

Mühevoll versuche ich mich ein wenig aufzusetzen, was mir dreimal misslingt, da meine Arme gefesselt sind, doch mit viel Kraft schaffe ich es. Ich sehe, dass ich immer noch dieselbe Kleidung anhabe wie beim Verlassen des Cafés und im Auto, selbst die Strickjacke habe ich noch an. Wie lange bin ich schon hier?

Sobald ich aufrecht sitze, wird mir schwindelig, doch ich atme tief ein und sehe mich weiter um. Ein Bett, zwei Nachtschränke, ein Spiegel mit goldenem Rahmen. All diese Details erkenne ich, auch wenn ich mich noch immer wie in Watte eingepackt fühle. In den Wänden sind weiße Türen eingelassen, wahrscheinlich befindet sich dahinter ein Kleiderschrank. Es sieht nicht so aus, als würden die Leute, die mich hier gefangen halten, kein Geld haben, vielleicht verdienen sie so ihr Geld. Ich habe oft von diesen Fällen gehört: Mitglieder wohlhabender Familien werden entführt und es wird Lösegeld gefordert, dann findet eine Übergabe statt. Das wird es sein, sie haben mich vor meiner Wohnung abgefangen, also werden sie wissen, dass meine Familie wohlhabend ist.

Mir geht es immer schlechter und ich kann nicht sagen, ob es das Betäubungsmittel ist, welches langsam die Wirkung verliert oder die Angst, die mir den Nacken hochkriecht, als ich begreife, in was für einer Situation ich hier bin. Für einen Moment wünsche ich mir tatsächlich den benebelten Zustand zurück.

Es waren mindestens zwei Männer hier, und sie haben von noch einem Mann gesprochen. Was werden sie tun, wenn sie zurückkommen? Ich werde ihnen die Telefonnummer meines Vaters geben und dann kann ich hier schnell wieder heraus. Mein Vater wird alles zahlen, wenn er ihnen nicht direkt den Kopf abreißt dafür, seine Tochter auch nur falsch angesehen zu haben. Er ist sehr empfindlich, wenn es um mich geht. Als ich Fahrradfahren lernen sollte, hat sein bester Freund zu früh losgelassen und ich bin heruntergefallen und habe mir die Knie aufgeschürft, mein Vater ist unglaublich wütend geworden, es war das erste Mal, dass ich ihn so wütend erlebt habe, doch wenn es um mich geht, versteht er keinen Spaß.

Offensichtlich stellt sich langsam mein Verstand wieder ein. Krampfhaft versuche ich mich so gut es geht an alles zu erinnern. Ich habe gestern Abend mit meiner Mutter geschrieben und noch im Café kurz mit meinem Vater gesprochen, der unterwegs nach Ecuador war, wegen einiger Geschäfte. Ich habe beiden gesagt, dass ich mich am Wochenende einsperren und lernen werde, also werden sie es nicht auffällig finden, einige Zeit nichts von mir zu hören. Ich bin Freitagabend entführt worden, wenn sie Samstag nichts von mir hören, wird niemand etwas denken, Sonntag eher, oder aber spätestens Montag würde es jemand merken, doch die Entführer werden sich sicher schon vorher bei ihnen melden, wie soll ich ...?

Meine Kopfschmerzen werden augenblicklich stärker, sobald ich mich anstrenge und ich atme tief ein. Meine Kehle ist trocken, staubtrocken. Wie lange ich wohl bewusstlos war? Es ist auf jeden Fall Samstag, vielleicht sogar schon Sonntag, das kann doch alles nicht wahr sein. Gerade habe ich noch darüber nachgedacht, wie glücklich ich bereits nach zwei Wochen hier in Mexiko bin und jetzt sitze ich hier eingesperrt bei irgendwelchen Leuten, die Geld wollen.

Ich weiß noch genau, wie wir einmal im Unterricht darüber gesprochen haben, in einigen Ländern ist das gang und gäbe, besonders in Kolumbien gibt es viele solcher Entführungen und ich habe damals meinen Vater gefragt, wie das in Mexiko ist. Er hat mir erzählt, dass es vorkommt, aber nicht sehr häufig und nun sitze ich hier. Zwei Wochen, nachdem ich nach Mexiko gezogen bin.

Meine Tränen steigen mir in die Augen, erst jetzt, nach und nach spüre ich alles immer stärker, die Schmerzen, etwas Nasses an meiner Stirn, meine eingeschnürten Arme, meine trockene Kehle, die Angst und die Panik, die in meine Knochen kriecht. Je wacher mein Geist wird, desto mehr realisiere ich, was hier vor sich geht. Es bringt nichts, hier zu sitzen und mich selbst zu bemitleiden, ich muss einen Weg heraus finden.

Im selben Moment, als mir dieser Gedanke kommt, versuche ich aufzustehen, doch meine Beine haben noch nicht die Kraft, die mein Verstand bereits wieder hat und sie knicken ein. Mit einem lauten Rums falle ich auf den Boden vor das Bett. Verdammt, was haben sie mir gegeben?

Gerade als ich den zweiten Versuch starten will, höre ich wieder Männerstimmen und halte in meiner Bewegung ein.

Mein Herz beginnt zu rasen, ich sehe mich hektisch um und mein Blick bleibt bei der geöffneten Badezimmertür stehen. Würde ich es schaffen, dorthin zu kommen und mich zu verstecken? Aber was würde das bringen? Meine Gedanken überschlagen sich, doch auch der zweite Versuch aufzustehen, scheitert an meinen noch zu wackeligen Beinen.

»Ich habe für so etwas gar keinen Kopf, Gomez, ich möchte duschen und mich ausruhen. Im Gegensatz zu dir hatte ich einiges um die Ohren in den letzten Stunden, während du hier in meinem Wachhaus deine Eier schaukelst und denkst, mich überraschen zu müssen.«

Ich setze mich gerade auf, am liebsten würde ich mich unter dem Bett verstecken, doch ich höre wieder den Schlüssel und die tiefen, rauen Stimmen mehrerer Männer. Ich sitze nun genau vor der Tür auf dem Boden, an das Bett gelehnt und weiß, dass ich dem nicht entkommen kann. Ein kehliges Lachen dringt zu mir. »Ich hab dir gesagt, dass ihm das nicht gefallen wird.«

Die Tür wird aufgestoßen, und wenn mein Herz gerade noch gerast hat, galoppiert es nun. Meine Hände werden schwitzig und meine trockene Kehle kratzt an meinem Verstand. Es treten drei Männer ein, außen steht ein pummeliger Mann, etwas kleiner als die beiden anderen, er trägt sein Cap falsch herum und strahlt mich zufrieden an. Ein Mann mit hellbraunen Locken und einem frechen Grinsen im Gesicht sieht zwischen mir und dem Mann hin und her.

Der Mann in der Mitte hat rabenschwarzes Haar, seine dunklen Augen sehen mich erst überrascht und dann ungläubig an, sie fahren einmal an mir herunter und wieder hoch und dann zu dem pummeligen Mann neben ihm. »Was zur Hölle soll das?« Der Mann mit den hellbraunen Haaren lacht auf, doch der pummelige Mann tritt zu mir und grinst siegessicher.

»Enzo, ich habe dir versprochen, etwas ganz Besonderes zu tun, um aufgenommen zu werden und ich denke, das habe ich. Sag, wie du heißt, Süße.« Er kniet sich zu mir und hebt mein Kinn an. Auch wenn ich meine Hände und Arme nicht so bewegen kann, wie ich es gerne würde, entziehe ich ihm mein Gesicht sofort wieder.

»Ich heiße Tamina Moore und ich habe keine Ahnung, was ich hier tue oder was ihr von mir wollt. Ich war auf dem Weg nach Hause und kann mich an nichts mehr erinnern, ich ...« Der pummelige Mann lacht laut auf und steht gleichzeitig wieder auf, dabei zieht er einige Fotos aus seiner Hosentasche.

»Tamina Moore? Bist du sicher? Sag uns lieber deinen richtigen Namen. Das, Enzo, ist Darions süßestes Geheimnis und ich weiß, wie sehr ihr beide euch gegenseitig zerstören wollt. Sag deinen wirklich Namen, Tamina Tijumara.«

Oh nein, oh nein, das darf nicht wahr sein.

Mein Herz setzt aus, mit allem habe ich gerechnet, doch mit dem Offensichtlichsten nicht eine Sekunde. Der Mann in der Mitte, Enzo, nimmt dem Mann die Fotos ab und sieht drauf. Der andere Mann stellt sich zu ihm und flucht auf, als er sich die Fotos ebenso ansieht. Als Enzo nun zu mir sieht, erkenne ich nur noch Hass in seinen Augen. Er wirft die Fotos auf den Boden und ich sehe, dass auf dem einen Foto ich als kleines Mädchen mit meinem Vater abgebildet bin und das andere zeigt mich mit meinen Brüdern auf meinem letzten Geburtstag. Wie kann es sein, dass …?

Ich komme nicht dazu, etwas zu sagen oder zu denken. Enzo kommt zu mir und zieht ein Messer aus dem Hosenbund des anderen Mannes. »Nein, ich … ich habe nichts mit den Geschäften …« Enzo hockt sich vor mich und nimmt meine Arme in seine Hand. Er schneidet das Seil durch und endlich spüre ich meine Arme wieder, einen Moment hält er ein und sieht mir in die Augen, doch ich stehe derart unter Schock, dass ich sofort zurückweiche, sobald ich mich besser bewegen kann.

»Wie kann das sein? Woher weißt du davon, Gomez? Ich habe noch nie davon gehört, dass er auch eine Tochter hat.« Der Mann mit den hellbraunen Haaren spricht mit den anderen, während Enzo aufsteht und sich wieder abwendet.

»Mein Cousin hatte etwas mit einer ihrer Haushälterinnen. Es ist das bestgehütete Geheimnis der Tijumaras. Die Kleine ist denen heilig und sie hat es auch nur erzählt, weil sie völlig dicht war, doch dann habe ich sie mit viel Geld bestochen und sie hat mir die Fotos und Informationen besorgt und gestern habe ich die

Süße einfangen können. Kaum zu glauben, dass so eine Schönheit von solch einem Monster stammt.«

Alle drei drehen sich noch einmal zu mir um.

»Bringt ihr etwas zu trinken und zu essen und dann bringt sie zu mir!«

Mehr höre ich nicht, die Tür wird geschlossen und es wird abgeschlossen. Als ich allein in dem Raum zurückbleibe, beginne ich am ganzen Körper zu zittern. Egal was ich mir vorgestellt habe, es ist nichts zu dem, was hier gerade wirklich passiert. Es ist das Schlimmste eingetroffen, was hätte passieren können.

# Kapitel 4

Ruhig bleiben, durchatmen und einen klaren Kopf behalten.

Das ist alles, was ich mir wie eine Wahnsinnige selbst vorspreche, seitdem die Tür wieder abgeschlossen wurde, doch ich kann nicht aufhören zu zittern. Der Gedanke, von irgendwelchen Leuten wegen Lösegeld verschleppt worden zu sein, wäre jetzt ein so viel besseres Los als das, was tatsächlich passiert ist.

Ich muss jetzt einen klaren Kopf behalten, wenn ich das hier irgendwie überleben möchte und der erste Schritt ist es, meinen Körper wieder unter Kontrolle zu bekommen. Gerade als ich versuchen will aufzustehen, höre ich erneut Schritte. Die Tür wird aufgeschlossen und ein Mann kommt mit einem Tablett in den Raum. Ich spüre seinen Blick auf mir, doch ich sehe nicht hoch zu ihm; alles was ich im Blickfeld habe, ist, dass er eine graue Shorts trägt und sehr behaart an den Beinen ist.

»Iss und trink! In zehn Minuten hole ich dich ab.«

Die Kälte seiner Worte lassen mich ein weiteres Mal zusammenzucken. Die Tür knallt zu und wieder höre ich den Schlüssel. Mein Blick fällt sofort auf das Tablett und meine trockene Kehle schreit auf. Darauf stehen zwei mittelgroße Flaschen Wasser und Limonade sowie ein Teller mit Croissants und trockenen Keksen. Ich krabble zu dem Tablett, da ich der Kraft meiner Beine noch nicht traue und öffne sofort die Wasserflasche. Gierig trinke ich sie halb leer, ich muss diese Drogen aus mir herausspülen, damit ich mich wieder richtig bewegen kann.

Der schlimmste Durst verblasst und ich sehe zu der Limonadenflasche. Es ist vielleicht sinnvoller, meinem Körper Zucker zukommen zu lassen und meinen Kreislauf in Schwung zu bringen, deswegen trinke ich noch einen kräftigen Schluck daraus.

Auch wenn die Gefahr besteht, dass sie mich vergiften wollen, beiße ich von dem Croissant ab und sehe mich erneut um. Ich spüre, wie mein Körper nach und nach zum Leben erwacht, ich habe zehn Minuten, um mir etwas einfallen zu lassen, deswegen versuche ich mich wieder hinzustellen und durch die nicht mehr verbundenen Hände klappt es dieses Mal. Langsam gehe ich durch den Raum zu den großen Fenstern und schiebe die dicken Vorhänge beiseite. Sofort blendet mich grelles Sonnenlicht, ich zucke zurück, doch dann sehe ich direkt auf einen großen Garten. In der Mitte befindet sich ein langer Pool mit vielen Liegen, einige Möbel und Sportgeräte stehen herum, doch meine Aufmerksamkeit geht zu einem Tisch, an dem vier Männer sitzen.

Auch wenn ich mich nur schwer an die Helligkeit gewöhnen kann, bemühe ich mich, genau hinzusehen. Es sind die drei Männer von vorhin, ich erkenne auf der einen Seite den pummeligen Mann Gomez, der mich offenbar hierhergebracht hat. Er scheint zu sprechen, man sieht, wie er seine Hände währenddessen wie wild bewegt. Neben ihm sitzt ein Mann, den ich nicht erkennen kann und vor ihm sitzen die beiden, die auch hier im Zimmer waren: der mit den hellbraunen Haaren und dem kehligen Lachen und der Mann mit den rabenschwarzen Haaren, Enzo, der mich losgeschnitten hat. Die beiden essen, während sie dem Mann zuhören.

Auch wenn ich klarer denken und mich bewegen kann, mein Herz klopft viel zu schnell in meiner Brust. Ich weiß nicht viel von diesem Leben, vor dem mich meine Mutter und auch mein Vater immer beschützen wollten. Ich habe auch nie viele Fragen darüber gestellt, doch ich konnte über die Jahre nicht verhindern, einiges mitzubekommen. Den Namen Enzo Quartico habe ich immer mal wieder gehört und ich weiß, dass mein Vater, meine Brüder und er bis aufs Blut verfeindet sind. Es gibt nur zwei große Mächte in Mexiko, die Los Tijumaras und die El Quarticos, und auch wenn ich nur sehr wenig über all das weiß, weiß ich genau: Es hätte nie passieren dürfen, dass ich hier bin.

Mein Blick fällt auf den Mann, bei dem mein Vater nur beim Klang des Namens jedes Mal wütend wird. Ich weiß, dass er genau wie mein Vater der Anführer der Familia ist. Meine Brüder nehmen immer mehr den Platz meines Vaters ein, und da Enzo nicht älter als Mitte zwanzig aussieht, wird auch er noch nicht lange der Anführer sein können, obwohl ich mir einbilde, schon seit längerer Zeit immer mal wieder seinen Namen gehört zu haben.

Ich rede nicht gerne darüber und es ist auch nichts, worauf ich stolz bin, doch ich bin Teil einer Familia. Es ist für jeden, der nicht in Lateinamerika groß geworden ist, schwer zu verstehen, auch ich habe das lange Zeit nicht wirklich verstanden und auch nie groß nachgefragt, weil ich mit diesem Teil nie viel zu tun haben wollte. Mein Vater und meine Brüder sind Geschäftsmänner, sie machen alle Arten von Geschäften. Ich weiß nicht von allen und will auch nichts davon wissen, doch unter ihnen steht die Familia. Sie ist in Kreise aufgebaut, ganz oben stehen mein Vater und meine Brüder, dann kommen meine Onkel und Cousins, dann enge Vertraute und dann der Rest der Familia. Sie sind eine Familia, sie arbeiten zusammen und es ist für sie alle mehr als nur ein Name, unter dem sie stehen, es ist ein unbeschreibliches Zusammengehörigkeitsgefühl. Sie würden für das, wofür sie stehen, sterben und es geht nichts über die Familie und Familia. In Lateinamerika hat jedes Land ihre Familias, in manchen mehr, in manchen weniger, einige sind größer, andere kleiner, ein paar arm, andere reich, man kann das nicht pauschalisieren. Hier in Mexiko gibt es auch einige Familias, doch zwei große, die Los Tijumara und die El Quarticos. Meine Familie beherrscht den gesamten Norden Mexikos und die Baja California, der gesamte Süden wird von den El Quarticos beherrscht. Ich weiß nicht viel über diese Feindschaft zwischen ihnen, doch ich weiß, dass sie besteht.

Da niemand ahnt, dass es mich gibt, was die Familia-Kreise betrifft, hat mich das alles nie sonderlich interessiert. Ich weiß, dass das ein Grund dafür ist, dass meine Mutter nie etwas mit Mexiko zu tun haben wollte. Als würde es etwas anderes sein, ob mein Vater bei uns in L.A. ist oder in Mexiko, er bleibt derselbe. Doch sie ist so damit umgegangen, vielleicht konnte sie so all das, was sich in Mexiko abspielt, ausblenden.

Ich hätte niemals gedacht, dass ich da hineingezogen werde und das nach gerade mal zwei Wochen Aufenthalt. Wir waren so vorsichtig.

Mein Blick bleibt auf Enzo gerichtet. Genau wie auch die Männer in meiner Familia sind die drei neben dem pummeligen Mann sehr durchtrainiert. Mein Vater hat mir einmal erklärt, wieso alle Männer einer Familia das sein müssen. Sie müssen ständig an sich arbeiten, an ihrer Stärke, körperlich und psychisch, und an ihrem Können an der Waffe und einigem mehr. Auch wenn ich versucht habe, mich nicht mit alldem zu beschäftigen, bin ich nicht naiv. Ich war auf einigen Beerdigungen und weiß, dass es um mehr als nur ein paar kleine Geschäfte geht, doch ich wollte nie in all das hineingezogen werden.

Vielleicht kann ich Enzo das erklären, ich weiß, dass das hier sehr schlecht für mich aussieht, doch vielleicht kann ich mit der Wahrheit etwas erreichen. Vielleicht erkennt er, dass ich mit den Geschäften meines Vaters nichts zu tun habe. Es ist meine einzige Hoffnung.

Zwischen all den Männern fällt dieser Enzo auch so auf, er ist ein sehr hübscher Mann. Er hat einen genauso goldbraunen Hautton wie meine Brüder, er trägt eine Shorts und ein weißes Shirt, an seinem Hals erkenne ich ein Kreuz. Ich frage mich, ob sie auch ein Familia-Tattoo haben. In meiner Familia tragen alle Männer die Initialen LT auf dem Handrücken ihrer rechten Hand. Hier sind Tattoos etwas ganz normales, mein Vater hat nur das LT, meine Brüder haben aber einige mehr und zu meinem achtzehnten Geburtstag hat Sophian mich mitgenommen und ich habe mir mein erstes Tattoo stechen lassen. Es ist ganz klein und zart am

Rippenbogen 'Das Leben ist schön' und dahinter zwei kleine Sterne, die die Initialen LT tragen. Für mich hat es die Bedeutung meines Nachnamens, den ich zwar offiziell trage, der aber nie offiziell angegeben wird und doch bin ich nun hier in diesem Zimmer eingeschlossen. Ich hatte noch nie solch eine große Sehnsucht nach meinem ältesten Bruder wie in diesem Moment, ich weiß, dass ich mich immer auf ihn verlassen kann, doch er hat keine Ahnung, wo ich gerade bin.

Ich sehe zwei andere Männer kommen, die sich hinter Gomez stellen und denen Enzo etwas zu sagen scheint, dann bringen die Männer Gomez weg und im selben Moment blickt Enzo zu mir nach oben. Mein Atem stockt, verdammt. Ich entferne mich blitzschnell vom Fenster weg. Ich muss hier weg. Ich gehe in das Bad und schalte das Licht an, da das Zimmer noch immer abgedunkelt ist und nicht genug Licht ins Bad fällt.

Als Erstes gehe ich auf die Toilette, dann stelle ich mich ans Waschbecken und kühle mein Gesicht und meine Hände und sehe mich das erste Mal im Spiegel. Man sieht die Spuren, wo ich gefesselt war, wenn auch nur leicht, doch sie brennen. Ich habe eine Platzwunde am Kopf und das Blut klebt in meinen Haaren und an meiner Stirn. Meine Wimperntusche ist verschmiert, ich sehe fix und fertig aus. Meine Hand zittert noch immer, doch als ich beginne, mich frisch zu machen, mir das Blut aus dem Haaren und von der Stirn zu wischen und mir mit einem feuchten Tuch die verschmierte Maskera zu entfernen, beruhige ich mich ein wenig. Ich ziehe mir die weiße Stickjacke, die mit Blut vollgeschmiert ist, aus und habe nun nur noch die schwarze Leggins, das schwarze Top und die weißen Leinenschuhe an. Selbst meine goldene Kette mit dem goldenen Kreuz von meiner Kommunion ist voller Blut.

Meine Gedanken kreisen um die Frage, was am sinnvollsten zu erzählen wäre. Soll ich mir eine Geschichte ausdenken, lügen? Mich irgendwie aus dieser Situation retten? Doch am Ende weiß ich, dass ich einfach nur die Wahrheit sagen und hoffen kann, dass dieser Enzo mich gehen lässt. Je mehr ich darüber nachdenke, umso mehr frage ich mich auch, was meine Entführung überhaupt für einen Sinn hat? Was wollen sie von mir?

Ganz in Gedanken höre ich dieses Mal die Schritte nicht und schrecke zusammen, als die Tür aufgeschlossen wird und eine raue Stimme durch das Zimmer donnert. »Tijumara, mitkommen!« Hatte sich mein Herzschlag gerade beruhigt, so beginnt er augenblicklich wieder zu rasen. Ich schließe die Augen und atme tief ein, ich habe keine Möglichkeiten zu fliehen, deswegen trete ich langsam zurück in den Raum, wo der Mann steht, der mir das Tablett gebracht hat. Das erkenne ich nur an seinen behaarten Waden, jetzt sehe ich ihm das erste Mal in sein Gesicht.

Er ist älter, er trägt einen spitzen Bart nach unten und sieht mich aus dunklen Augen, die er zu Schlitzen geschlossen hat, genervt an. »Komm schon.« Mittlerweile kann ich meine Beine wieder richtig bewegen, trotzdem scheine ich dem Mann noch zu langsam zu sein, als ich an ihm vorbei aus dem Raum gehe.

Ohne den Kopf zu wenden, sehe ich mich in dem Haus um. Ich bin im ersten Stock, der Mann läuft hinter mir und deutet zu einer Treppe, die nach unten führt. Ich laufe an zwei geschlossenen weißen Türen vorbei, auf einem dunklen Holzboden mit weichen weißen Läufern darauf.

Als ich die Stufen der Treppen hinuntergehe, spüre ich, dass meine Beine doch noch etwas zittern, aber ich zwinge mich weiterzugehen. An den Treppen hängen Bilder. Der Mann drängt mich, schnell zu gehen, ich sehe einige Männer auf den Bildern, einmal auch diesen Enzo mit einem älteren Paar. Ich kann nicht sehr viel erkennen, da betrete ich schon einen Eingangsbereich, wo ein paar Sideboards stehen und in dem ein riesiges Gemälde von der Familia hängt. Zumindest nehme ich das an, es sind viele Männer, die zusammenstehen, doch sobald ich in die Richtung sehe, drängt der Mann mich weiter. Vorbei an zwei weiteren geschlossenen Türen, durch einen Wohnbereich mit dunkelgrauen Sofas, durch eine Terrassentür in den Garten, in den ich vorhin gesehen habe.

Auch wenn ich versuche, einen klaren Kopf zu behalten, bleibe ich automatisch stehen, als ich sehe, dass hier einige Männer herumsitzen, zwei stehen bei Enzo, der noch immer am Tisch sitzt und sich etwas ansieht.

»Na, na, weitergehen!« Der Mann schubst mich leicht an und ich laufe weiter, was alle Männer nun zu uns sehen lässt. Ruhig bleiben, ich habe es bisher immer geschafft, mich aus den unmöglichsten Situationen zu holen. Natürlich, das ist etwas ganz anderes, doch auch hier werde ich es schaffen.

Ich atme noch einmal tief ein und sehe mit festem Blick zu Enzo und dem entgegen, was mich nun erwartet.

# Kapitel 5

In dem Moment sagt er etwas zu den anderen Männern und sie verlassen den Garten. Als sie an mir vorbeigehen, ignoriere ich ihre bohrenden Blicke und bemerke auch erst jetzt, dass meine Tasche auf dem Tisch steht und Enzo meine Brieftasche in seiner Hand hält und sich meine Universitätskarte und andere Dinge ansieht.

Er blickt erst wieder hoch, als ich genau vor dem Tisch stehenbleibe, doch statt zu mir sieht er zu dem anderen Mann und nickt, dann wendet er seinen Blick zu mir und ich sehe ihm direkt in seine dunklen kalten Augen.

»Miss Moore, willkommen in meinem Haus. Setz dich doch.« Er deutet zu dem Stuhl vor ihm, am liebsten würde ich den Kopf schütteln und stehenbleiben, doch meine Beine zittern vor Aufregung und ich habe nicht das Gefühl, dass sie das die ganze Zeit durchstehen. Deswegen setze ich mich genau vor ihn hin und verberge meine Hände in meinem Schoß unter der Tischplatte, um ihm nicht zu zeigen, wie sehr ich zittere.

Der Tisch ist mit einigem an Obst und Getränken gefüllt und er deutet darauf, um mir zu zeigen, dass ich mir etwas nehmen kann, was ich nicht tue. Enzo lehnt sich zurück und sieht mich lange an, ohne etwas zu sagen. Vielleicht kommen mir die Sekunden in diesem Moment auch eher wie Stunden vor. Im ersten Moment erwidere ich seinen Blick. Auch wenn ich vor Angst zittere, bemerke ich trotzdem, was für ein hübscher Mann Enzo ist. Er hat ein markantes, gutaussehendes Gesicht. Die Augen, die so kalt auf mir liegen, haben einen schönen satten Braunton und er hat lange dichte Wimpern, die den kräftigen Blick unterstreichen. Selbst eine kleine Narbe an seiner linken Augenbraue fällt mir auf, was paradox ist in dieser Situation, genau wie das Familia-Tattoo, was er an seinem rechten Unterarm trägt, groß und geschwungen: El Quartico.

Statt ihn wieder anzusehen, starre ich auf das Tattoo, was mein Todesurteil sein könnte, dessen bin ich mir bewusst. Erst als Enzo sich räuspert und sich einen Moment über sein Kinn streicht, als würde er nicht so genau wissen, was er mit ihr anfangen soll, sehe ich wieder hoch zu ihm und in seine dunklen Augen.

»Hast du Schmerzen?« Ich streiche automatisch über meine Stirn. »Es geht, ich denke, dass das Narkosemittel noch nicht ganz aus meinem Körper raus ist.« Er blickt mir in die Augen. »Wir haben das nicht angeordnet. Wir behandeln Frauen nicht so.« Er atmet einmal laut aus und reibt sich erneut über das Kinn. »Du weißt, wer ich bin?« Ich nicke. Er hält meinen Ausweis hoch. »Ich verstehe das alles nicht so ganz. Wenn dein Vater doch so sehr um dich besorgt ist, wieso lässt er dich hier studieren und was soll das mit dem falschen Namen?« Am liebsten würde ich ihm gegen den Kopf knallen, dass ihn das nichts angeht, doch dazu bin ich gerade leider nicht in der Lage. Wenn ich eine Chance habe mich zu retten, dann jetzt.

»Ich … am besten fange ich von vorne an. Ich bin Tamina. Ich bin nicht in Mexiko aufgewachsen. Ich lebe mit meiner Mutter in L.A. Dort bin ich aufgewachsen, zur Schule gegangen und all das. Mein Vater und meine Brüder haben mich besucht oder ich sie in den Ferien in Mexiko, aber ich habe nie hier gelebt. Natürlich weiß ich, wer mein Vater ist, doch ich habe mit diesem Leben nie etwas zu tun gehabt. Meine Mutter wollte das nicht und auch mein Vater wollte mich schützen. Auch wenn er immer darauf bestanden hat, dass ich seinen Namen trage, durfte ich das nie bei offiziellen Anlässen oder den Schulanmeldungen. Ich habe quasi zwei Pässe und du kannst mir glauben, dass das nicht immer einfach ist. Ich studiere Wirtschaft und Kulturwissenschaften und ich selbst habe entschieden, dass ich das in Mexiko tun möchte.

Ich weiß, dass das nicht ungefährlich ist, doch bisher wusste nie jemand von mir. Es gibt in der Nähe meines Vaters auch eine Universität und ich sollte ursprünglich auf diese gehen, doch die UNAM ist die allerbeste im wirtschaftlichen und kulturellen Bereich und ich habe meinen Vater lange überreden müssen, hier zu leben. Er hat gesagt, dass er das nicht möchte, wahrscheinlich, weil das außerhalb seines Gebietes ist, doch wie gesagt, dadurch, dass niemand von mir wusste, war es ja kein Problem. Natürlich können sie mich hier nicht besuchen, aber ich sie und …. ich meine, bisher war ja noch nicht einmal bekannt, dass er eine Tochter hat.«

Enzo hat nicht eine Sekunde seinen Blick von mir genommen, ich habe mich kurz umgesehen und erkannt, dass es komplett leer ist, alle haben den Garten verlassen, wir sind beide allein.

»Wie lange bist du jetzt in Mexiko?« Ich blicke auf meine Hände. »Seit zwei Wochen.« Ich sehe auf und er lacht. »Na, da hat euer kleines Geheimnis ja lange gehalten.« Ich spüre, wie sich die kleine Falte zwischen meinen Augenbrauen bildet, das passiert jedes Mal, wenn ich mich aufrege, doch ich atme tief ein.

»Wie gesagt, ich weiß nicht, warum ich hier bin. Ich habe mit den Geschäften meines Vaters nichts zu tun. Ich weiß nichts davon, ich … will mit alldem nichts zu tun haben und plötzlich werde ich entführt, kann meinen Körper kaum mehr bewegen und werde eingesperrt, nur weil ich, was … was werft ihr mir vor? Das, als was ich geboren wurde? Wieso wendet ihr euch nicht an meinen Vater oder meine Brüder, sondern entführt mich?«

Auch wenn ich mich zusammennehmen muss, stürzt meine Fassade ein und ich werde etwas lauter, während meine Stimme brüchig wird und ich über die Wunde an meiner Stirn fasse. Dabei sehe ich, wie Enzos Blick auf meine Arme geht, wo die Stelle, an denen sie zusammengebunden waren, noch gut zu erkennen ist.

»Ich habe dich nicht entführt, und vertrau mir, wenn ich etwas zu sagen habe, stehe ich vor deiner Familie, damit hatte ich noch nie ein Problem. Das war Gomez, der sich damit in unsere Familia drängen wollte, was er nicht geschafft hat. Trotzdem finde ich es interessant, dass es dich gibt und dass du hier lebst, in Mexiko-Stadt. Was weißt du über uns?«

Außer, dass mein Vater euch über alles hasst? »Nichts, ich habe von der Familia schon gehört und auch deinen Namen. Du bist sicherlich nicht der beste Freund meines Vaters, doch du kannst mir glauben, dass weder mein Vater noch meine Brüder mit mir über ihre Geschäfte oder Pläne sprechen.« Zumindest noch nicht, wenn ich mit dem Studium fertig bin, wird sich das ändern, wobei ich mir das wahrscheinlich noch einmal gut überlegen sollte.

Enzo sieht mir in die Augen. »Es gibt auch nichts, was ich von deinem Vater haben will. Mit dir könnte ich ihm Schmerzen zufügen, Schmerzen, die er nie vergessen wird und die ihn in die Knie zwingen würden, doch das ist nicht mein Stil. Du hast recht, du hast mit diesem Krieg nichts zu tun und die El Quarticos sind im Gegensatz zu deiner Familie keine Feiglinge und rächen sich nicht an ... Frauen.«

Die Erleichterung, die in mir aufkeimt, lässt mich laut ausatmen. »Ich schwöre auch, dass ich das niemandem sage, ich werde das meinem Vater nicht sagen, ich weiß ja, dass ...«

Enzo lacht noch einmal auf und wieder bemerke ich, wie hübsch er ist. Er hat ein anziehendes Lächeln, er wird sicherlich genau wie meine Brüder unzählige Affären haben.

»Du kannst deinem Vater sagen, was du willst, mich interessiert das nicht. Wenn du hier studieren willst, tue das, ich glaube dir, dass du mit diesem Leben nichts zu tun hast. Und wie gesagt, wir vergreifen uns nicht an Schwächeren, das überlassen wir deiner Familia. Wenn ich einen Mann aus deiner Familia auf meinen Gebieten sehe, atmet er nicht länger, aber das wissen sie auch.«

Okay, ich sollte jetzt einfach nur nicken und verschwinden bevor er es sich noch anders überlegt, doch ich reibe meine Hände zusammen und räuspere mich leise. »Ich werde es trotzdem nicht sagen. Wenn er davon wüsste, dürfte ich hier nicht weiter studieren und ich will wie gesagt mit alldem nichts zu tun haben. Nun wisst ihr, dass ich hier bin und ich bin nicht mehr so sicher, aber ...«

Enzo packt alles zurück in die Tasche, auch mein Handy und schiebt sie zu mir hinüber. »Wir sind nicht dein Problem, wir legen uns nur mit Männern an, aber wenn wir das herausbekommen haben, werden das auch andere Familias tun, und glaube mir, es gibt kaum eine, die deine nicht hasst und andere haben nicht so einen starken Willen wie ich und nehmen den einfachen Weg der Rache. Es gibt einige, die nur darauf warten, deinem Vater eins auszuwischen.«

Ich nicke und stehe auf. »Aber dieser Gomez, er ist der Einzige, der das weiß, vielleicht kann ich ihn ...« Enzo bleibt sitzen und sieht einmal an mir hoch und runter. »Gomez wird niemandem mehr etwas sagen, darauf kannst du dich verlassen. Doch ich würde trotzdem aufpassen, wenn ein Idiot wie er dich so schnell findet, werden andere das auch tun.«

Noch immer zittern meine Hände, doch ich erwidere seinen Blick nur einen Moment, dann wende ich mich ab und gehe. Ich sehe, dass der Mann, der mich auch in den Garten gebracht hat, an der Tür wartet, ich bete, dass er mich hier wegbringt, auf die Straße, zu meinem Auto, egal was, nur weg hier.

»Tamina!«

Mist, ich drehe mich noch einmal um. »Auch wenn du mit alldem nichts zu tun haben willst, solltest du dich vielleicht doch mal damit beschäftigen, was dein Vater alles genau macht und dass du niemals in Frieden leben werden kannst. Er an meiner Stelle hätte nicht eine Sekunde gezögert und diese Chance ergriffen. Vielleicht ist es an der Zeit zu verstehen, wer dein Vater wirklich ist.«

Ich drehe mich um und gehe und dieses Mal hält er mich nicht zurück. Ich schaffe es, stark zu sein und aufrecht das Haus zu verlassen. Genau vor der Tür steht mein Auto, als hätte ich es selbst hier geparkt. Ich kann einsteigen und wegfahren. Tränen steigen mir in die Augen, ich sehe mehrere Häuser, an denen ich vorbeikomme und irgendwann Wachhäuser, doch niemand hält mich auf und ich habe nicht mehr die Kraft, auf irgendetwas anderes zu achten.

Ich schaffe es noch, auf dem Navi den Knopf meiner Adresse zu drücken und sehe, dass das Gebiet, auf dem Enzo wohnt, nur zehn Minuten von Mexiko-Stadt und nur eine halbe Stunde von meinem Zuhause entfernt liegt. Es ist ein Alptraum.

Sobald ich das Gebiet hinter mir lasse, verlassen Tränen meine Augen, so stark, dass ich am Straßenrand halte und meinen Gefühlen freien Lauf lasse. Ich weiß, woraus ich da gerade entkommen bin und ich weiß, dass Enzo ganz anders hätte reagieren können. Das war es immer, vor dem alle die meiste Angst hatten und es ist eingetroffen.

Ich sitze lange in meinem Auto und starre auf die Felsen vor mir, auch als meine Tränen längst getrocknet sind.

Meine Gedanken rasen, auch wenn mein Herzschlag sich langsam wieder beruhigt. Mein Handy piept und ich hole es aus meiner Tasche. Mein Akku geht jeden Moment aus. Ich habe eine Nachricht von meiner Mutter, die fragt, wie ich ein bestimmtes Kleid finde, sie hat das Bild heute früh geschickt. Es ist bereits abends, ich war 24 Stunden in der Gewalt der Quarticos. Ich schicke ihr nur einen Daumen nach oben.

Mein Vater hat vor einer Stunde geschrieben und gefragt, ob alles in Ordnung ist, ich schicke ein 'Ja' und ein Smiley dazu, dabei zittern meine Finger wie verrückt. Ich sehe mir das Profilbild an, was ich eingestellt habe. Er mit mir auf dem Arm, als ich fünf war und mein Schwimmabzeichen geschafft habe. Man sieht den Stolz in seinen Augen und mein Herz füllt sich vor Liebe, wenn ich auf das Bild sehe, doch Enzos letzter Satz hallt in meinem Kopf wieder.

»Vielleicht ist es an der Zeit zu verstehen, wer dein Vater wirklich ist.«

# Kapitel 6

Auch wenn ich meine Haustür verriegelt habe, sobald ich in meiner Wohnung angekommen bin, spüre ich ein merkwürdiges Gefühl im Nacken. Als ich dann allerdings im Bett liege, nachdem ich gebadet und mich so gut es geht beruhigt habe, schlafe ich sofort ein, was garantiert die Nachwirkungen dieses Narkosemittels sind.

Erst als ich am Sonntag wach werde, habe ich wirklich das Gefühl, wach zu sein. Ich kann nicht glauben, was passiert ist, dass ich mit Enzo Quartico an einem Tisch saß und er mich hat gehen lassen. Nun, mit wieder klarem Kopf, weiß ich, was für ein Glück ich hatte und dass das ganz anders hätte ausgehen können.

Den Sonntag verbringe ich damit, die Hausarbeit zu schaffen, für die ich das gesamte Wochenende eingeplant hatte, was mir natürlich nur mäßig gelingt, meine Gedanken schweifen immer wieder ab. Ich schreibe mit meinen Eltern, meinem Bruder und meinen Freunden und tue, als wäre nichts passiert, was mich wahnsinnig macht. Ich will und muss mit jemandem darüber sprechen, doch ich kann nicht, egal wem ich es sagen würde, es bringt immer eine Reaktion mit sich, die ich nicht möchte.

Meine Eltern, meine Familie, selbst Alea ... alle würden wollen, dass ich das Studium sofort abbreche, doch das werde ich unter keinen Umständen, ich werde mir nicht alles kaputt machen lassen, weil mein Vater ist, wer er nun mal ist. Und meinen Freunden kann ich nichts sagen, da keiner von ihnen auch nur im entferntesten weiß, welcher Familie ich angehöre.

Am Abend kann ich nicht einschlafen und recherchiere im Internet über die Familias. Ich finde über alle ein paar Artikel. Viel zu wenig für so viel Macht, doch das wird so gewollt sein. Es gibt Bilder meines Vaters, meiner Brüder, sie gelten in Amerika als beliebte Geschäftsmänner und auch in Mexiko findet man keine negativen Schlagzeilen über sie, ganz im Gegensatz zu Enzo.

Von ihm finde ich viele mexikanische Artikel, wo er als beliebtester Junggeselle gefeiert wird, aber auch immer wieder, dass es eine Schießerei gab oder ähnliches. Sein Name fällt oft und das auch im negativen Kontext. In Amerika gibt es auch einige Artikel und dort wird er sogar gesucht, er gilt dort als Anführer einer verbotenen Organisation und wird mit diversen Drogengeschäften in Verbindung gebracht.

Irgendwann schließe ich den Laptop. Ich muss mehr herausbekommen, es stimmt, ich kann vor alldem nicht mehr die Augen verschließen, nicht, wenn ich hier lebe und nicht, wenn ich selbst zur Zielscheibe werde.

Erst am Montag in der Uni gelingt es mir, wieder ein wenig Abstand dazu zu gewinnen. Ich konzentriere mich auf die Kurse. Als Vera und Belva mich fragen, was an meiner Stirn passiert ist, wo man die Platzwunde natürlich noch erkennen kann, erkläre ich, dass ich mich an den neuen Einbauschränken meiner Küche gestoßen habe, als ich sie offen gelassen und etwas von unten hochgehoben habe. Es ist erstaunlich, wie leicht mir auf einmal das Lügen fällt, doch ich könnte ihnen niemals die Wahrheit sagen. Noch nicht und wer weiß, ob ich es jemals tun werden kann.

Ich bleibe jeden Tag so lange ich kann auf dem Campus und wenn ich dann nach Hause gehe, sehe ich mich ständig um. Ich weiß, dass Enzo recht hat, wie soll ich noch normal weitermachen, wenn ich nicht weiß, ob noch andere Familias herausfinden, wer ich bin und hinter mir her sind?

So paradox es ist, glaube ich Enzo, dass ich die Quarticos nicht interessiere und sie keine Gefahr für mich bedeuten. Wenn er etwas hätte tun wollen, hätte er die Chance gehabt, doch woher soll ich wissen, dass Gomez wirklich schweigt? Nur weil Enzo sagt, dass er niemandem mehr etwas sagen wird, muss und werde ich das nicht glauben.

Ich fahre nicht mehr mit dem Auto, um die Parkgarage zu meiden und weiß, dass das auf Dauer nicht geht. Ich will so nicht leben, möchte mich frei und unbeschwert bewegen und mein Leben genießen können, deswegen weiß ich auch, dass ich mich mit alldem mehr auseinandersetzen muss. Dieses Wochenende werde ich damit anfangen, sobald ich zu Hause bin. Es ist wichtig, dass ich herausfinde, wer uns verraten hat. Die Haushaltshilfen sind seit Jahren in unserer Familia, wir vertrauen ihnen und ich weiß nicht, welche von ihnen mich verraten haben soll, doch um mich sicherer zu fühlen, muss ich das herausfinden.

Die Woche verbringe ich fast nur auf dem Campus. Am Mittwoch lasse ich mich abends zum Kino mit Vera, Keke und seinem Freund überreden und bin dafür dann doch sehr dankbar, weil ich mich in diesen Momenten wieder komplett sicher fühle und alles andere vergessen kann.

Freitag nach der Uni nehme ich mir direkt ein Taxi und fahre zum Flughafen. Ich habe im Haus meines Vaters alles und außer meinem Laptop und meinem Unikram muss ich nichts mitnehmen. Tatsächlich steht ein Jet für mich bereit und sobald wir abgehoben sind, lege ich mich auf die gemütliche Couch und hole den Schlaf nach, den ich durch die unruhigen Nächte dringend brauche.

Erst bei der Landung wache ich wieder auf und sehe aus dem Fenster schon den dunkelgrauen Maserati meines Vaters. Er steht davor und telefoniert. In dem Moment, in dem ich ihn ansehe, frage ich mich, ob es Dinge gibt, die meine tiefe Liebe zu ihm ändern könnten. Ob ich an ihm zweifeln werde, wenn ich erfahre, was er wirklich alles tut und was es alles mit den Geschäften auf sich hat, die die Familia betreibt.

Es ist nicht so, dass ich naiv bin oder mich blind gestellt habe. Ich habe mich bewusst dafür entschieden, nicht zu viel zu fragen, um diese tiefe Bindung zwischen meinem Vater und mir nicht zu gefährden, da ich eben nicht weiß, wie ich am Ende damit umgehen werde und mit was ich leben kann. Ich musste mich dem nie stellen, weil ich nicht in dieser Welt gelebt habe und ich hatte die Hoffnung, dass selbst mein Umzug nach Mexiko das nicht ändern würde, doch nun weiß ich, dass ich trotz allem mittendrin stecke.

Eine Sache, die ich an meinem Vater so sehr liebe, ist es, wenn er wie jetzt grimmig blickt und mit jemandem am Handy lautstark diskutiert, dann sein Blick auf mich fällt und alles Harte aus seinem Gesicht weicht und er mich anstrahlt. Automatisch setzt sich auch auf meine Lippen ein Lächeln und ich atme tief den vertrauten Duft meines Vaters ein, während er mich in seine Arme nimmt. »Mein Engel, jedes Mal wenn ich dich eine Weile nicht gesehen habe, kann ich nicht fassen, was für eine schöne Frau du geworden bist. Wo ist nur die Zeit ... was ist passiert?« Der liebevolle Gesichtsausdruck meines Vater weicht sofort, als er meine Wunde erkennt. Die ersten zwei Tage in der Uni musste ich mich mit Langarmshirts herumquälen, weil die Abdrücke der Seile noch zu sehen waren, jetzt ist nur noch die Platzwunde auf der Stirn zu erkennen und auch die ist schon unauffälliger geworden.

»Ich muss mich erst an die neue Küche gewöhnen. Ich hatte eine Schranktür offen gelassen und wollte was aus einer tieferen Schublade holen und ... na ja, wo sind meine Brüder?« Wenn ich bei meinem Vater bin, kommt zumindest einer immer mit, um mich vom Flughafen oder der Grenze abholen. »Die beiden haben noch einen Termin in Tijuana, die Feier findet aber im Strandhaus statt. Soll sich das unser Arzt ansehen? Wieso hast du mir das nicht gesagt?«

Er öffnet den Kofferraum und ich lege meine Bücher und den Laptop hinein und setze mich dann auf den Beifahrersitz. »Papa, es ist nur ein Kratzer, soll ich dich jedes Mal anrufen, wenn etwas ist? Wie du es richtig erkannt hast, ich bin mittlerweile eine erwachsene Frau ...« Er lacht auf und gibt Gas. »Das kann sein, doch ich werde immer kommen, wenn mein Engel mich braucht, selbst wenn du schon eigene Kinder hast.«

Wir verlassen den Flughafen und ich genieße sofort diesen unglaublichen Ausblick. Meine Familie hat drei Häuser in Mexiko, eines in Tijuana, eines in Monterrey und eines hier am Strand in Baja California. Ich mag sie alle sehr, doch natürlich kann man sich im Haus am Meer am besten erholen. Baja California ist traumhaft, ich liebe den weißen Sand und das türkisfarbene Wasser, die kleinen Häuser und dieses entspannte Lebensgefühl hier.

Auch wenn ich hier schon unzählige Male war, ist es fast so, als sähe ich einiges heute zum ersten Mal. Ich achte auf jede Kleinigkeit und bemerke bei der Einfahrt auf Baja California einige Männer unserer Familia am Straßenrand.

»Stehen die immer hier?« Mein Vater nickt den Männern zu und fährt weiter. »Ja, an allen Eingängen zu unseren Gebieten, wir müssen darauf achten, wer rein- und rauskommt.« Das ist mir nie aufgefallen, ich bewege mich völlig frei hier, doch das habe ich noch nie bemerkt. Natürlich kenne ich die Wachhäuser und Wachmänner vor unseren Grundstücken, doch das wusste ich nicht.

»Das ist mir noch nie aufgefallen. Als ich nach einer Route gesucht habe, wie ich am besten mit dem Auto herkommen könnte, habe ich bemerkt, dass ich gar nicht so genau unsere Grenzen kenne, also die sogenannten Grenzen, die ihr gesteckt habt, ich meine, das sind ja keine offiziellen Grenzen.«

Auch wenn ich lächle und versuche, so locker wie möglich zu klingeln, muss ich mich erst einmal räuspern, doch mein Vater findet die Frage offenbar gar nicht ungewöhnlich. »Doch, diese Grenzen sind offiziell hier in Mexiko, zumindest unter den Familias. Glaub mir, es gab harte Kämpfe um diese Grenzen, die schon vor Jahren ausgetragen wurden und auch wenn es zur Zeit eine Waffenruhe gibt, sind diese Grenzen für alle sehr wichtig. Die Grenze verläuft quer durch das Land unter Monterrey, unter Torreon, Durango bis nach Mazatlán. Alles darüber zählt zu unserem Gebiet, darunter gehört alles … den anderen.«

Allein wie sich die Stimme meines Vaters verändert, lässt mich aufhorchen, doch ich will nicht zu auffällig sein, da ich noch viel mehr erfahren möchte, und in diesem Moment fahren wir auch schon in unser Gebiet ein.

Hier am Strand befindet sich unser kleinstes Anwesen. Es ist eher ein Strandhaus, zum Urlaub machen und für die Feiern. Unser Hauptsitz liegt in Monterrey, wo das Gebiet fast eine kleine Stadt umfasst. Auch in Tijuana, wo wir Häuser haben, gehören immer mehrere Häuser und eine große Anlage zum Anwesen. Hier gibt es eine große Villa und mehrere kleine Gästehäuser, die direkt am Meer liegen.

Estephan, mein Onkel, kommt aus dem Haus, als wir vor der Tür am Springbrunnen halten und ich begrüße ihn mit einer langen Umarmung. Auch ihn habe ich eine Weile nicht gesehen, da er sich mit seiner Familie zurückgezogen hatte. Offenbar gab es Probleme zwischen meiner Tante und ihm, doch nun sind sie hier und wollen Sophians Geburtstag mitfeiern, was bedeutet, dass meine neugierige Cousine Liv auch nicht weit sein kann, was mir ihr lauter Aufschrei keine Sekunde später bestätigt.

»Sieh an, sieh an, die Verräterin. Wieso bist du nicht auf meine Universität gekommen, du hast sie dir nicht einmal angesehen?« Meine rothaarige Cousine zieht mich lachend in ihre Arme. Immer wenn ich in Mexiko war, habe ich viel Zeit mit ihr verbracht, wir halten auch so über Whatsapp oder Instagram guten Kontakt, doch dieses Mal habe ich sie wirklich lange nicht mehr gesehen.

Als ich ihre Wange küsse, kneift sie mich in die Hüfte und ich muss lachen. »Es war nie ein Geheimnis, dass ich immer auf die UNAM gehen wollte, aber hätte das nicht geklappt, wäre ich auf deine gekommen.« Mein Vater tritt zu uns und wir gehen zusammen ins Haus, wo ich einige meiner Cousins begrüße und dann mit Liv in mein Zimmer gehe. Das Bild, mein Geschenk für Sophian, ist angekommen. Ich lasse es gleich eingepackt und mache mich etwas frisch, während Liv mir von ihren ersten zwei Wochen erzählt. Wir sind gleichaltrig, zwischen uns liegen nur zwei Monate, doch wir sind komplett unterschiedlich aufgewachsen. Sie hier in Mexiko, in Tijuana, wo mein Onkel alles leitet. Sie geht auf die Universität in Monterrey, wo auch mein Vater mich hinschicken wollte, doch es ist mir immer wieder gelungen, ihn auf die UNAM umzustimmen, welche ein viel besseres Wirtschaftsangebot hat.

Für Liv wäre das undenkbar, sie ist hier groß geworden, sie gehört ganz offiziell zu unserer Familia und hat keinen zweiten Namen, hinter dem sie sich verstecken kann und für sie gelten diese Grenzen innerhalb Mexikos. Liv hat sich nie beschwert, sie mag das Leben in der Familia, auch wenn sie mich gerne und oft besucht hat. Ich erzähle ihr von den ersten Wochen und wie viel wir aufhaben.

»Ich habe zwei Hausaufgaben mit, ab morgen werde ich also auch hier arbeiten müssen. Ich hatte mir vorgestellt, dass es eher so ist, dass man viel Uni hat und dann wenig zu tun zu Hause oder viele Aufgaben für die Uni und dann weniger Kurse hat, doch sie überschwemmen uns mit beiden.« Liv legt sich müde auf ihr Bett zurück. »Ich weiß, geht mir genauso. Wir fahren morgen zurück, ich muss eine Projektarbeit mit einer Freundin zusammen vorbereiten, lass uns genau deswegen den Abend heute genießen.«

Nichts anderes habe ich vor. Es duftet schon lecker nach Gegrilltem und Fisch, ich schlüpfe in ein Sommerkleid und lasse meine Haare offen. Auf der Treppe laufe ich fast in Sophian hinein, der mich hochhebt. »Da ist ja mein kleiner Engel. Was ist mit deiner Stirn passiert?« Ich muss lachen und gebe meinem ältesten

Bruder einen langen Kuss auf die Wange. »Herzlichen Glückwunsch, Bruderherz. Ich habe meine Einbauküche geknutscht. Ich habe etwas für dich, komm mit!« Ich gebe Isaac einen Kuss, der mit Liv bereits nach draußen geht, während ich Sophian mit in mein Zimmer nehme und ihm das etwas größere Bild überreiche.

Während er das Geschenkpapier entfernt, beobachte ich das Gesicht meines Bruders. Wir haben beide die gleiche schmale Nase und auch die gleiche geschwungene Augenform, nur dass seine Augenfarbe dunkler als meine ist. Er ist ein hübscher Mann. Ich weiß, wie viele Frauen auf ihn und auch auf Issac stehen, doch ich weiß auch, dass ihm Alea immer etwas bedeutet hat, auch wenn sie nie eine Beziehung geführt haben, und dass unter dem Machogehabe, was er oft an sich hat, doch ein sehr gutes Herz schlägt.

Es ist schwer, ein Geschenk für einen meiner Brüder zu finden, sie haben genug Geld, um sich alles kaufen zu können, was sie wollen. Ich weiß, dass Sophian einen neuen Porsche von unserem Vater bekommen hat, doch ich versuche, ihnen immer etwas Besonderes zu schenken. Ich liebe meine beiden Brüder über alles und ich versuche, es ihnen jedes Mal mit meinen Geschenken zu zeigen, auch wenn mir das zunehmend schwerer fällt. Als Sophian auf das selbstgemalte Bild eines bekannten Küstlers aus New York blickt, das uns zeigt, was ich vor Wochen habe anfertigen lassen, ist er ganz still.

Ich trete zu ihm. Jedes Mal, wenn ich auf dieses Kunstwerk sehe, steigen mir Tränen in die Augen. Es ist mit schwarzer Kreide gezeichnet. Es zeigt uns beide als kleine Kinder, unsere Gesichter, man erkennt jedes Detail, und die Gesichter verlaufen zu einem Bild in der Mitte, wo der ungefähr zehnjährige Sophian mich in die Luft wirft und wieder auffängt. Auch dieses Bild verschwimmt am Rand und wird zu einem Bild, was an meinem letzten Geburtstag aufgenommen wurde. Wieder unsere beiden Gesichter nebeneinander, doch dieses Mal als Erwachsene. Darunter steht: Ich liebe dich, großer Bruder.

Ich liebe dieses Bild, doch ich weiß nicht …

»Das ist das schönste Geschenk, was ich je bekommen habe.« Sophians Stimme ist ein wenig rauer und er betrachtet das Bild noch immer. Ich muss leise lachen. »Das sagst du jedes Mal. Ich soll dich übrigens von Alea grüßen, sie hat dir aber sicher selbst geschrieben.« Nun wendet er sich zu mir um und mir entgeht der veränderte Blick nicht, den er beim bloßen Erwähnen von Aleas Namen bekommt. Sophian legt den Arm um mich, dabei lässt er das Bild nicht los. »Nein, wirklich, das ist etwas ganz Besonderes.« Er gibt mir einen Kuss. »Ich liebe dich auch.« Als ich gegen seinen trainierten Bauch komme, schüttle ich den Kopf. »Wo soll das noch hinführen? Was hattet ihr eigentlich heute noch für einen wichtigen Termin, der nicht bis nach deinem Geburtstag warten konnte?«

Wir werden von unten gerufen. Sophian stellt das Bild zurück und wir gehen zusammen die Treppen hinunter. »Es gab Probleme mit einigen Männern, die dachten …« Er stockt und schiebt mich nach draußen in den Garten, wo alle anderen schon warten. »Wir haben das Problem gelöst und jetzt wird gefeiert und nicht mehr von Geschäften gesprochen.«

Mein Vorhaben, mehr über die Geschäfte meines Vaters herauszufinden, löst sich erst einmal in Luft auf. Ich versuche es immer wieder, doch keiner der Männer denkt daran, mit mir über so etwas zu sprechen. Was habe ich erwartet? Alle haben ihr Leben lang alles getan, um mich da herauszuhalten, das werden sie sicher nicht über Nacht vergessen.

Dafür habe ich den ganzen Abend die paar Haushaltshilfen beobachtet, die noch da waren. Besonders habe ich darauf geachtet, wie sie auf mich reagieren, ob eine von ihnen überrascht ist, mich zu sehen oder sonst irgendetwas auffällig ist, doch das ist nicht der Fall. Ich frage unauffällig nach, ob jemand neu dabei ist, oder ob jemand nicht mehr da ist, doch mein Vater weiß das nicht, darum kümmert sich mein Onkel.

Als die Jüngeren in eines der Gästehäuser umziehen, die Musik laut gedreht wird und einige andere Freunde und vor allem halbnackte Frauen kommen, um mit den Männern zu feiern, lege ich mich leicht frustriert zu Liv auf eine Poolliege. »Ich kann nicht glauben, dass sich diese Sachen niemals ändern werden.« Eine hübsche Frau im Bikini setzt sich auf Sophians Schoß, alle anderen schenken ihr Todesblicke. Liv lacht laut los. »Wo ist dieser James?« Ich wende mich zu ihr um, um mir all das nicht mehr mitansehen zu müssen. »Wer?« Liv schüttelt ihre roten Locken. »Der Kerl, den dir dein Vater, mein Vater, deine Brüder und zwei unserer Cousins heute vorgestellt haben. Was ist denn los mit dir? Du bist so abgelenkt, dass du nicht mal diese kläglichen Verkupplungsversuche registriert hast.« Ich sehe zu dem Mann, der neben Issac sitzt und erwische ihn tatsächlich dabei, wie er zu mir blickt. Ich bin so damit beschäftigt, etwas herauszufinden, dass ich gar nichts mitbekommen habe. Ich habe ihn nicht einmal richtig registriert.

»Wieso sollte mein Vater mich verkuppeln wollen? Du weißt doch, wie die alle reagieren, wenn Männer sich in unsere Nähe wagen.« Wieder lacht Liv auf. Ich liebe ihr Lachen, es ist ansteckend und ich wende mich ihr erneut zu.

»Auch wenn er letztlich zugestimmt hat, denke ich nicht, dass dein Vater mit der Entscheidung, dass du in Mexiko-Stadt lebst, zufrieden ist. Vielleicht denkt er, er kann dich so zu uns locken.« Ich sehe meiner Cousine in die Augen, na gut, dann versuche ich es so. Auch wenn ich weiß, dass sie nicht viel wissen wird und sicher auch nicht alles über die Geschäfte, so weiß sie doch mehr als ich.

»Meinst du? Ich denke, dass diese Sache mit den El Quarticos schon gar nicht mehr so schlimm ist, wie sie früher immer war.« Ich pokere einfach und Liv zieht die Augenbrauen zusammen.

»Na klar beschäftigt ihn das. Vielleicht hast du das nicht mitbekommen, doch die Männer hier haben monatelang darüber diskutiert. Sie wollten nicht, dass du dort studierst, doch du hast nun mal das Glück, dass niemand weiß, wer du bist und du dort unerkannt leben kannst. Doch ich habe diese Diskussionen mitbekommen, es ist niemandem leichtgefallen. Deinem Vater macht am meisten Sorgen, dass wenn etwas ist, sie nicht sofort eingreifen können, weil du zu weit weg bist, doch sie haben alles überprüft und es ist nicht möglich, mit deinen Papieren und allem anderen deine Identität zu erfahren.«

Ich setze mich auf und drehe mich zu ihr. »Was weißt du über die El Quarticos, wieso hasst mein Vater sie so?« Liv zuckt die Schultern.

»Ich weiß nur, dass sie ähnliche Geschäfte wie auch unsere Familia machen im Waffen- und Drogenhandel, doch es gab viele Jahre Krieg wegen des Territoriums und wegen etwas, was damals in Sinaloa passiert ist. Ich weiß aber nichts Genaues darüber. Wir haben die Grenze nach Amerika und die Quarticos wollten das nie akzeptieren, das ging lange so. Der Bruder unseres Opas ... er wurde von einem Mann der Quarticos erschossen, es gab einige Opfer. Am Ende ist es so, dass die Grenze besteht und die Quarticos ihre Geschäfte nach unten verlagert haben und diese mit Kolumbien und so weiter abschließen, während wir uns auf Amerika und einige andere Länder konzentrieren. Es gibt auch immer mal wieder Ärger mit anderen Familias, aber wir zwei sind die größten Familias in Mexiko und zwischen uns wird sicher nie Frieden herrschen. Wir wissen aber, dass die Quarticos ihren Hauptsitz in Veracruz haben, zumindest wird das erzählt und somit bist du in Mexiko-Stadt ziemlich sicher, zudem hat die Universität wie viele tausend Studenten?« Sie lehnt sich zurück und seufzt leise auf.

»Glaub mir, Tamina, unsere Cousinen und ich beneiden dich um diese Freiheit. Du kannst quasi tun und lassen, was du willst, weil nicht dieser große Name über dir schwebt. Genieße es für uns mit, und Tamina ... pass bloß auf, dass das geheim bleibt, wenn irgendeiner irgendetwas herausbekommt, ist all das schneller vorbei, als du bis drei zählen kannst, also sei vorsichtig.«

Nun lehne auch ich mich zurück und schließe die Augen. Verdammt!

# Kapitel 7

»Erde an Tamina, bist du da?«

Vera hält mir ihre Hand vor die Augen und wackelt damit herum. »Ja, ich bin müde. Das Wochenende bei meiner Familie zu Hause war zwar sehr schön, aber um etwas Zeit mit ihnen zu verbringen und die Aufgaben trotzdem fertig zu bekommen, habe ich auf einiges an Schlaf verzichten müssen. Wie schafft ihr das, obwohl ihr noch arbeiten geht?«

Natürlich ist nicht nur Schlafmangel daran schuld, dass ich so abwesend bin, aber auch. Das Wochenende war wirklich schön, ich habe einige Zeit mit meinen Brüdern verbracht, nachdem auch die letzten Gäste am Samstag gegangen waren. Herausfinden konnte ich leider nicht mehr viel, nur noch, dass gerade viel los ist und sie einen neuen Deal mit Chile aushandeln. Es geht um Waffen. Ich habe sehr schnell gemerkt, dass mein Vater es überhaupt nicht mag, wenn meine Brüder vor mir darüber sprechen. Doch als ich ihm dann gesagt habe, dass wenn ich nach dem Studium für die Familia die Wirtschaftsthemen übernehmen soll, ich so oder so Einblick in ihre Geschäfte bekommen muss, hat er es zugelassen. Er hat mir daraufhin versprochen, mir nach und nach alles zu erklären. Doch so wie ich ihn kenne, wird er das lange hinauszögern. Was mich wirklich verrückt gemacht hat und immer noch macht, ist diese Haushälterin, die mich verraten hat. Sie hat es vielleicht nicht mit Absicht getan, doch dann, als sie Geld angeboten bekommen hat, hat sie es bewusst getan und damit mein Leben aufs Spiel gesetzt. Dass sie jetzt weiter bei uns arbeitet, bereitet mir Bauchschmerzen. Vielleicht hat sie Geschmack daran gefunden und erkannt, wie viel Geld man damit verdienen kann und wird es weiter versuchen, bei anderen Familias. Ich muss herausfinden, wer diese Frau ist, aber gerade fällt mir dazu nur eine Möglichkeit ein und die bereitet mir Bauchschmerzen.

»Das schafft man nur mit viel Kaffee. Ich habe gehört, dass nur das erste Jahr so hart sein soll, sie wollen die Leute testen, wer auch wirklich das Zeug hat, durchzuhalten.« Ich schiebe meinen Teller weg, an das Kantinenessen werde ich mich niemals gewöhnen. Vera deutet auf mich. »Du hast richtig schön Farbe abbekommen, deine Haut strahlt förmlich. Wollen wir nicht auch mal ans Meer fahren oder in ein Schwimmbad hier gehen, oder …?«

Ich stehe auf, wir müssen zu unseren letzten Kursen. Wir waren schon bei Keke zu Hause und ich bin ständig im Wohnheim bei Belva und Vera. Es wird Zeit, dass ich sie auch ein wenig an meinem Leben teilhaben lasse, natürlich werde ich ihnen nicht unter die Nase reiben, dass ich zu der Tijumara-Familia gehöre, doch ich bin bereit ihnen zu zeigen, wie ich lebe, ohne Angst zu haben, dass sie mich deswegen mit anderen Augen sehen werden. So gut kann ich die beiden mittlerweile einschätzen.

»Am Sonntag grillen wir bei mir auf der Dachterrasse, bringt Bikinis mit!« Ich zwinkere den beiden noch zu und laufe dann schnell zu meinem Kurs, der wieder in der Wirtschaftsfakultät stattfindet, doch sobald ich das Gebäude betrete, kommen mir schon die ersten aus meinem Kurs wieder entgegen. »Die Professorin ist krank, sie schickt uns per Mail einige Aufgaben.«

Okay, vielleicht wird die Woche doch nicht so grauenvoll, wie ich es heute morgen gedacht habe. Hier wird sehr viel per Mail erledigt, auch die Noten bekommt man per Mail, bisher hatte ich zwei Zweien und für die erste Hausaufgabe eine Drei. Ich bin zufrieden, auch wenn ich weiß, dass ich mich noch mehr anstrengen muss.

Auf dem Weg nach Hause wünschte ich, ich hätte auf das Kantinenessen verzichtet und könnte mir etwas von den leckeren Ständen mitnehmen. Als ich kurz vor meiner Wohneinheit ein paar junge Männer sehe, schlägt mein Herz sofort wieder schneller. Ich laufe mit größerem Abstand hinter ihnen und erst als sie über die Straße und in eine andere Richtung gehen, atme ich erleichtert auf.

Genervt bleibe ich vor dem Eingang meiner Wohneinheit stehen, wie lange soll ich das so mitmachen? Ich habe seither nicht einmal mehr mein Auto genutzt, ganz abgesehen davon, wie ich am Wochenende in den Club will und nachts alleine nach Hause. So kann es nicht weitergehen, nicht, wenn ich normal weiterleben möchte. Ob es mir gefällt oder nicht, es gibt nur eine Lösung: Ich muss herausfinden, wer die undichte Stelle ist und alle Löcher stopfen, sodass ich mein Leben unbeschwert wie all die Jahre zuvor weiterleben kann.

Deswegen gehe ich direkt in die Tiefgarage, ich setze mich in mein kleines schwarzes Auto und gebe meinen letzten Standort in das Navi ein, was leider das Anwesen von Enzo Quartico ist. Mein Bauch rumort, als ich aus der Stadt fahre, ich sollte dort gar nicht mehr in die Nähe kommen, ich muss jeden Tag daran denken, dass all das anders hätte enden können. Ich habe auch mehr als eine Nacht davon geträumt und bin schweißgebadet aufgewacht, doch ich muss mich dem noch einmal stellen, um diesen Alptraum ein für alle Mal hinter mir zu lassen.

Als ich die Wachhäuschen sehe, werde ich langsamer. Ich weiß, dass Enzo kein Interesse daran hat, mir zu schaden. Nachdem ich nun allerdings begriffen habe, wie stark der Hass zwischen unseren beiden Familias wirklich ist, weiß ich noch mehr, dass ich nicht hier sein sollte, doch ich kann nicht anders.

Ich halte am Wachhaus und zwei schwerbewaffnete Männer sehen mich verwundert an. »Hallo, ich … wollte zu Enzo.« Ein Lächeln setzt sich auf das Gesicht des einen, während der andere Mann sich bereits wieder abwendet. »Wenn wir davon nichts wissen und nicht den Auftrag haben, dich reinzulassen, wird das sicherlich seinen Grund haben.« Natürlich, da fällt mir noch etwas ein. »Oder ist vielleicht Gomez da? Es reicht völlig aus, wenn ich mit ihm spreche.« Nun ändert sich der Blick des Mannes. »Wer bist du?« Ich bin aus dem Auto gestiegen und weiche nun wieder ein paar Schritte zurück in die Richtung des Autos. »Tamina.«

Der Mann nimmt sein Handy ans Ohr und dreht sich von mir weg, als er auflegt, blickt er kurz zu mir. »Enzo ist gleich da.« Die Nachricht sollte mich freuen, dafür bin ich hier, doch ich habe das Gefühl, mich übergeben zu müssen und mein Kopf beginnt zu brummen. Vielleicht wäre es schlauer gewesen, weiter mit der Angst im Nacken zu leben. Ich lehne mich gehen meine Fahrertür und sehe an mir herunter. Heute trage ich ein weißes Sommerkleid mit meiner Korbtasche und bequeme Flipflops. Ich habe mir einen Zopf gebunden und trage weiße Federohrringe. Ich muss daran denken, wie fertig ich war, als ich hier herauskam, und auch wenn ich nicht einmal auf dem Gelände bin und nur davor stehe, geht es mir wieder schlecht und meine Kehle wird trocken.

Ich höre die beiden Männer miteinander sprechen, doch ich ignoriere sie und sehe auf meine Schuhe und zu dem Tor. Mein Auto steht ein wenig vom Wachhaus entfernt, notfalls kann ich hineinspringen und flüchten, den Autoschlüssel habe ich mit meiner Hand fest umklammert.

Als ich dann aber die Motorgeräusche hinter mir höre, wende ich mich verwundert um. Drei Autos kommen auf mich zu, zwei fahren weiter durch das Tor auf das Gelände, was sich in diesem Moment öffnet. Ein silberner großer Mercedes bleibt genau vor meinem Auto stehen.

Enzo steigt aus und sieht ungläubig und auch ein wenig wütend zu mir. »Dass ich dich am Leben gelassen habe, war keine Einladung, mich jetzt hier besuchen zu kommen, als wären wir beste Freunde.« Ich kann nicht verhindern, dass ich unter seinen harten Worten zusammenzucke. »Nein, natürlich nicht. Das weiß ich … es ist nur …« Er bleibt mit einem gewissen Abstand vor mir stehen, ich spüre seinen Blick einmal an mir hoch und runter gleiten, dann sieht er mir wieder in die Augen und ich hole tief Luft.

»Ich habe mich die letzten Tage nicht mehr wirklich sicher gefühlt und ich war am Wochenende zu Hause in Baja ...« Okay, vielleicht sollte ich das nicht erwähnen. Enzo und sein starrer Blick auf mir machen mich noch nervöser, als ich es ohnehin schon bin. Ich sehe die Waffe, die in seiner Shorts steckt, was für mich eigentlich kein neuer Anblick ist, alle Männer meiner Familia sind bewaffnet, doch diese Waffe könnte sich auf mich richten und das fühlt sich dann doch ganz anders an.

Er trägt eine schwarze Shorts, ein rotes Shirt und Sneaker im gleichen Farbton wie sein Shirt. Auch wenn er mich wütend ansieht und das alles andere als der richtige Zeitpunkt dafür ist, bemerke ich trotzdem wieder, wie hübsch er ist, aber, was noch stärker überwiegt, wie mächtig und furchteinflößend er aussieht und ich komme erneut ins Stocken, was ihn zu Wort kommen lässt. »Ich bin nicht dafür verantwortlich, dass du gut schlafen kannst, Prinzessin. Dass du atmest ist denke ich Geschenk genug. Also ...«

Wenn ich mich jetzt nicht zusammennehme, werde ich gar nichts erreichen und all das war umsonst. Ich bin es gewohnt, mit mächtigen Männern fertig zu werden, ich muss mich regelmäßig gegen meinen Vater und meine Brüder durchsetzen, ich muss einfach den Gedanken beiseiteschieben, dass ich hier mit meinem Leben spiele.

»Das will ich auch gar nicht. Doch ich muss herausfinden, wer die undichte Stelle bei uns ist, damit ich wie vorher weiterleben kann, also wäre es nett, wenn ...«

Nun lacht Enzo laut auf, ein Grübchen setzt sich auf seine rechte Wange und wäre er nicht so angsteinflößend, würde ihn das noch attraktiver machen.

»Dachtest du, ich helfe euch, euren Verräter zu entlarven?« Bei all meiner Angst spüre ich auch Wut in mir aufkommen. Kapiert er denn nicht, dass es hier nicht um die Familias geht? »Nein, nicht uns. Das hat nichts mit den Familias zu tun oder diesen Grenzen oder den Geschäften. Es geht darum, dass ich in Ruhe studieren möchte, ohne dass mich ein Irrer in meiner Parkgarage betäubt und verschleppt und ich nun einem völlig fremden Mann dankbar sein muss, dass ich noch atme. Wenn du wüsstest, wie wenig mich diese ganze Familia-Sache interessiert, würdest du mir vielleicht glauben, doch du kennst mich nicht und ich kenne dich nicht. Alles was ich möchte ist, kurz mit Gomez zu sprechen, ist er da oder hast du seine Adresse? Den Rest kläre ich dann. Ich brauche deine Hilfe nicht, lediglich eine Information.«

Verwundert über meinen doch etwas aufbrausenden Auftritt und dass ich automatisch sogar zwei Schritte auf ihn zugegangen bin, hebt er kurz die Augenbrauen, bevor wieder Kälte dieser kurzen Gefühlsregung weicht.

»Auch wenn es dich eigentlich nichts angeht, hatte ich doch gesagt, dass Gomez niemandem mehr etwas sagen wird. Soviel ich weiß, ist diese Frau mit ihrer Familie von dem Geld, was Gomez ihr für die Information gegeben hat, zurück nach Kolumbien gegangen. Sie wird wissen, was ihr vonseiten deiner Familia droht, wenn das herauskommt, und ihre Füße still halten. Außerdem denke ich nicht, dass Kolumbien sich dafür interessiert, wer du bist ... Prinzessin.«

Auch wenn ich es nicht will, kann ich nicht verhindern, dass sich eine unheimliche Erleichterung in mir ausbreitet und man mir das sicherlich auch ansieht. »Das ist ... gut, dann habe ich ... also dann droht von ihr keine Gefahr mehr. Aber was bedeutet, er wird nicht reden? Ich meine, das kann man doch nicht so genau sagen, vielleicht ...« Enzo schüttelt nur leicht den Kopf. »Er lebt nicht mehr, ... und auch sein Cousin nicht. Wir wussten einiges, was sie hinter unserem Rücken getan haben, deswegen dachte er, du könntest uns milder stimmen, aber da uns ihr Geschenk auch nicht sonderlich überzeugt hat ... werden die beiden, die noch von deiner wahren Identität wissen, nie wieder reden, von daher droht der Prinzessin keine Gefahr mehr.«

Ich verschränke die Arme vor der Brust. »Er ist tot?« Damit hatte ich nun wirklich nicht gerechnet. Er hat mich entführt und auch meinen Tod in Kauf genommen, doch ... »Mein Gott, so langsam glaube ich wirklich, dass du mit der Familia nichts zu tun hast.« Ich wende mich ab und gehe zu meinem Auto. »Das ist meine Familie und nein, mit solchen Dingen habe ich tatsächlich nichts zu tun und nur, weil ich nichts davon weiß, wer umgebracht wird oder warum oder wieso man sich wegen irgendwelcher imaginären Grenzen bekriegen muss, bin ich keine Prinzessin ...« Bevor ich einsteige, sehe ich ihn noch einmal an.

Auch er ist zu seinem Auto zurückgegangen. »Doch, das bist du, weil du keine Ahnung hast, wer deine Familie wirklich ist und du wie in einer Blase lebst, die nun zu platzen droht. Glaub mir, hier in Mexiko wird es dir nicht gelingen, all das zu ignorieren ... Prinzessin.«

Ich sehe ihm noch hinterher, wie er in sein Auto steigt und in sein Gelände fährt und schüttle den Kopf, bevor ich in mein Auto steige und so schnell hier wegfahre, wie ich nur kann. Es ist mir egal, was er von mir denkt. Mir droht von niemandem mehr eine Gefahr und ich kann weitermachen wie vorher. Das ist alles, was ich wollte, ich will mit dem Leben der Familias nichts zu tun haben und wenn mich das zu einer Prinzessin für ihn macht, ist mir das egal. Es gibt niemanden mehr, der meine wahre Identität kennt, außer Enzo Quartico und ich hoffe, dass ich ihn nie wiedersehen werde.

# Kapitel 8

»Komm schon, probiere es mal!« Belva reicht mir die Handschuhe und ich deute an mir herunter. »Ich habe keine Sportklamotten an.« Meine Freundin muss lachen. »Das stört den Sandsack überhaupt nicht. Vertrau mir, ich habe auch nur mitgemacht, weil ich eine Alternative zu meinem Capoeira gesucht habe und sie das hier auf dem Campus nicht anbieten, aber ich garantiere dir, das fühlt sich unglaublich befreiend an und wir haben eine harte Woche hinter uns.«

Das haben wir, ich hatte wie alle anderen von dieser Testwoche einmal im Monat gehört, aber ich habe das nicht für voll genommen. Doch diese Woche wurde ich, wurden wir alle, eines Besseren belehrt. Die Professoren haben in allen Kursen diese Woche Tests verteilt, um zu sehen, wie man im Monat zurechtgekommen ist, auch wenn wir erst die dritte Uniwoche hinter uns haben. So sind wir von einem zum nächsten Test gelaufen und haben die Nächte über gelernt, heute früh hatte ich den letzten Test und ich habe danach drei Kreuze gemacht.

Da heute Freitag ist, haben wir wieder früher Schluss und Belva hat mich überredet, sie zu ihrem Boxkurs zu begleiten. Ich habe erwähnt, dass ich irgendeinen Ausgleich zum ewigen Lernen brauche und sie dachte, ich sollte mir das mal ansehen, doch als sie mir jetzt die Handschuhe in die Hand drückt, zögere ich. Ich hatte an Schwimmen oder Laufen gedacht.

»Also wenn du etwas hast, was dir auf dem Herzen liegt oder dich belastet, glaub mir, du sparst dir dadurch das viele Geld für einen Therapeuten.« Ich nehme die Handschuhe und Belva bindet sie mir um, bevor ich aus den Flipflops schlüpfe und gegen den Sandsack schlage. »Du sollst ihn nicht streicheln, du sollst ihn schlagen. Stell dir vor, es ist der Professor, der dir den Test viel zu früh weggenommen hat, weil er der Meinung war, zehn Minuten reichen für zwanzig Aufgaben.« Ich muss lachen, doch ich schlage fester zu. »Also bekomme ich den Therapeuten doch noch gratis dazu!«

Ich schlage mehrmals hintereinander zu und tatsächlich: Es fühlt sich gut an. Es geht mir aber generell schon besser. Der erste Schock über die Entführung ist vorbei und ich versuche, diese zwei Tage zu vergessen und weiterzumachen wie vorher. Mittlerweile fahre ich wieder normal mit dem Auto und benutze das Parkhaus. Ich habe auch begriffen, dass niemand hinter mir her ist, was nicht heißt, dass ich im Hinterkopf behalte, trotzdem wachsamer und vorsichtiger zu sein. Ich bin nicht mehr in L.A., ich lebe nun in Mexiko und hier hat meine Geschichte und meine Herkunft mehr Bedeutung, als es mir lieb ist.

Um ganz ehrlich zu sein, hallen mir Enzos Worte im Hinterkopf, was mich wirklich wütend macht, weil ich weiß, dass er gar nicht so unrecht hat. Bisher habe ich in einer sicheren Seifenblase gelebt und die ist hier in Mexiko aufgeplatzt und auch Enzos dunkle Augen erscheinen mir immer wieder in meinen Gedanken.

Ich spüre, wie mein Atem schneller wird und meine Schläge härter. Ja, ich habe ein behütetes Leben geführt, nicht weil ich mich bewusst dafür entschieden habe … ich kannte es nicht anders, und um ganz ehrlich zu sein, habe ich es auch nie in Frage gestellt, weil dieses Leben ganz normal bei uns in L.A. ist. Ich habe mich nicht gefragt, wieso wir solch ein schönes Haus haben, weil alle Kinder, mit denen ich aufgewachsen bin, in solch einem Haus gelebt haben. Wobei das Haus von meiner Mutter und mir sogar eher klein war im Vergleich zu denen meiner damaligen Mitschülerinnen.

Mein Vater war immer für mich da und hat mich wie andere Väter auch mit teuren Autos von der Schule abgeholt. Es war nie merkwürdig für mich. Meine Freundinnen wussten alle nicht so genau, was ihre Väter machen, der eine war Anwalt, der andere hat mit Aktien gehandelt, mein Vater ist Geschäftsmann im Bereich Im- und Export aus Mexiko heraus, keiner von uns hat daran etwas hinterfragt.

Erst als ich älter wurde, sind mir andere Dinge aufgefallen, die ich zugegebenermaßen einfach toleriert habe. Vielleicht war es naiv, die Waffen zu ignorieren und die Art, wie Geschäfte in Mexiko ausgehandelt wurden, dass ich gesehen habe, wie meine Brüder Männer weggeführt haben und diese nicht glücklich aussahen, doch das kam auch sehr selten vor. Mein Vater hat mit Adleraugen darauf geachtet, dass wenn ich um sie herum war, nie etwas passiert, was mich hätte beunruhigen können.

Es gab und gibt sicher einiges, was ich in Frage hätte stellen sollen, doch vielleicht wollte ich es auch nicht. Ich wollte einiges nicht wissen, weil ich nicht wusste, wie ich dann damit umgehen sollte, ist das naiv? Bestimmt, doch was hätte es geändert? Hätte ich den Kontakt zu meinem Vater abgebrochen? Würde das meine Liebe zu ihm mindern? Ich weiß es nicht, doch ich werde nicht mehr drum herum kommen, mich alldem zu stellen. Um mir selbst all das zu beantworten, brauche ich noch mehr Antworten, doch ich spüre, dass ich selbst jetzt wieder all das von mir schiebe.

Frustriert schlage ich noch einmal zu. Wahrscheinlich bin ich naiv und feige, ich habe mir das alles nicht ausgesucht, ich wollte nie vor dieser Wahl stehen, doch nun hier in Mexiko ist mir diese Entscheidung genommen worden und ich muss mich mit dem auseinandersetzen. Doch nur, weil ich meine Familie nicht verurteile oder sie verlieren möchte, bedeutet das nicht, dass ich eine Prinzessin bin.

»Wow, okay, du hast dieses Training offenbar echt nötig.« Ich halte ein und höre meinen lauten Atem. Unbewusst habe ich immer wieder auf den Sandsack geschlagen und ich fühle mich tatsächlich gut dabei. Das hilft wirklich, einiges Angestaute loszu-

werden. Ich streife mir die Handschuhe ab und drücke sie Belva
in die Hand. »Freitags? Ich bin dabei!«

'Mohammed Ali, bist du fertig? Bin im Taxi, holen dich in 10
Minuten ab.'

Ich lege mein Handy weg und sehe in den Spiegel.

Eigentlich würde ich mich nach dieser anstrengenden Woche am
liebsten im gemütlichen Pyjama auf meine Couch kuscheln und
mir Serien ansehen, doch Vera bringt uns um, wenn wir heute am
Sexy Single Day nicht ins Dulce kommen. Auch Belva hatte nicht
wirklich Lust, aber Vera hat uns heute so viele Nachrichten
geschrieben, deswegen hat es keiner von uns es übers Herz
gebracht, abzusagen.

Da ich davon ausgehe, dass wir nächste Woche keine Tests mehr
schreiben und wir auch keine Aufgaben bekommen haben, habe
ich den gesamten Mittag auf der Couch verbracht und dort sogar
noch einmal zwei Stunden geschlafen, bis ich mich dann aufge-
rafft habe und duschen gegangen bin.

Nun bin ich schon knapp einen Monat in Mexiko und habe mich
seitdem nicht mehr so gestylt, wie ich es in L.A. immer getan
habe, wenn wir unterwegs waren. Ich war es gewohnt, mich jedes
Mal zurechtzumachen, doch sobald ich hier war, habe ich es
schlichter gehalten. Als ich dann allerdings aus der Dusche
gekommen bin und auf meine große Schminksammlung geblickt
habe, habe ich richtig Lust bekommen, mich mal wieder richtig
zurechtzumachen. Es ist fast wie ein kleines Ritual: Ich trage meine Pflege auf und schminke mich und benutze die Kosmetikarti-
kel, von denen ich genau weiß, dass sie perfekt zu mir und meiner
Haut passen.

Nachdem ich Make-up aufgetragen habe, betone ich meine
Augen, schminke meine Lippen in einem schönen Roséton,
benutze schimmernde Bodylotion, die nach Mandelmilch duftet,

und erst nachdem wirklich alles perfekt ist, gehe ich zu meinem Kleiderschrank.

Meine Mission, meinen Kleiderschrank auszumisten, hat noch nicht stattgefunden, ist aber fest eingeplant. Doch heute greife ich nach den sexy Kleidern, die ich in L.A. getragen habe, nehme die Sachen hervor, die in den Wochen immer mehr zur Seite geschoben wurden und entscheide mich dann für das klassische kurze, schwarze Kleid. Damit kann man nie etwas falsch machen und mit den passenden Accessoires wirkt das Ganze um so sexyer.

Also schlüpfe ich in das enge Kleid, in dem ich mich aber trotzdem perfekt bewegen kann. Nachdem ich dann ins Bad gegangen bin, kam die Nachricht von Belva und nun muss ich mich beeilen. Meine Haare hatte ich schon nach dem Duschen auf viele kleine Wickler gesteckt, nun ziehe ich die schnell heraus und setze den großen Lockenaufsatz auf meinen Föhn, bevor ich zufrieden auf die vielen kleinen Kringellocken sehe. Ich lege zwei goldene Armbänder an, dazu lange, große goldene Ohrringe, die aus drei Kreisen bestehen, die nach unten hin größer werden, und binde mir meine Kette mit dem Kreuz als Armband um. Ich finde, zu solch einem Kleid passt keine Kette, doch ich gehe nie ohne diese Kette aus dem Haus und binde sie mir dann immer zwei- oder dreifach um das Armgelenk.

Zufrieden sehe ich mich noch einmal an. Durch das Zurechtmachen habe ich richtig Lust bekommen, tanzen zu gehen, ich höre schon die ganze Zeit laute Musik, die ich nun abstelle. Ich greife nach einer kleinen Clutch, stecke meine Karte, meinen Schlüssel, die Eintrittskarten für den Club und mein Handy ein und eile dann nach unten, wo das Taxi direkt vor meinem Wohnkomplex steht.

Belva pfeift, als ich ins Taxi steige. »Wow, du siehst heiß aus und hier wohnst du? Ich bin doppelt beeindruckt.« Ich gebe ihr einen Kuss auf die Wange und der Taxifahrer fährt los. Auch sie trägt ein enges kurzes Kleid, allerdings in Flieder und sie hat heute ihre

Haare geglättet, trotzdem muss auch ich zweimal hinsehen und gebe das Kompliment sofort zurück. »Ich denke, wir werden heute viel Spaß haben: auf die Freiheit, Mexiko und das Single-Leben.«

Wieder ist vor dem Club eine riesige Schlange, doch wir haben Vera geschrieben, dass wir da sind und Keke steht neben dem Security-Mann und winkt uns zu sich. Somit schlüpfen wir schnell in den Club, Keke bleibt bei uns, während ich erneut diese Atmosphäre auf mich wirken lasse. Heute kommt es mir fast noch voller und auch irgendwie sexyer vor, zumindest die Stimmung. Die Frauen tragen Herzen mit einer Nummer drauf angesteckt, den ganzen Abend können Männer den Frauen mit der Nummer Nachrichten oder Getränke zukommen lassen, auch die Männer haben eine Nummer auf dem Shirt angepinnt, allerdings auf einer blauen Rose. Auch die Frauen können den Männern Nachrichten zukommen lassen, und wenn sich die Frau und der Mann mit der gleichen Nummer zufällig treffen, dann bekommen beide zusammen an der Bar einen Drink spendiert.

Es ist eine nette Idee. Wenn man wirklich vorhat, jemanden kennenzulernen, ist es sicher auch eine gute Gelegenheit dafür, doch Belva und auch ich wollen nur etwas Spaß haben und unsere Freunde besuchen, trotzdem haben wir wie alle anderen Nummern angepinnt. Ich die 633 und Belva die 634.

Zuerst begleiten wir Keke zur Bar und begrüßen Vera, sie hat ihren Namen auf dem Herz stehen, doch sie dürfen an dem Spiel nicht teilnehmen. Wir sitzen keine fünf Minuten und bekommen zwei Drinks spendiert. Die Männer setzen sich auch gleich zu uns, es sind zwei Freunde, die zur Zeit in Mexiko Urlaub machen. Es ist nett, doch deswegen sind wir nicht hier und ich bin mehr als froh, dass Belva das auch so sieht und mich auf die Tanzfläche zieht. Unsere Taschen geben wir Vera, die sie hinter der Bar verstaut, und kaum sind wir in die Menge eingetaucht, fangen wir an zu tanzen und ich spüre, wie sehr ich das vermisst habe. Es ist befreiend, sich zum Klang der Musik zu bewegen, wir tanzen zu mehreren Liedern, werden immer wieder angetanzt und haben einfach nur Spaß, bis man auf einmal ein wenig Unruhe verspürt. Belva merkt das gar nicht, doch ich spüre es und folge den Blicken zu mehreren Männern und ein paar Frauen, denen überall Platz gemacht wird und die zu den Treppen nach oben gehen, wo es zum VIP-Bereich geht.

»Verdammt!« Ich bleibe stehen und spüre, wie Wut in mir hochkommt, das darf doch nicht wahr sein. Es ist Enzo. Enzo und die Quarticos, ich erkenne auch den Mann mit den hellbraunen Haaren wieder. Sie alle sind nicht so fein zurechtgemacht wie die anderen hier, sie tragen Shorts und Shirts, einige Jeans, an niemandem erkenne ich die Schilder und erneut kann ich nicht anders als zu bemerken, wie mächtig und angsteinflößend sie alle zusammen wirken, was auch alle anderen dazu gebracht hat, sie anzusehen. Die Männer der Quarticos stört das gar nicht. Ich sehe in Enzos hübsches Gesicht, er lacht und redet mit einem Mann neben ihm, doch dann lässt er den Blick schweifen und im selben Moment fällt sein Blick auf mich.

»Was ist los?« Nun hat auch Belva bemerkt, dass ich nicht mehr tanze und bleibt stehen. Enzo sieht mir in die Augen und kneift sie zusammen, offenbar ist auch er nicht glücklich darüber, dass wir schon wieder am selben Ort sind, ich hatte gehofft, ihn nie wiederzusehen. Sein Blick verweilt auf mir, auch wenn er weitergeht, doch ich wende mich ab. »Nichts!« Ich werde mir davon nicht den Abend verderben lassen, es ist alles gesagt zwischen uns und wir können uns auch hier weiter aus dem Weg gehen.

Bewusst drehe ich mich wieder um und ziehe Belva tiefer auf die Tanzfläche. »Gar nichts, ich liebe dieses Lied.« Zum Glück hat sie nicht bemerkt, wie geschockt ich in diesem Moment war, ich hatte wirklich gehofft, dass dieses Kapitel endgültig vorbei ist.

Wir halten noch zwei weitere Lieder durch, dann setzen wir uns zu Vera und Keke an die Bar, doch Vera deutet uns, ihr zu folgen.

Sie hat Pause und wir ziehen uns in eine hintere Ecke des Clubs zurück und essen ein paar Hähnchensticks, Gemüse und ein paar andere Leckereien, die man hier bestellen kann. Obwohl wir wirklich abseits sitzen, werden uns immer wieder Getränke spendiert, es ist schon ein wenig nervig, doch wenn man auf der Suche nach einem Partner ist, wird man sicherlich mit einigen Nummern nach Hause gehen.

Natürlich versuche ich den Gedanken, dass Enzo hier ist, zu verdrängen, doch ich erwische mich selbst immer wieder dabei, wie mein Blick durch den Club schweift, allerdings sehe ich ihn nicht mehr. Vielleicht waren sie auch nur kurz hier und sind schon längst weg. Mit der Zeit entspanne ich mich wieder etwas und bevor wir noch ein letztes Mal auf die Tanzfläche gehen, sage ich, dass ich zur Toilette gehen werde. Da man schon von hier die lange Schlange vor den Frauen-Toiletten erkennt, rät mir Vera, im VIP-Bereich zu gehen. Wir sitzen bei der hinteren Treppe und dort steht Keke mit einem Security-Mann zusammen, Keke hat auch gerade Pause und so komme ich ohne Probleme hoch und sehe mich das erste Mal im VIP-Bereich um.

Hier ist es nicht so voll, alles wirkt viel größer, es stehen gemütliche Samtsofas und Sessel mit dunklen Tischen zusammen, es gibt auch hier eine Tanzfläche, auf denen sexy Frauen tanzen, eine Bar, hinter der drei hübsche Frauen stehen und auch wenn hier viel mehr Platz ist, ist es nicht so voll wie oben. Ich möchte nicht starren, deswegen wende ich meinen Blick schnell wieder ab, doch der VIP-Bereich hat schon was an sich.

Der größte Vorteil ist sicherlich, dass nur zwei andere Frauen auch auf der Toilette sind. Ich nehme mir danach noch die Zeit und sehe nach, ob noch alles so sitzt, wie es soll, erfrische meinen Nacken und sehe erst jetzt auf dem Handy einer anderen Frau, dass es schon fast drei Uhr nachts ist. Wir sollten nach dem nächsten Tanz wirklich gehen.

Sobald ich die Toilette verlassen habe und den langen Gang zurückgelaufen bin, schrecke ich zusammen, als ich in das amüsierte Gesicht von Enzo blicke, der an ein Geländer gelehnt auf mich gewartet hat.

»Verfolgst du uns, Prinzessin?« Ich brauche eine Sekunde, um mich zu fangen, ich hatte nicht damit gerechnet, dass er noch da ist. »Nein, eigentlich ist Mexiko-Stadt viel zu groß, um sich ständig über den Weg zu laufen, doch offenbar gilt das nicht für uns.«

Wahrscheinlich merkt er, dass mir die Tatsache nicht schmeckt, denn sein Grinsen wird noch breiter, als ich ihm in die Augen sehe. Sein Blick streift über meine Beine, mein Kleid, meine Lippen und verweilt dann bei meinen Augen. Fast als hätten seine Augen eine Spur auf meiner Haut hinterlassen, brennen diese Stellen und ich atme leise aus, um einen klaren Kopf zu behalten, vielleicht ist auch ihm das nicht entgangen, so genau wie er mich betrachtet.

»Wir sind oft hier im Dulce.« Ich sehe zu den Tischen im VIP-Bereich, die noch immer gut gefüllt sind. »Meine Freundin arbeitet hier hinter der Bar und hin und wieder zwingt sie uns, herzukommen und ihr Gesellschaft zu leisten, das wird aber nicht allzu oft sein und ich denke, dass ich keine Gefahr für euch darstelle … oder täusche ich mich?«

So langsam spüre auch ich, dass die anfängliche Angst, die Enzo in mir ausgelöst hat, weicht, besonders wenn er mich so ansieht wie jetzt, amüsiert und kaum noch feindselig, auch wenn ich mir sicher bin, dass er nicht sehr erfreut ist, mich hier zu sehen.

»Nein, das bist du nicht. Es hat mir noch nie jemand aus deiner Familia so richtig imponiert.« Ich muss bitter auflachen. »Na dann gibt es ja kein Problem.« Mein Blick geht nach unten, wo Keke und Vera wieder hinter der Bar stehen und zu uns hinaufsehen. Enzo folgt meinem Blick und sieht mir dann wieder in die Augen. »Sie haben keine Ahnung wer du bist, oder?« Wieso greift er mich ständig an? In dem Moment kommt ein Kellner und sieht ängstlich zu Enzo, während er mir einen roten Cocktail mit einer Kirsche darin hinhält. »Entschuldigung, Señora, aber der Drink ist von dem Herrn mit der 462, mit einem freundlichen Gruß.« Während der Kellner spricht, brechen Enzo und ich den Augenkontakt nicht ab. Ich habe das Gefühl, dass meine grünen Augen mit seinen dunklen verschmelzen könnten, wäre nicht so viel Eis zwischen uns. Erst dann wende ich mich ab und nehme den Drink. »Danke.« Dann wende ich mich noch einmal zu Enzo um. »Doch, sie kennen mich, Enzo. Sie wissen, dass ich Tamina bin, es interessiert sie nur nicht, welchen Nachnamen ich trage. Viel Spaß noch!«

Ohne ihn noch eines Blickes zu würdigen, gehe ich an ihm vorbei und die Treppen hinunter, wobei ich den Drink leere und das leere Glas dann auf die Theke zu Keke stelle, der mich frech angrinst. »Läuft bei dir, Tamina.« Ich schüttle den Kopf und lege meinen Arm um Belva, die gerade zu uns kommt. »Noch nicht genug, lass uns tanzen.«

Erst drei Lieder und sicher einige Blasen an den Füßen später verlassen wir den Club. Ich habe irgendwann gesehen, wie Enzo mit seinen Männern gegangen ist und war danach noch erleichterter. An der Tür werden uns allen mehrere Karten gegeben, die Männer uns am Ausgang hinterlassen konnten, mit Nummern und Nachrichten. Keke sammelt alle ein und sagt, wir machen uns morgen beim Grillen daraus einen Spaß.

Obwohl ich todmüde bin, schaffe ich es nicht, gleich einzuschlafen. Enzos Worte gehen mir durch den Kopf und ich frage mich, ob es wirklich so ist, ob meine neuen Freunde wirklich akzeptieren, wer ich bin, ohne zu viel wissen zu wollen und mich anders zu sehen, und ja, ich bin bis zum nächsten Mittag, als die vier bei mir klingeln, richtig nervös. Ich habe Angst, dass das hier etwas ändert, wenn sie merken, wie ich lebe, dass ich Geld habe und sie mich anders sehen oder zu viele Fragen stellen, die ich einfach nicht beantworten kann. Doch nach nicht mal fünfzehn Minuten, nachdem die vier mit großen Augen in meine Wohnung gekommen sind, hat sich das völlig gelegt.

Natürlich haben Keke, Vera, Belva und Jamal sich alles genau angesehen und sind vor allem von der Terrasse begeistert, doch nachdem ich erklärt habe, dass mein Vater ein Geschäftsmann ist und mir die Wohnung gekauft habe, haben sie gar nicht mehr gefragt. Im Gegenteil, sie haben mit mir über die nächste Woche, meine Arbeiten und die süßen Typen aus dem Club gesprochen, doch keiner von ihnen wollte viel mehr zu dieser Seite meines Lebens wissen und darüber bin ich dankbar.

Wir haben uns umgezogen und den Pool genossen, den kleinen Grill entzündet und es uns gemütlich gemacht. Am interessantesten fanden Keke und Vera eher die Frage, mit welchem sexy Kerl ich gestern gesprochen habe. Im Club ist es sehr dunkel und ich bin mir sicher, dass sie ansonsten erkannt hätten, wer er ist. Ich erkläre nur leichthin, dass er mich angesprochen hat, wir aber wieder unterbrochen wurden, doch allein beim Gedanken daran rumort mein Magen. Somit habe ich sie wieder alle abgelenkt und ich helfe Keke dann, die Zettel auszuteilen, die wir gestern noch bekommen haben.

Sie lesen alle vor. Es sind Nachrichten mit Komplimenten, Fragen nach einem Date und vielen Handynummern. Immer wieder erinnert mich Keke daran, dass sicher keiner von ihnen so sexy wie der Mann im VIP-Bereich sein wird und jedes Mal tauchen Enzos dunkle Augen vor mir auf und ich schiebe sie wieder aus meinen Gedankengängen. Sie haben da nichts zu suchen, nur kann das Keke natürlich nicht wissen. Lachend lesen wir die Karten vor und ich lehne mich entspannt zurück.

Ich bin froh, dass sich meine Angst nicht bewahrheitet hat und es meine Freunde nicht weiter interessiert, wie ich lebe und sie auch gar nicht weiter nachfragen. Sie werden wissen, dass ich es sagen werde, wenn ich etwas zu sagen habe. Nun kann ich wirklich frei durchatmen hier in Mexiko-Stadt.

Ich drehe meine letzte Karte um und in geschwungenen Buchstaben steht neben meiner Zahl:

'Wir sehen uns, Prinzessin.'

# Kapitel 9

»Womit genau verdient unsere Familia das meiste Geld?«

Obwohl ich meine Augen gerade erst geschlossen hatte, nachdem ich mich neben Sophian auf die Liege gelegt habe und die Wassertropfen von der Sonne trocknen lassen will, öffne ich sie wieder, um die Reaktion meines ältesten Bruders genau zu sehen.

Es ist fast drei Wochen her, seit ich ihn das letzte Mal an seinem Geburtstag gesehen habe. Die drei Wochen sind nur so vorbeigeflogen, ich hatte so viel mit der Uni zu tun, dass ich zu nichts gekommen bin. Da diese Woche Donnerstag und Freitag frei sind, bin ich nach Monterrey geflogen, um bis Samstag früh hier bei meiner Familie zu sein. Mein Vater ist gerade los zu einem Termin und Sophian ist eben erst zurückgekehrt und hat sich müde auf eine der Liegen gesetzt, während ich mich im Pool abgekühlt habe.

Die drei Wochen habe ich es sehr gut geschafft, all das von mir zu schieben. Ich denke, man hat im Leben immer mal wieder die Wahl, ob man nun einfach weiterlebt oder etwas weiter hinterfragt. Die ersten Tage war ich fest dazu entschlossen, einfach weiterzumachen. Bisher habe ich so auch sehr gut gelebt, ich muss nicht jede Kleinigkeit wissen, und wenn ich eines Tages für die Familia arbeite, werde ich sowieso nicht mehr darum herumkommen, mich mit alldem zu beschäftigen, doch so lange wollte ich das alles von mir drängen. Allerdings hat das nur einige Tage gehalten. In jeder Minute, die ich nicht zu beschäftigt war, glitten meine Gedanken doch wieder um dieses Thema herum und auch Enzo war ständig in meinen Gedanken, sodass mir immer mehr bewusst geworden ist, dass es nun wahrscheinlich einfach nicht mehr möglich sein wird, all das zu verdrängen und es an der Zeit ist, sich damit zu befassen. Und da ich es umgehen möchte, gleich mit meinem Vater darüber zu sprechen, sehe ich nun meinen Bruder an, der weiter seine Augen geschlossen hält und die Arme hinter dem Kopf verschränkt hat.

»Wieso willst du das wissen?« Nun setze ich mich komplett auf und wende mich zu ihm um. Ich habe mir diese Antwort sicherlich Millionen Mal in meinem Kopf zurechtgelegt und nun kommt sie so schnell aus meinem Mund, dass Sophian doch seine dunklen Augen öffnet und mich etwas verdutzt ansieht.

»Ich bin hier nach Mexiko gekommen, um zu studieren, damit ich euch in der Familia helfen kann. Ich weiß, dass ihr mich bisher immer von allem Geschäftlichen fernhalten wolltet, doch das wird früher oder später nicht mehr gehen. Ich habe niemals danach gefragt, allerdings bilden sich immer mehr Fragen in meinem Kopf und ich möchte Antworten haben. Ich bin keine zehn mehr und schreie bei jedem bisschen nach meinen großen Brüdern. Ich werde schon mit allem klarkommen und du weißt, dass Papa mir eh nicht alles sagen wird.«

Sophian zieht die Augenbrauen zusammen. »Okay, ich habe kein Problem damit dir zu sagen, was wir tun, doch Papa wollte das nie, aber du hast recht, du bist hier, um alles zu erlernen, also bitte: Wir haben mehrere Einnahmequellen. Der größte Teil ist der Waffenhandel, um den wir uns kümmern. Wir vertreiben Waffen an Händler, die sie weiterverkaufen. Dann gibt es Drogen, die wir früher selbst verkauft haben, heute ebnen wir dafür nur noch die Wege. Dann gibt es noch die Sicherheit, die wir zur Verfügung stellen, was bedeutet, dass wir quasi Leute unter unseren Schutz nehmen … grob erklärt, das ist etwas komplizierter, es gibt mehrere Sachen, wo wir unsere Finger mit drin haben, wir probieren auch immer wieder etwas Neues aus. Du weißt, dass wir gerade mehrere Wohnblöcke gekauft haben. Wir lassen sie renovieren und verkaufen sie teurer, doch es ist viel zu stressig, ich denke, das werden wir erst einmal nicht mehr verfolgen.«

Ich versuche, nicht zu zeigen, wie erleichtert ich darüber bin, dass Sophian mit mir spricht, ich bin mir sicher, dass das bei meinem Vater schwerer gewesen wäre. »Okay, also kein direkter Drogenhandel, nur Waffen und Sicherheit, aber das ist … also natürlich, ich meine, es gibt sicher harmlosere Sachen, aber ich bin erleichtert, dass … ich weiß nicht, ihr habt immer solch ein Geheimnis um alles gemacht, dass ich dachte, ihr seid in die schlimmsten Verbrechen verwickelt, vielleicht Frauenhandel, Auftragsmorde und ich weiß nicht was.«

Ich bin wirklich erleichtert und lehne mich wieder zurück, doch nun setzt sich Sophian auf. »Es geht nicht nur darum, was wir tun, Tamina. Es ist die Art und Weise, wie wir leben, es ist nicht die Art, wie du bisher dein Leben gelebt hast. Es liegen vielleicht nicht so viele Kilometer zwischen Mexiko und den USA, doch es liegen Welten dazwischen. Unsere Familia war und wird immer sehr unnachgiebig sein. Wir verletzen niemanden, der uns nichts getan hat oder ziehen ihn in etwas mit rein, doch man sollte es sich zweimal überlegen, ob man versucht, uns hereinzulegen oder sich gegen uns zu stellen. Wir alle hatten schon einiges Blut an unseren Händen und das würde ich zum Wohl von unserer Familia und auch zum Schutz von dir oder sonst wem immer wieder tun. Wenn wir vorhaben, ein Projekt durchzuführen, lassen wir uns nicht aufhalten, von niemandem.«

Er sieht mich ernst an. »Der Präsident ist nur an der Macht, weil er uns in Ruhe lässt, die Polizei arbeitet mehr für uns statt gegen uns und wir haben sehr feste und starke Strukturen um uns herum aufgebaut. Wir sind ständig in Gefahr und versuchen alles, damit du es niemals bist. Ich möchte, dass dir klar ist, dass wir keine Monster sind, aber du musst wissen, dass es auch eine andere Seite von dem gibt, wie ich dir jetzt gegenüber sitze. Diese Seite, die ich dir gegenüber als Bruder habe, sehen nicht viele. Wir alle hier lieben dich über alles und du erlebst uns immer nur so, weil wir all den Ärger und die Geschäfte von dir fernhalten, doch wenn du bald mit in der Familia arbeitest, möchte ich, dass du mir auch danach noch in die Augen sehen kannst, wenn du sieht, wie ich auch sein kann, wenn du vielleicht mal miterlebst, wie ich Verräter behandle. Deswegen ist es wichtig, dass du klar weißt, was hier vor sich geht. Papa ist sich dessen auch bewusst und es fällt ihm sehr schwer, dich einzubringen, auch wenn er das unbedingt möchte. Weißt du, für uns war das immer so, diese Welt hier und dann gab es dich und das beides hat nie zusammengepasst, doch im Grunde ist diese Welt hier auch deine Welt und wir werden sie zusammenbringen müssen. Wenn du dein Studium abgeschlossen hast, werde ich dich einführen und mit mir nehmen, noch geht das nicht. Keiner soll wissen, wer du bist, solange du in Mexiko-Stadt lebst, das ist das Allerwichtigste, hörst du?«

Ich nicke. »Ja, natürlich, ich weiß.« Sofort kommen mir wieder Enzos dunkle Augen in meine Gedanken. »Und diese anderen Familias, also ... dieser Krieg und die Grenzen ...« Sophian schließt die Augen wieder und lächelt matt. »Darüber brauchst du dir gar keine Gedanken zu machen, mit denen wirst du niemals etwas zu tun haben, das würden wir nicht zulassen. Sag mal, wie findest du eigentlich James?«

Ich schließe enttäuscht die Augen, ich wollte zu gerne wissen, was das Problem zwischen meiner Familia und den Quarticos ist. Es muss mehr sein als nur ein paar Grenzen, doch ich kenne Sophian, für ihn ist das Thema beendet und ich weiß, dass ich schon mehr Informationen bekommen habe, als ich es aus unserem Vater herausbekommen hätte. Ich bekomme meine Antworten schon noch alle, ich muss es nur ruhig angehen, um nicht zu auffällig zu wirken.

»Wer?« Sophian lacht leise auf. »Der Mann, der vorhin bei mir war. James, ich habe ihn dir jetzt sicherlich zehn Mal vorgestellt. Ich denke, er mag dich.« Unser Cousin Mufasa kommt in den Garten und springt mit solch einem Schwung ins Wasser, dass ich wieder komplett nass werde. Ich setze mich wieder auf und funkle ihn wütend an, während er mir zuzwinkert und einige Runden dreht.

»Ich kenne den Mann nicht, was soll ich dir dazu sagen, außer dass ich schockiert darüber bin, dass mein Bruder, der meinem Date vom Abschlussball solche Angst gemacht hat, dass er mir nicht einmal die Hand halten wollte, mich ernsthaft nach einem Mann fragt.« Mufasa verfolgt unsere Unterhaltung auch beim Schwimmen und lacht auf. »Ich hatte auch eine kleine Unterhaltung mit ihm, du weißt doch, dass du meine Lieblingscousine bist.« Sophian hat seine Augen wieder geöffnet und sieht nun belustigt zu unserem Cousin, der mit seiner Glatze und der LT-Tätowierung darauf trotzdem genauso attraktiv wie meine Brüder ist. Diese Männer in unserer Familia sind echt ein Segen und ein Fluch zugleich und das wissen sie auch.

»Daran hat sich nichts geändert, doch James gehört zur Familia, wir vertrauen ihm und wenn ein Mann unsere Schwester verdient hat, dann nur ein Mann, der zu uns gehört.« Ich muss lachen und wickle mir mein Handtuch um, um mir etwas zu trinken aus der Küche zu holen.

»Na, zum Glück habt ihr da nicht viel mitzureden, meine Freunde und Männer suche ich mir immer noch selbst aus und ich mische mich bei euch auch nicht ein, oder dachtest du, ich weiß nicht, dass du letzte Woche zufällig in Connecticut warst und Alea besucht hast, weil du dort zu tun hattest?«

Ich zwinkere Sophian zu und wie immer schweigt er, was auch gut für ihn ist und somit habe ich dieses Thema schnell wieder beendet. Auch Alea hat mir nur gesagt, dass er da war, nichts Genaues darüber, was passiert ist, doch diese Tatsache zeigt mir, dass da mal wieder etwas war, wie es schon seit Jahren immer wieder zwischen Sophian und Alea der Fall ist. Auch wenn keiner von den beiden so richtig vor mir darüber sprechen möchte, weil sie zwar immer wieder etwas miteinander haben, es aber auf nichts Festes hinausläuft. Ich habe es aufgegeben, sie deswegen zu fragen, sie wissen, wie ich darüber denke. Wenn es sein soll, dann wird es so sein, wenn nicht, dann nicht, doch unterschiedlicher als die Jurastudentin und der zukünftige Anführer der größten Familia Mexikos geht es wohl nicht und das wissen beide genau. Sie mögen sich, doch keiner wird auf sein Leben und den Weg, den sie eingeschlagen haben, verzichten wollen.

Sophian hat die Augen wieder geschlossen und Mufasa kommt aus dem Pool, zieht mich in seine Arme und durchnässt mich somit erneut, ich stoße ihn lachend weg, doch er zwinkert mir nochmal zu. »Ich mag James.«

Erneut drehe ich mich zum Haus um und schüttle nur leicht den Kopf. »Dann frag ihn nach einem Date. Ich weiß sicher noch nicht alles über die Familia, ihr beiden, doch dass ihr mir einen Mann aussucht, dazu wird es niemals kommen, so weit reicht eure Macht nun auch nicht.«

Ich höre das leise Lachen der beiden und gehe ins Haus, wobei ich mir selbst ein Lächeln nicht verkneifen kann. Ich liebe diese Chaoten einfach.

# Kapitel 10

»Kommst du noch vorbei? Du warst schon eine Weile nicht mehr hier und es ist meine erste Schicht im VIP-Bereich.«

Während ich mir ein paar Shrimps mit Gemüse anbrate, telefoniere ich über Lautsprecher mit Vera, die auf dem Weg in den Club ist. Es ist Samstagabend und ich bin erst vor einer Stunde wieder in Mexiko-Stadt gelandet. Nachdem ich all meine Uniarbeiten auf dem Hin- und Rückflug erledigen konnte, hatte ich eigentlich nur noch vor, mir einen gemütlichen Abend auf der Couch zu machen. Ich bin bewusst nicht mehr ins Dulce gegangen und habe alles, was damit zu tun hat, gemieden, doch in dem Moment, als Vera erwähnt, dass sie nun im VIP-Bereich arbeitet, beginnt automatisch mein Magen zu rumoren und Enzos dunkle Augen sehen mich wieder kalt an.

Ich habe durch Sophian einen relativ klaren Einblick in die Geschäfte meiner Familia bekommen, natürlich werde ich genaue Details und alles weitere erst nach und nach erfahren und wahrscheinlich auch erst richtig, wenn ich mitarbeite und sie mich nicht mehr verstecken werden. Doch ich stelle Fragen und ich bekomme auch meine Antworten. Auch mit meinem Vater habe ich noch einmal ein wenig darüber gesprochen und er hat mir erklärt, dass er mich nach und nach in alles einführen wird. Er möchte mir bald zeigen, was alles unter dem Einfluss unserer Familia steht, wahrscheinlich in meinen Semesterferien. Nichts anderes wollte ich und nun werden auch mein Vater und meine Brüder begreifen, dass sie mich nicht ewig von allem fernhalten können, doch sobald ich nach anderen Familias frage, blocken sie komplett ab. Das ist wahrscheinlich eine Welt, von der sie niemals wollen, dass ich darin involviert bin.

Ich sehe noch immer Enzos dunkle Augen vor mir und räuspere mich. »Schwänz doch einfach deine Schicht und komm rüber, es gibt Scampis und Suits.« Vera lacht, sie bezahlt den Taxifahrer und es wird lauter um sie herum. »Du hast keine Ahnung, wie verlockend das ist, vielleicht komme ich morgen darauf zurück, ich bin jetzt da. Wenn du es dir anders überlegst, schick mir eine Nachricht, ich gebe dann Caleb Bescheid, er steht heute am Eingang.«

Sobald wir aufgelegt haben, kann ich meine Gedanken nicht daran hindern, immer wieder über alles, was die letzten Wochen passiert ist, nachzudenken. Natürlich war mir und allen klar, dass mein Umzug nach Mexiko vieles ändern wird, im Grunde hat sich wirklich alles geändert und ich bin richtig glücklich, am nächsten Wochenende nach L.A. zu meiner Mutter zu fliegen und all das kurz hinter mir lassen zu können, so sehr ich Mexiko-Stadt auch lieben gelernt habe.

Während ich meine Nudeln mit den Scampis und dem Gemüse mit viel Öl und Gewürzen vermische, muss ich ständig daran denken, was zwischen meiner Familia und den El Quarticos vorgefallen ist. Das Einzige, was ich weiß, ist, dass Enzo mit seiner Familia genauso im Waffen- und Drogenhandel mitmischt und auch in der Sicherheit. Wieso hat er dann noch solch ein Problem mit meiner Familie? Sie haben Mexiko bereits vor langer Zeit aufgeteilt, was gibt es noch zwischen ihnen und kennen sie sich überhaupt, also so richtig, haben sie sich schon einmal gegenübergestanden?

Während der Entführung habe ich Angst verspürt, die ich bisher noch nicht kannte. Aber auch, wenn ich schnell gemerkt habe, dass Enzo mir nichts antun wird, blieb diese Angst, doch beim letzten Mal, als wir uns im Club gesehen haben, war sie nicht mehr da. Es ist einem anderen Gefühl gewichen, einer Mischung aus Neugierde und auch Wut, wahrscheinlich darüber, dass er mich hasst, obwohl ich ihn weder kenne noch den genauen Grund dafür verstehe, außer meinem Nachnamen.

Automatisch muss ich an seine bissigen Kommentare über meine Familia denken. Enzo würde mir meine Fragen wahrscheinlich nur zu gerne beantworten, er wird kein Problem damit haben, mir all das unter die Nase zu reiben, und noch während ich mich auf die Couch setze, bildet sich schon eine neue Idee in meinem Kopf. Ich schreibe Vera und frage, ob der VIP-Bereich voll ist. Sie wird nicht wissen, wer die Quarticos sind und ich beneide sie darum, dass sie all diesen Wahninn nicht kennt, ich konnte und bin dem auch so lange es geht aus dem Weg gegangen.

Sie schreibt zurück, dass gerade eine Gruppe mit mehreren Männern und Frauen hereingekommen ist und ich lege das Handy weg, während ich meine Nudeln esse, ohne dem attraktiven Rechtsanwalt von Suits wirklich zuzuhören, bis ich leise aufseufze und das Handy doch noch eimal in die Hand nehme. 'Ich ziehe mich um, könnte einen Cocktail gebrauchen, bis gleich.'

Eigentlich weiß ich, dass ich das nicht tun sollte, doch wahrscheinlich bin ich einfach schon viel zu weit gegangen, als dass ich jetzt noch zurück könnte. Da ich gerade geduscht habe, gehe ich direkt zum Kleiderschrank.

Wäre heute nicht der erste Tag für Vera im VIP-Bereich und Teil meines Planes, dass ich dort an der Bar sitzen muss, würde ich einfach die Shorts und das Top anlassen. Doch so ziehe ich mir einen beigen knielangen Bleistiftrock aus dem Schrank und ein kurzes weißes, bauchfreies Top dazu. Ich öffne meinen geflochtenen Zopf und meine Haare fallen noch feucht gewellt an mir herunter.

Das letzte Mal habe ich mir so viel Mühe gegeben und alles perfekt aufeinander abgestimmt, jetzt ziehe ich mir einen eleganten Eyelinerstrich, trage Mascara und Lippenpflege auf und nehme mir eine kleine Tasche, während ich unten anrufe und ein Taxi bestellen lasse.

Es ist kurz nach Mitternacht, als ich aussteige und Caleb mich entdeckt und sofort in den Club lässt. Wie immer ist der Club voll, es steht ein Sänger auf der Bühne im unteren Bereich und die Leute singen und tanzen, die Stimmung ist sehr ausgelassen. Da ich nicht weiß, wie ich in den VIP-Bereich hochkomme, sehe ich erst einmal an der normalen Bar nach Keke, der mich begrüßt und dem Security-Mann vor dem VIP-Bereich deutet, mich durchzulassen.

Sobald ich die Treppen hochgehe, atme ich durch, es ist leerer und ruhiger. Bewusst sehe ich mich nicht um, als ich hochkomme. Ich wünschte, ich könnte mich umsehen, ob er da ist, ob mein Plan aufgeht, doch ich hefte meinen Blick auf die Bar, hinter der Vera und einige andere hübsche Frauen stehen, dabei spüre ich einige Blicke auf mir, lasse mich aber nicht ablenken und setze mich auf einen Barhocker und gebe Vera einen Kuss auf die Wange, die mich erleichtert ansieht.

»Ich bin so aufgeregt, ich habe schon zweitausend Peso bekommen und das in knapp einer Stunde, am Ende der Nacht können wir nach Hawaii fliegen.« Ich muss lachen und lege meine Tasche neben mir auf die Theke. Auch hier hört man die Musik, doch etwas gedämpfter, wobei etwas weiter auch eine Tanzfläche ist, wo man die Musik wieder lauter zu hören scheint. Nur auf dem Flur und an der Bar ist die Lautstärke gedämpfter, woran auch immer das liegen mag.

»Hawaii klingt gut. Machst du mir eine Cola?« Sie stellt gerade ein Tablett voll. »Kein Alkohol? Woher kommt deine plötzliche Meinungsänderung über den Abendplan? Liegt es an dem sexy Mann, mit dem du letztens gesprochen hast und der auch jetzt wieder seinen Blick nicht von dir nehmen kann, so wie fast die Hälfte der Männer hier im VIP-Bereich?«

Sie lacht leise und steckt Schirmchen in die Drinks. »Ist er da?« Sie nickt und hebt das Tablett hoch. »Allerdings, und er hat dich entdeckt, ich komme gleich.« Mein Herz schlägt automatisch schneller. Ich habe die ganze Zeit Blicke in meinem Rücken gespürt, nun brennt er schon fast. Ich versuche, so entspannt wie möglich zu wirken, ziehe mein Handy aus meiner Tasche und tippe etwas darin ein, bevor ich es zur Seite lege, als Vera zurück und zu mir kommt.

»Also, du hast die Aufmerksamkeit von Mister Sexy auf dir und von einigen anderen, möchtest du trotzdem nur Cola oder soll ich dir etwas Stärkeres geben, damit du das durchhältst?« Sie hat schon die Cola in der Hand und schiebt mir eine Schüssel mit Salzstangen hin. »Cola reicht, ich brauche einen klaren Kopf.« Vera muss leise lachen und gießt mir Cola in das Glas mit Eis. »Das hört sich eher nach einer Kriegserklärung an. Aber ich muss sagen, es ist viel entspannter, hier zu arbeiten, es kommt eher selten einer an die Bar, du bedienst die Tische und sie lassen uns hier vorne in Ruhe. Hast du überhaupt gesehen, was gestern in mein Zimmer geflogen ist? Ich dachte, ich sterbe, ich hatte dir das Bild gar nicht gezeigt.«

Mit Vera ist man sehr schnell abgelenkt, sie versteht es perfekt, die Kunden zu bedienen und mich zu unterhalten. Als sie gerade wieder eine Bestellung fertig hat, sieht sie nach oben und wieder zu mir. »Vorsicht!«

Sie lächelt mich an und es prickelt in meinem Nacken, als ich spüre, dass jemand sich mir nähert. Ich sitze sicher schon knapp eine Stunde hier an der Bar und auch, wenn Enzo mich offenbar registriert hat, ist er noch nicht an die Bar gekommen, wie ich es erhofft hatte. Vielleicht hat er genug gesagt, doch eigentlich war ich mir sicher, dass er kommen und mir ein paar spitze Bemerkungen zuwerfen würde.

»Hi, so schön und so allein?« Ich wende mich zu der dunklen Stimme um und sofort breitet sich Enttäuschung in meinem Bauch aus: Das ist nicht Enzo, sondern ein anderer Mann, dessen Augen mich freundlich anstrahlen.

»Oh ja … ich meine nein, ich bin nicht alleine, ich besuche eine Freundin, die hier arbeitet und ja …« Ich kann nicht verhindern, dass sich meine Stimme enttäuscht anhört. Der Mann deutet zu dem Stuhl neben mir. »Hast du etwas dagegen, wenn ich mich zu dir setze und wir zusammen …?« Ich versuche, so freundlich wie möglich zu lächeln und stehe auf. »Um ehrlich zu sein, wollte ich gerade auf die Toilette, entschuldige mich bitte.«

Verdammt, jetzt habe ich einen gemütlichen Abend gegen so eine verkrampfe Atmosphäre eingetauscht, nur um Enzo dazu zu bringen, mich anzusprechen, was er offenbar nicht vorhat.

Ich stehe auf und gehe auf die Damentoilette, ohne den Mann noch einmal anzusehen, dort gebe ich mir kühles Wasser in den Nacken und sehe auf die Uhr. Es ist schon kurz nach eins. Es war eine dumme Idee herzukommen. Ich lehne mich gegen die kalten Fliesen, sehe noch einmal in den Spiegel und atme tief ein. Ich werde ihn jetzt ansehen und ihn so vielleicht zu einer Handlung provozieren, und wenn das nicht klappt, werde ich gehen und mir unterwegs noch einen großes Stück Brownie mit flüssigem Kern holen und frustriert eingestehen, dass meine Pläne ein Flop waren.

Ich atme noch einmal tief ein und gehe wieder hinaus in den VIP-Bereich, dabei sehe ich direkt zu den Sitzgruppen, wo kaum noch Leute sitzen.

Ich bleibe stehen und suche nach der Sitzgruppe, in der die Männer der Quarticos sitzen, doch außer einigen Geschäftsmännern sehe ich niemanden mehr. Verdammt, ich hätte …

In meinem Nacken bildet sich eine feine Gänsehaut, als ich plötzlich Enzos mächtige Präsenz hinter mir spüre und seine raue Stimme über meinen Rücken streift.

»Suchst du etwas, Prinzessin?«

# Kapitel 11

So ruhig wie möglich drehe ich mich zu ihm um.

Seine dunklen Augen blicken in meine, doch statt dass sich wie zuvor eine gewisse respektvolle Furcht oder zumindest ein Schrecken in mir einstellt, kribbelt es nur leicht in meinem Magen und ich sehe ihm in die Augen. »Nein, nicht wirklich ... Enzo, lange nicht gesehen, wie geht es dir?«

Ein wissendes Grinsen legt sich auf seine schön geschwungenen Lippen und ich kann es mir nicht verkneifen, einmal an ihm hoch und runter zu sehen. Er trägt eine hellblaue Jeans, weiße Sneakers und ein weißes Hemd, was an den Ärmeln hochgekrempelt ist und den Blick auf das geschwungene Tattoo El Quartico auf seinem rechten Unterarm freigibt. Die obersten Knöpfe seines Hemdes sind nicht zugeknöpft, was das Kreuz, das an der linken Seite seines Halses tätowiert ist, noch hervorhebt.

Ich habe ihn mit meiner Frage ein wenig aus dem Konzept gebracht, denn er zieht einen Moment die Augenbrauen zusammen, was die Narbe an seiner rechten Augenbraue noch einmal deutlicher sichtbar macht.

»Mir geht es gut, Prinzessin, wie geht es dir? Du warst ja eine Weile nicht hier. Viel zu tun an der Uni?« Ich lächle und weiß, dass es gekünstelt aussieht. »Sehr gut und da scheint ja jemand sehr genau hingesehen zu haben.« Nun habe ich ihn erwischt und dieses Mal muss ich echt auflachen. »Es ist mein Job, alles zu bemerken, besonders wenn es um die Tijumaras geht.« Ich lege meinen Kopf schief. »Oh ja, das wieder ...« Ich weiche zur Seite, als ein Pärchen an uns vorbei möchte, doch sie waren schneller. Wir stehen mitten im Weg, doch keiner sagt etwas, alle weichen aus und machen uns Platz.

»Ich habe nur noch die Rechnung bezahlt, wir wollten gerade gehen, meine Männer sind schon weg, bleibst du noch hier, oder …?« Ich schiebe mir meine Tasche unter den Arm und deute zum Ausgang. »Ich wollte auch gerade gehen.« Ich hebe meine Hand zu Vera, die uns die ganze Zeit vom Tresen beobachtet. Sie grinst nur begeistert zurück und hebt auch ihre Hand, während ich in Richtung Treppen gehe und Enzo neben mir bleibt, was sich als ziemlich praktisch erweist, da man sich nirgendwo durchquetschen muss, alle weichen zur Seite. Es ist so voll und laut, dass man nicht dazu kommt, etwas zu sagen, erst als wir schon fast am Ausgang sind, wird die Musik leiser und ich wende mich zu ihm um. Wenn ich noch mehr Antworten möchte, bringt es nichts, um den heißen Brei herumzureden.

»Ich war bei meiner Familie die letzten Tage und ich habe mich etwas mehr damit beschäftigt, was wir tun, also die Familia. Da ich nun hier in Mexiko lebe, werde ich darum nicht mehr herumkommen und ich habe Sophian ausgefragt.« Ich sehe in das hübsche Gesicht von Enzo. Wenn er neben mir läuft, überragt er mich um knapp einen Kopf und ich würde wahrscheinlich mehr als zweimal in ihn hineinpassen. Er sieht sich sehr konzentriert um, doch er zuckt nicht einmal mit der Wimper, als ich meine Familia und Sophian erwähne.

»Und du denkst, sie sagen dir die Wahrheit?« Wir bleiben genau vor dem Eingang stehen, ein SecurityMann nickt zu Enzo und entfernt sich. »Meine Brüder würden mich nicht anlügen.« Das erste Mal sieht er, seit wir losgegangen sind, direkt zu mir. »Vielleicht lügen sie nicht, aber sie werden dir sicherlich nicht alles erzählen.« Ich möchte offen und ehrlich zu ihm sein, es gibt keinen Grund für mich, ihm etwas vorzumachen. »Wahrscheinlich nicht. Zumindest wenn ich etwas über die anderen Familias wissen wollte, hat er immer abgeblockt, er möchte nicht, dass ich etwas damit zu tun habe, er kann ja nicht ahnen, dass ich schon mittendrin stehe …« Ich deute zwischen uns beiden hin und her.

Enzo lacht leise auf. »Und jetzt erhoffst du dir Antworten von mir?«

Ein schwarzer Mercedes wird vorgefahren und der Security-Mann steigt aus und gibt Enzo seinen Schlüssel. »Ich denke, du würdest mir alles ehrlich beantworten, wahrscheinlich ziemlich schonungslos, doch damit kann ich umgehen.« Enzo öffnet die Beifahrertür. »Ich bringe dich nach Hause.« Oh, so weit wollte ich eigentlich nicht gehen. Enzo spürt mein Zögern sofort. »Du denkst doch nicht, dass ich dir etwas tun will?« Würde man nicht seinen zynischen Unterton hören, könnte man wirklich meinen, ihn trifft das. Ich gehe zur Autotür. »Nein, nur weiß ich nicht, ob es so gut ist, wenn ich dir verrate, wo ich wohne.« Ich bleibe genau vor ihm stehen und sehe ihm in die Augen. Er deutet auf den Beifahrersitz. »Ich weiß schon längst, wo du wohnst.«

Ich unterbreche den Augenkontakt und setze mich in das weiche Leder. Natürlich tut er das, ich sollte niemals unterschätzen, mit wem ich es hier zu tun habe, doch mein Drang nach Antworten ist zu groß, und auch wenn ich es vielleicht sollte, ich habe keine Angst vor Enzo. Sobald er sich ans Steuer setzt und die Tür schließt, fährt er los. Die Musik geht an und er dreht sie leiser, während ich mich zurücklehne und zu ihm sehe. Sein würzig frischer Duft liegt im Auto. Ich nehme eine Mischung aus einem teuren Parfüm und etwas anderem wahr, darunter liegt eine noch tiefere, anziehendere Note.

»Also willst du wissen, wer deine Familia wirklich ist?« Enzo verlässt die Straße vor dem Club und reiht sich in den Verkehr ein, dabei blickt er zu mir. »Ich weiß, wer sie sind und mein Bruder hat mir gesagt, was für Geschäfte sie machen, dass sie mit Waffen und Sicherheiten und einigem anderen ihr Geld verdienen und ich bin mir sicher, dass deine Familia das genauso tut. Der eine vielleicht mehr, der andere weniger. Das kann es ja nicht sein, was diese Wut aufeinander ausmacht, ich verstehe diese Wut und diesen Krieg zwischen euch nicht so ganz.«

Enzo sieht wieder auf die Straße. »Das ist eine lange Geschichte, das alles kam nicht einfach von heute auf morgen. Und du warst nicht schockiert über die Sachen, die deine Familia macht? Ich meine, offenbar hast du dich nie damit befasst.«

Nun sehe ich auch auf die Straße. »Dass ich endlich mehr Klarheit möchte, bedeutet, dass ich mich darauf vorbereitet habe. Es ist nicht so, dass ich nicht immer wusste, dass es diese Geschäfte gibt, ich bin nicht naiv, auch wenn du das vielleicht glaubst. Nur weil ich mich dazu entschieden habe, etwas auf der ahnungslosen Seite zu bleiben, bedeutet das nichts Schlechtes. Ich wollte mich damit nicht auseinandersetzen, weil ich genau wusste, dass ich dann nicht mehr so tun kann, als wüsste ich all das nicht. Spätestens hier in Mexiko muss ich mich dem stellen, durch Gomez und seine Idee, mich zu entführen, etwas früher als erhofft, doch nun ist es eben so.«

Tatsächlich würde ich momentan gerne zurück zu dem Moment, wo ich zwar wusste, dass meine Familia auf keine normale Art und Weise ihr Geld verdient, doch ich nicht nachgefragt habe, woher es kommt, weil ich es einfach nicht wissen wollte. Es war einfacher, die letzten Wochen waren anstrengend und wahrscheinlich wird es erst besser, wenn ich endlich Klarheit habe.

»Also wäre es sehr nett, wenn du mir ein wenig Klarheit verschaffen kannst, du wirst mich sicher nicht mit Samthandschuhen anpacken, wie meine Brüder und mein Vater es am liebsten tun.«

Er hält an einer Ampel und sieht zu mir. »Davon kannst du ausgehen, dass ich das nicht tue.« Ich ziehe die Augenbrauen hoch. »Wieso hasst ihr euch so? Was ist passiert und was ist der Unterschied, der so schwerwiegend ist zwischen den Tijumaras und den Quarticos? Wieso fragst du mich ständig, ob ich weiß, was meine Familia tut, wenn du doch nichts anderes machst? Du bist so vorwurfsvoll, obwohl dir das wahrscheinlich nicht zusteht.«

Wir fahren in meine Straße ein und Enzo hält vor der Eingangstür, von hier sieht man einen Hügel hinab und die Straße ist sehr ruhig, kaum ein Auto fährt mehr um diese Zeit. »Nein, ich sage nicht, dass wir besser sind, doch ich muss gestehen, dass ich schon ziemlich überrascht war, dass du keine Ahnung hast, was deine Famiia macht und ich habe mich gefragt, wie du reagieren wirst, wenn du siehst, in welche Welt du hier gekommen bist.«

Enzo dreht den Motor aus, ein schwaches Licht beleuchtet den Innenraum und die Knöpfe auf dem Armaturenbrett des Autos leuchten hellblau. Ich habe mich zurückgelehnt und wende mein Gesicht zu ihm, während ich mein Handy herausnehme und in meinem Familienordner scrolle. »Weißt du, das ist nicht so leicht zu sagen, ich meine, sieh hier …« Ich zeige ihm ein Bild von Sophian, Issac, Mufasa und mir. Das Bild ist von Sophians Geburtstag, ich stehe in der Mitte von allen und wir strahlen in die Kamera. »So kennst du sie, als Teil der Tijumaras, aber das hier ist das, was sie für mich sind.«

Ich zeige ihm ein Bild, wo Sophian und ich auf einer Poolliege zusammen eingeschlafen sind, ich bin sechs und er ist vielleicht neun. Er hält mich in seinen Armen und wir schlafen tief und fest. Dann zeige ich ihm ein Bild von meinem Vater und mir bei meiner Einschulung, ich habe zwei süße Zöpfe und mein Vater hält mich stolz in seinen Armen. Ein weiteres Bild, wo ich mit zwei Jahren mit Issac und Mufasa mit Schokolade vollgeschmiert in einer Badewanne sitze, weil wir sauber gemacht werden muss-ten, da die Haushaltshilfen nicht aufgepasst haben und wir einen Schokokuchen entdeckt und alleine aufgegessen haben.

»Wenn du von dieser Familia sprichst, sprichst du für mich von diesen Menschen, die ich über alles liebe. Natürlich ist es nicht leicht, jetzt auch diesen Teil kennenzulernen, doch das ändert niemals, was sie für mich sind.«

Enzo blickt mir in die Augen, er hat sich die Bilder emotionslos angesehen, doch als wir uns jetzt in die Augen sehen, huscht einen Augenblick etwas Weiches über sein Gesicht, doch es ist so schnell verschwunden, dass ich nicht einmal blinzeln konnte. Wie ich das mit meiner Familia einschätzen soll, fällt mir ja schon schwer, doch was soll ich zu Enzo sagen, wieso sitzen wir hier? Wieso zieht es uns irgendwie wieder zueinander, wenn wir uns doch am besten komplett aus dem Weg gehen sollten, wieso sitzt er jetzt hier mit mir? Vielleicht ist es wirklich die Hoffnung, mich gegen meine Familia aufbringen zu können, doch das wird nicht passieren.

»Ich denke, bei den Los Tijumaras ist das Problem, dass sie eben nicht mehr wie eine normale Familia handeln. Wie gesagt, das alles ist schon sehr lange her. Wusstest du, dass wir mal eine Familia waren?«

Nun wende ich mich komplett zu ihm um und schnalle mich ab, um es bequemer zu haben. »Wirklich? Davon wusste ich nichts, wann war das? Unter welchem Familianamen haben sie zusammengearbeitet?« Auch Enzo wendet sich ein wenig zu mir um, wenn ich ihn so ansehe, kann ich nur diesen wunderschönen Mann mit seiner mysteriösen, undurchdringlichen Aura betrachten und vergesse, wer hier vor mir sitzt.

»Sie waren die berühmte Sinaloa Familia. Früher waren sie auf der ganzen Welt bekannt und gefürchtet.« Ich hebe meine Augenbrauen. »Natürlich, ich habe davon selbst oft gehört, doch ich wusste ja, dass ... also ich dachte, dass es das nie gab und eher eine Erfindung der Presse war, weil sie nicht wussten, wer hier wirklich geherrscht hat.«

Enzos Handy klingelt, er sieht drauf und legt es beiseite, ohne auf den Anruf zu reagieren.

»Doch das gab es, aber damals gab es natürlich noch nicht so viel Presse und all das, sodass bis heute vieles darüber im Unklaren blieb. Ich kann gar nicht sagen, wer die Familia gegründet hat, doch es waren immer zwei Anführer, als Letztes haben mein Urgroßonkel und dein Urgroßvater sie geführt. So wie ich es gehört habe, war alles sehr gut organisiert. Ganz Sinaloa stand unter ihrer Hand und es war das Gebiet der Familia. Von da an haben sie über ganz Lateinamerika geherrscht und es war alles gut, es gab kaum eine Macht, die stärker war als sie. Doch dann gab es unter den beiden Anführern immer mehr Probleme. Mein Urgroßonkel wollte weiter im Verborgenen arbeiten, weg von der Öffentlichkeit, alles beim Alten belassen, und dein Urgroßvater hat den Kontakt zur Politik und zur Presse gesucht. Es gab immer mehr Streit, einige sagen auch, es war eine Frau mit im Spiel, doch das weiß keiner mehr so richtig. Irgendwann hat man meinen Urgroßonkel tot in seinem Büro aufgefunden, getötet durch einen Kopfschuss. Bis heute gibt es Diskussionen darüber, wer es war. Ganz Sinaloa war komplett gesichert, es kam kein Fremder rein oder raus, jeder wusste vom Streit und es war vielen klar, dass es dein Urgroßvater gewesen sein muss.«

Ich traue mich kaum zu atmen, ich bin so dankbar, endlich diese Geschichte zu hören.

»Und war er es?«

Enzo sieht mir in die Augen. »Das weiß niemand hundertprozentig, er hat es immer abgestritten, doch die meisten denken es. Nun war er der einzige Anführer, doch die Männer waren gespalten, viele waren wütend und sauer und die anderen standen weiter hinter deinem Urgroßvater. Mein Urgroßvater hat den Platz seines Bruders eingenommen und so kam es, dass die Familia sich aufgelöst hat. Er hat von Anfang an gesagt, dass er deinem Urgroßvater nicht traut und so begann der Krieg. Aus der Sinaloa Familia wurden die Los Tijumaras und die El Quatricos. Sie haben Sinaloa verlassen, bis heute hat keine Familia mehr einen Fuß in dieses Gebiet gesetzt, es soll noch Häuser und Bauten geben, wo man einiges über die Sinaloa Familia findet. Dieses gesamte Küstengebiet von Sinaloa bis hier runter nach Colima war das Gebiet der Familia und ist bis heute von keinem mehr genutzt. In Puerto Vallarta soll es immer noch eine Villa geben, in der es immer die wichtigsten Treffen der Familia gab.«

Mir ist sofort klar, dass ich dahin muss, doch erst einmal höre ich weiter zu.

»Die Trennung war schlimm. Sie haben sich um jede Stadt, jeden Ort bekriegt. Da sie sich besser als sonst wen kannten, war es besonders schwer. Manchmal sind beste Freunde auseinandergerissen worden, weil sich der eine für die Familia entschieden hat, der andere für die andere. Erst als mein Opa und dein Opa die Geschäfte langsam an ihre Söhne, deinen Vater und meinen Vater, übergeben haben, war der schlimmste Krieg vorbei und die Grenzen waren festgelegt und gelten bis heute noch. Unter meinem Vater gab es immer wieder Zwischenfälle, Männer, die auf unser Gebiet kamen oder andersherum, doch seit einigen Jahren ist Ruhe, jeder macht seine Sachen. Mit dir hätte ich ihnen sehr wehtun können, doch wie du siehst, es ruht und ich glaube dir, dass du mit den Geschäften bisher nichts zu tun hattest.«

Ich kann nicht verbergen, wie überrascht ich bin. »Aber im Grunde waren wir alle mal eine Familia.«

Enzo lacht leise bitter auf. »Das ist schon sehr lange her, Prinzessin, und die Sachen haben sich nie geändert. Wir arbeiten wie damals. Wir betreiben unseren Handel in Lateinamerika, im Süden quasi und können uns nicht beschweren. Wir leben gut und uns gehört der untere Teil Mexikos, doch dein Großvater und dein Vater haben die Geschäfte eurer Familie noch mehr verändert. Sie machen sich selbst nicht mehr die Hände schmutzig, sie vermitteln nur noch. Das Einzige, was sie noch tun, ist der Waffenhandel, da sind sie die direkten Mittelsmänner, doch der Drogenhandel geht über Amerika und sie ebnen nur die Wege. Die Drogen verkaufen tun sie nicht. Sie bieten nur die sicheren Wege dafür, weil sie viele Kontakte in Amerika haben. Dort stehen sie als saubere Geschäftsmänner Mexikos da, als Beispiele, wie Mexikaner sich verhalten sollen, während die Quarticos auf der Liste der meistgesuchten Verbrecher ganz oben sind. Wir können nicht nach Amerika, während dein Vater Hände schüttelnd durch die

Grenze geht, dabei entstammen wir dem gleichen Ursprung, nur dass deine Familia das vergessen hat. Sie sind lieber mit den Amerikanern befreundet und lassen unter den Grenzen andere für sie arbeiten. Alles, was über die Grenzen nach Amerika kommt, geht über sie. Drogen, Waffen, Menschen, sie verdienen viel Geld dabei, doch als Verbrecher stehen die kleinen Familias da, die den Handel betreiben. Deine Familia verdient nur durch die Wege, die sie bereiten und stehen als saubere Mexikaner da. Ich mag dieses falsche Spiel nicht, lieber wissen alle, mit wem sie es zu tun haben, wenn sie meinen Namen hören, doch so war es immer und das ist der Unterschied zwischen uns.«

Einen Moment weiß ich nicht, was ich sagen soll, ich versuche das alles zu verarbeiten und wende mich wieder der Straße zu. Der Himmel über uns wirkt fast schwarz und tausende von Sternen leuchten darin, auch Enzo ist ruhig, ich spüre seinen Blick auf mir, doch ich brauche einen Moment, bevor ich mich wieder zu ihm umwende.

»Danke, dass du mir das alles erzählt hast, ich bezweifle, dass ich das so von meinem Vater erfahren hätte. Damit habe ich wirklich nicht gerechnet, zu wessen Gebiet gehört Sinaloa eigentlich heute?«

Enzo zuckt die Schultern und sieht auch zum Sternenhimmel. »Zu niemandem, es ist das einzige Gebiet, was nie aufgeteilt wurde und wo alle einen großen Bogen herum machen. Du solltest wissen, wie deine Geschichte ist und woher all das hier stammt und wieso du in meinem Haus gelandet bist. Keiner meiner Männer hätte das getan, sie wissen, dass mir deine Familia egal ist, doch Gomez kannte den Krieg zwischen uns und dachte, er tut mir damit einen Gefallen.«

Auch wenn allein die Erinnerung daran mir ein ungutes Gefühl bereitet, muss ich lächeln. »Na ja, aber jetzt sitzen wir hier und ich erfahre alles, auch wenn ich noch niemals solch eine Angst hatte wie damals, sollte das vielleicht so sein.« Nun wende ich mein Gesicht wieder zu ihm um und sehe ihm in die Augen. Mein Blick streift seine Narbe an der Augenbraue, doch auch wenn sein Blick nicht mehr ganz so kalt wirkt, zuckt er die Schultern. »Ich bezweifle, dass das so gut war.« Nun muss ich leise lachen und sehe auf die Uhr. Es wird Zeit, nach Hause und schlafen zu gehen.

»Stell dir vor, du wüsstest nicht, wer ich bin und wir wären uns so über den Weg gelaufen, irgendwo in der Stadt oder im Dulce und du hättest dich in mich verliebt.«

Er weiß, dass ich ihn aufziehe und ein Schmunzeln legt sich auf seine Lippen. »Ich hätte mich nicht in dich verliebt, Prinzessin, ich schätze, das liegt in meinen Genen.« Ich verschränke die Arme vor der Brust und hebe die Augenbrauen hoch. »Das ist ja gut zu wissen, dass du mich verwöhnte Prinzessin eigentlich hassen und meiden solltest, wo wir hier um halb vier zusammen im Auto sitzen und du sicher Besseres tun könntest.« Einen Moment huscht etwas über sein Gesicht und nun lächle ich siegessicher und hebe die Hand.

»Ich bin müde, ich gehe schlafen, aber vielen Dank, dass du mir das gesagt hast. Nun verstehe ich einiges mehr, doch trotzdem … weißt du, wenn damals einiges anders gelaufen wäre, wärst du vielleicht mit mir auf diesen alten Bildern, dann wären wir eine Familia. Natürlich ist inzwischen viel passiert, was man nicht einfach wegwischen kann, doch vielleicht sollte man öfter daran denken, dass es nicht immer so war.«

Meine Hand geht an die Öffnung der Tür, doch ich halte noch einmal ein und sehe ihm in die Augen.

»Auch wenn unsere Familias sich vielleicht nicht über den Weg trauen und es in unseren Genen liegt, wie du denkst … ich hasse dich nicht und ich habe auch keine Angst vor dir, Enzo. Ich schätze, das liegt auch in meinen Genen. Gute Nacht, Quartico.«

Ich steige aus und höre noch ein leises raues Lachen. »Gute Nacht, Prinzessin.«

# Kapitel 12

Die nächsten drei Wochen vergehen wie im Flug.

Ich verbringe einige Tage bei meiner Mutter, sie hat Geburtstag und auch mein Vater ist dort, deswegen komme ich nicht dazu, mit ihr in Ruhe über alles zu sprechen, was ich vorhatte, trotzdem genieße ich die Zeit in L.A., treffe alte Freunde und bleibe sogar einen Tag länger als geplant.

Dann stehen die ersten wichtigen Klausuren an und ich lerne durch, auch die nächsten zwei Wochenenden, doch diese Woche habe ich alle Klausuren hinter mich gebracht und stehe vor dem Kleiderschrank, nachdem ich meinen Muskelkater von Freitag einigermaßen überstanden habe. Ich liebe es zu boxen und habe viel Spaß mit Belva, doch das Training hat es in sich.

Vera erzählt mir ständig, dass Enzo im Dulce ist. Er war bis auf das letzte Wochenende jedes Wochenende dort und sie ist der Meinung, er hat sich nach mir umgesehen. Ich weiß es nicht, ich muss zugeben, dass ich auch immer wieder an ihn und unsere gemeinsame Zeit im Auto denken muss. Ich würde lügen, wenn ich behaupten würde, diese Nähe war mir unangenehm oder ich hätte sie nicht genossen. Enzo ist ein beeindruckender Mann, doch auch ich habe begriffen, dass es keine gute Idee ist, es noch mehr zu genießen, als ich es sollte.

Trotzdem kann ich nicht verhindern, ständig an ihn zu denken. So kommt es, dass ich heute, am ersten Samstag, an dem ich wieder Zeit habe, vor dem Kleiderständer stehe, um mir etwas Passendes für das Dulce herauszusuchen. Wahrscheinlich ist er gar nicht da, das letzte Wochenende war er auch nicht da, doch ich kann ein wenig Musik und Ablenkung trotzdem gut gebrauchen.

*

Leider musste Belva den Tag arbeiten und ist zu faul mitzukommen, deswegen werde mich nur etwas an die Bar zu Vera setzen, doch ich stehe trotzdem geschlagene zwanzig Minuten da und starre meine Kleider an. Im Dulce gibt es alles, sexy Minikleider, Jogginghosen und enge Tops, ausgefallene Outfits, und da ich sonst immer ein Kleid oder einen Rock getragen habe, entscheide ich mich heute für eine schwarze kurze Shorts und ein weißes enges Top mit Knöpfen, die das Dekolleté gut betonen. Ich schminke mich ein wenig, betone meine Augen mehr und binde mir einen hohen Zopf, an dem ich aber einzelne Strähnen herausziehe, damit es lockerer wirkt. Dann stecke ich als Schmuck nur große Creolen an. Man sieht mir an, dass eine Latina in mir steckt, auch wenn ich diese grünen Augen habe, doch besonders mit diesen Creolen, kommt das noch besser zur Geltung.

Da ich heute eher lässig gekleidet bin, schlüpfe ich in schwarze Ballerinas und hänge mir eine Tasche um, zufrieden blicke ich mich im Spiegel an, lässig aber sexy, genau so soll es heute sein.

Als eine halbe Stunde später mein Taxi vor dem Dulce hält, winkt der Security-Mann, der mich mittlerweile schon etwas kennt, durch. Ich habe Vera Bescheid gegeben. Mit pochendem Herzen bahne ich mir meinen Weg durch die Menge nach oben in den VIP-Bereich, der bereits voll ist. Dieses Mal sehe ich mich doch um, aber Enzo ist nicht da. Ich sehe an einem Tisch einige Männer, die ich seiner Familia zuordnen würde, doch ich finde ihn nirgendwo und gehe zur Bar, wo ich Vera begrüße. Wieso macht sich solch eine Enttäuschung in mir breit? Das sollte es nicht und ich weiß im selben Moment genau, dass das nicht gut ist.

Vor Vera lasse ich mir nichts anmerken, ich trinke einen Drink und dann kommen zwei andere Studentinnen aus meinem Kurs vorbei. Nachdem wir uns eine Weile unterhalten haben, gehen wir hinunter in den normalen Bereich auf die Tanzfläche und obwohl ich es gar nicht vorhatte, tanze ich eine ganze Weile und vergesse alles um mich herum. Einige Männer tanzen uns an, doch wir haben einfach nur Spaß und gehen gar nicht weiter darauf ein, bis die beiden losmüssen. Eine von ihnen begleitet mich noch nach oben, da sie noch einmal auf die Toilette möchte, bevor sie gehen, und als wir die Treppen zum VIP-Bereich hochkommen, bemerke ich sofort den Unterschied. Es ist noch voller und es kribbelt in meinem Nacken, als ich zu dem Platz sehe, an dem ich die Männer der Quarticos vermutet habe und sofort Enzo entdecke, der neben einigen Männern sitzt. Eine Frau sitzt neben ihm, um die er seinen Arm gelegt hat und ihr etwas ins Ohr flüstert, doch genau in diesem Moment muss er meinen Blick gespürt haben und sieht nach oben und direkt in meine Augen.

Wieso stellt sich solch ein ungutes Bauchgefühl in mir ein, sobald ich ihn mit dieser Frau sehe? Ich hebe die Augenbrauen, nicke nur leicht und bete, dass man mir mein Gefühlschaos nicht ansieht. Ich muss mich zurückziehen, schleunigst. Das gerade hat mir gezeigt, dass ich schon viel mehr Gefühle empfinde, als ich sollte. Enzo Quartico sollte mir komplett egal sein.

Meine Freundin drückt mir noch einen Kuss auf die Wange und lenkt mich so zum Glück ab, als sie sich verabschiedet und auf die Toilette geht. »Ist alles in Ordnung?« Vera stellt mir ein Glas Cola hin und ich nicke, ich habe nicht noch einmal in Enzos Richtung geblickt. »Ja, also das nächste Mal komme ich kurz bevor du Feierabend hast, damit wir auch mal zusammen tanzen können.« Vera befüllt gerade wieder ein Tablett und schwingt dabei ihre Hüften. »Ich tanze hier den ganzen Abend, soll ich dir noch einen Cocktail mixen? Dein sexy Typ ist da und beobachtet dich, doch wie alle Typen hat er schon wieder etwas Neues im Arm. Wieso sind Männer so ungeduldig?« Ich leere das Glas Cola und schüttle den Kopf. »Dann ist es sowieso besser so. Ich brauche nichts mehr, ich gehe langsam, es ist mir viel zu voll hier heute.«

Eine Sängerin tritt gerade auf und der Club platzt aus allen Nähten. Mein Rücken brennt aus der Richtung, in der Enzo sitzt. Ich muss zugeben, dass ich selbst etwas erschrocken darüber bin, wie sehr ich auf das Bild von Enzo und der Frau reagiert habe. Es sollte mir egal sein, ich dürfte nicht so stark reagieren.

Vera kommt und gibt mir einen Kuss auf die Wange. »Okay, ich rufe dich morgen an. Komm gut nach Hause.« Ich wünsche ihr viel Spaß, drehe mich um und laufe fast gegen Enzo, der plötzlich hinter mir steht. »Oh.« Auf seinem hübschen Gesicht liegt dieses Mal ein leicht unsicheres Lächeln, was so gar nicht zu ihm passt. »Hey, bist du auch mal wieder hier?« Ich hebe meine Hand zu Vera und gehe an ihm vorbei. »Ja, ich hatte die Tage viel zu tun für die Uni, aber ich bin auch schon wieder weg. Ich bin schon länger da und langsam wird es mir zu voll. Geht es dir gut?« Ich versuche, so locker wie möglich zu klingen, als wir nebeneinander in Richtung des Ausganges des VIP-Bereiches gehen. Mein Blick fällt zu dem Tisch, an dem er saß, dort sitzen noch immer einige Männer und Frauen. Die Frau, die bei ihm saß, sieht sauer zu uns und auch der Mann mit den hellbraunen Haaren, den ich wiedererkenne, beobachtet uns beide.

»Mir geht es sehr gut, soll ich dich nach Hause bringen?« Nun bleibe ich stehen und deute zu seinem Tisch. »Du hast doch eine Begleitung, wird sie nicht sauer, wenn du jetzt einfach gehst?« Enzos Blick geht ebenfalls zu seinem Tisch und er zuckt die Schultern. »Sie war nur eine kleine Ablenkung und wird sicher auch ohne mich noch ihren Spaß haben. Ich fahre dich, ich hatte nicht vor, lange zu bleiben. Außerdem habe ich Hunger und wollte mir etwas zu essen besorgen.«

Ich sollte nein sagen, ich sollte ihm sagen, dass wir beide genau wissen, dass das keine gute Idee ist und fragen, was er sich dabei denkt. Keiner von uns sollte so auf den anderen achten, doch das gerade hat klar gezeigt, dass wir beide das tun und das ist nicht gut, doch alles was ich mache, ist nicken, während ich ahne, dass das hier nicht gut enden wird, nicht gut enden kann.

Enzo trägt eine graue Jeans und ein weißes Shirt, er sicht noch einmal zum Tisch, während ich schon weiterlaufe, doch sobald wir die Treppen hinabgestiegen sind, spüre ich seine Hand an meinem Rücken, nur ganz leicht, doch ich spüre die Wärme. Alle machen uns Platz, ich sehe den Leuten nicht in die Gesichter, ich spüre aber, dass sie es tun, vielleicht fragen sie sich, wer an der Seite von Enzo Quartico ist, obwohl er wahrscheinlich öfter Frauen an seiner Seite haben wird.

Erst als wir den Club verlassen, atme ich durch und wende mich wieder zu ihm um. »Ist dir das nicht unangenehm, die ganze Zeit so angestarrt zu werden?« Enzo sieht zu mir und lächelt, während ein Security-Mann einen roten Ferrari vorfährt. »Woher willst du wissen, dass sie mich anstarren? Vielleicht fragen sich alle nur, was solch eine hübsche Frau wie du mit so einem gemeinen Mann wie mir zu tun hat, sie ahnen ja nicht, wer du wirklich bist.«

Ich muss lachen und sofort weiß ich wieder, weshalb ich so gerne mit Enzo zusammen bin, trotz allem was uns trennt, verstehen wir uns gut und deswegen zögere ich auch nicht noch einmal, als er mir die Tür aufhält und setze mich auf den Beifahrersitz.

Sobald Enzo sitzt, gibt er wieder Gas, sein Duft umhüllt mich und ich schließe einen kleinen Augenblick die Augen und genieße das beginnende Kribbeln in meinem Bauch. »Ich habe Hunger, hast du etwas gegessen?« Ich sehe auf die Uhr, es ist schon nach vier Uhr morgens, die Zeit ist an mir vorbeigerast. »Schon eine Weile nichts mehr, doch du wirst kaum noch etwas finden um die Zeit, obwohl, magst du Tacos? Ich kenne einen Händler, der Samstag die ganze Nacht welche verkauft und sie sind sehr lecker.« Da es schon so spät ist, haben wir auch nicht viel Auswahl, doch ich weiß, dass die Tacos Enzo schmecken werden. Ich führe ihn dahin, dann steigt er aus und kommt mit kalten Getränken und einer Box mit vielen Tacos zurück. Er fährt wieder genau zu der Stelle vor meiner Haustür und auf den Berg mit der schönen Aussicht, stellt den Motor ab und wir genießen beide die Tacos, er hebt den Daumen, sobald er abgebissen hat.

»Die sind gut, doch eigentlich bin ich für die besten Tacos berühmt. Wir hatten damals eine Haushälterin, Maria, sie hat die besten Tacos gemacht und da ich immer sehr wild war, hat sie mich oft zu sich auf die Küchentheke gesetzt und ich sollte ihr etwas schneiden, Tomaten oder sonst etwas und so habe ich ihr Geheimrezept gelernt. Vielleicht mache ich dir mal meine Spezial-Tacos, glaub mir, dann wirst du nie wieder etwas anderes wollen.«

Auch ich beiße genüsslich ab und lehne mich zurück. »Du kochst also? Das hätte ich jetzt nicht gedacht, wir haben bereits so viel über diese Familia-Sachen gesprochen, trotzdem weiß ich nicht so viel über dich, über Enzo, nicht den Anführer der Quarticos. Du weißt auch noch nicht viel über mich. Ich meine, klar, dass ich die Tochter meines Vaters bin und zu den Tijumaras gehöre und dass ich all das ziemlich weit von mir stoße, doch sonst weißt du nicht viel. Ich bin in L.A. aufgewachsen, ich hasse die Farbe rot, ich habe ein Trauma von Pferden, weil ich als Kind von einem gefallen bin ... ich liebe die Kunst und Kulturen verschiedener Länder, ich sammle Handtaschen, ich kann selten einen Film zu Ende sehen und schlafe immer ein, ich liebe alte Liebesfilme und ich habe das Boxen für mich entdeckt.«

Zufrieden sehe ich ihn an, während er bereits seinen zweiten Taco isst. »Du boxt, daher dein blauer Fleck am Arm?« Ich nicke und streiche darüber. »Es ist hart, aber es macht viel Spaß.« Enzo reicht mir auch noch einen. »Wieso hasst du die Farbe rot, also wenn dir ein Mann rote Rosen schickt, hat er schon verloren?« Ich muss lachen und sehe nach vorne, während auch ich meinen zweiten Taco genieße.

»Wenn ein Mann mich kennt, würde er nicht auf die Idee kommen, mir rote Rosen zu schicken. Als meine Mutter damals mit mir schwanger war, hat sie sich fest vorgenommen, keine rosa Mädchenmama zu werden. Doch statt einer neutralen Farbe hat sie alles in rot gekauft, meine ganze Kindheit bestand aus rot, bis ich mir Geld von meinem Bruder genommen habe, ihn gezwungen habe, mich in einen Baumarkt zu fahren und mit ihm zusammen meine Wände weiß und beige gestrichen habe. Danach habe ich so gut es geht einen Bogen um Rot gemacht. Also, jetzt erzähl du mal, wer steckt hinter Enzo Quartico?«

Enzo lacht auf und wirft das Papier in die Tüte zurück.

»Zuallererst einmal koche ich nicht. Ich kann Tacos und ich brate mir hin und wieder Eier zum Frühstück und vielleicht würde ich auch Nudeln hinbekommen, das war es dann aber schon. Ansonsten muss ich dich leider enttäuschen, es gibt nicht sehr viel zu erzählen und ich bin nicht so leicht von den Quarticos zu trennen, wie du es von deiner Geburt an wurdest. Ich arbeite ständig, dadurch dass ich ihr Anführer bin, ist es auch keine Arbeit, es ist mein Leben. Ich bin viel unterwegs, gestern bin ich aus Puerto Rico zurückgekommen. Wir haben nicht viel Freizeit, doch wenn, dann feiern wir und genießen das, was wir uns erbaut haben. Ich habe einen Bruder gehabt, der erschossen wurde, als er vierzehn war. Ansonsten führe ich mit meinen Cousins und meinem besten Freund Cantara die Geschäfte. Ich sehe mir selten Filme an und wir spielen oft Basketball, Fußball oder Tischtennis ...«

Ich muss lächeln, ich habe mich in das weiche Leder gekuschelt und sehe ihn an. Er wirkt plötzlich nicht mehr so unnahbar und ich wage mich weiter vor. Ich würde zu gerne mehr über seinen Bruder erfahren, doch ich bin mir nicht sicher, ob ich die Hintergründe dazu wirklich erfahren sollte und sie die entspannte Atmosphäre zwischen uns zerstören würde. »Das mit deinem Bruder tut mir leid. Ist Cantara der Mann mit den hellbraunen Haaren? Und du trainierst viel, wie man sieht. Was ist mit Frauen? Ich wette, du willst keine feste Freundin und hast nur regelmäßig deinen Spaß mit Chicas.« Er hebt die Augenbrauen. »Ja, das ist Cantara und ja, es macht das Ganze unkomplizierter.« Ich nicke. »Natürlich, ich kenne die Gründe, ich habe zwei Brüder, die in der gleichen Rolle wie du stecken.«

Ich erzähle ihm die Geschichte, wie mein Vater meinen Brüdern einmal einen Monat lang Frauen- und Partyverbot gegeben hat, weil sie sich nur noch darauf konzentriert haben und was sie alles angestellt haben, um das zu umgehen. Diese Zeit werde ich niemals vergessen, sie war zu lustig und da ich damals den Sommer in Mexiko verbracht habe, habe ich alles mitbekommen. Auch er erzählt einige Geschichten von Chicas, eine hat ihn einmal drei Monate in dem Glauben gelassen, sie wäre schwanger, bis er dahinter gekommen ist, dass alles nur vorgetäuscht war. Leider sind mir solche Geschichten nicht fremd, und als ich das nächste Mal nach vorne sehe, geht bereits die Sonne auf. Es ist unglaublich, wie schnell die Zeit mit Enzo vergeht. Ich genieße sie viel mehr, als ich sollte.

»Es ist wunderschön.« Wir sehen einen Moment zu, wie sich vor uns der Himmel verfärbt. Meine Stimme ist leiser und ich kuschle mich tiefer ins Leder. »Ist dir kalt?« Enzos Blick liegt auf mir, ich bin müde und kann meine Augen kaum noch aufhalten. »Nein, ich bin müde ... ich sollte langsam nach Hause gehen.« Müde richte ich mich wieder auf. Ich will nicht gehen, ich könnte noch Stunden hier verbringen, aber ich sollte vernünftig sein, doch dann fällt mir wieder etwas ein.

»Gibst du mir deine Nummer? Ich möchte morgen oder eher gesagt heute etwas ausprobieren und wenn das ... klappt, schicke ich dir etwas davon.« Enzo nimmt sein Handy aus der Ablage.

Er nimmt keine Gespräche an, wenn wir beide zusammen sind und antwortet auch nicht auf Nachrichten. »Sag mir deine, ich schreibe dir. Du weißt, dass ich nicht jedem meine Nummer gebe, du kennst das sicher von deinen Brüdern.« Ich muss lächeln, ich bin sehr aufgeregt wegen dem, was ich später machen werde.

Natürlich weiß ich, dass die Anführer ihre Nummer so gut wie nie rausgeben, man kann sie nur über die anderen Männer erreichen. »Na zum Glück wissen wir beide ja, dass ich nicht jeder bin.« Ich sage ihm die Nummer und er tippt sie ein, während er auflacht und mir noch einmal in die Augen sieht.

»Was hast du vor?« Am liebsten würde ich meine Hände reiben wie eine kleine Hexe, doch ich kann es mir gerade noch verkneifen. »Lass dich überraschen. Ich melde mich dann ... falls es klappt.« Ich lächle noch einmal und wünsche ihm eine gute Nacht. Wieder höre ich seinen Motor erst, als ich oben angekommen bin, dann piept auch mein Handy und Enzos Bild erscheint auf meinem Display. Er steht mit Cantara vor einem roten Ferrari und lächelt in die Kamera.

'Schlaf gut, Prinzessin.'

Ich atme tief ein und beiße mir auf die untere Lippe. Was passiert hier gerade?

# Kapitel 13

Willkommen in Puerto Vallarta

Zufrieden sehe ich auf das Schild am Eingang der Ortschaft direkt am Meer. Von Mexiko-Stadt musste man früher mehrere Stunden bis zu diesem Strandgebiet fahren, bis eine Brücke gebaut wurde, die als Schnellstraße dient und diese Strecke jetzt auf knapp eine Stunde zu diesem beliebten Ausflugsort am Strand verkürzt.

Auch Belva und Vera wollten unbedingt mal hierher, doch ich bin heute nicht hier, um die Aussicht zu genießen. Natürlich habe ich mir viele Gedanken gemacht, nachdem ich die Geschichte der Familias erfahren habe. Leider war ich in L.A. bei meiner Mutter und nicht im Gebiet meines Vaters, wo Sinaloa direkt liegt, doch dort werde ich auch noch hinfahren, erst einmal habe ich beschlossen zu erkunden, was hier am Küstenabschnitt noch von der alten Sinaloa Familia übrig ist. Enzo hat erwähnt, dass es hier noch eine Villa gibt, wo damals die wichtigsten Treffen stattgefunden haben. All das ist schon lange her, doch vielleicht gibt es das Haus noch, irgendetwas, was mich dieser alten Zeit näher bringt und auf den Spuren der Geschichte meiner Familia zurückführt.

Die gesamten letzten Tage habe ich immer wieder recherchiert, doch da es damals kein Internet gab und die Familias bis heute nicht viel von sich preisgeben, habe ich lediglich einige Bilder aus Sinaloa von den Wohnsitzen der Anführer gesehen, jedoch nichts von hier. Doch ich habe die Adresse der Stadtführung dieses Ortes und weiß, dass wenn einer etwas über diese alten Geschichten und Orte weiß, dann diese Leute.

Deswegen fahre ich direkt zu dem Standpunkt an der Strandpromenade, wobei mir nicht entgeht, wie schön es hier ist. Der Sand ist weiß, das Wasser türkis. Die nächsten freien Tage, die ich nicht bei meiner Familie verbringe, werde ich mit Belva und Vera herkommen, am Strand liegen und nichts tun.

Das Büro ist geöffnet und ich muss einen kleinen Augenblick warten, bis ich dran bin, dann stehe ich einer jungen Frau gegenüber, die mich freundlich anlächelt. »Wie kann ich dir helfen?« Ich lege bewusst meinen Notizblock mit Stift und meine kleine Handkamera auf den Tisch vor uns. »Hallo, ich komme aus Mexiko-Stadt und studiere dort Geschichte und befasse mich gerade mit Mexikos Geschichte und suche hier nach den Überresten der Sinaloa Familia.« Schon durch das überraschte Hochziehen ihrer Augenbrauen weiß ich, dass nicht sehr oft jemand danach fragt, doch ich lächle so unschuldig ich nur kann.

»Zu der Villa am Berg? Da willst du nicht hin. Ich glaube, nachdem die Familia da raus ist, hat die nie wieder jemand betreten. Die Leute sagen, dass wenn man das Grundstück betritt, man die Familias auf sich zieht und deren unkontrollierte Wut, es soll wohl noch videoüberwacht sein. Ich weiß, dass manche Jugendliche das als Mutprobe machen, doch weiter als über den zweiten Zaun kommt niemand und ich würde es auch keinem raten.«

Ich nehme meinen Block wieder an mich. »Ich glaube nicht an diese Erzählungen, ich schätze, die Familias interessiert all das nicht mehr.« Besser gesagt, ich weiß, dass es das nicht tut, doch das muss ich ihr ja nicht unter die Nase reiben. »Wo finde ich das Grundstück?«

Dem besorgten Ausdruck in den Augen der anderen Frau konnte ich entnehmen, dass es wirklich nicht selbstverständlich ist, dass ich mich dorthin traue. Sie weiß ja nicht, dass ich die Wut der Familias nicht zu fürchten habe. Nur zehn Minuten später halte ich vor der ersten Absperrung, das Grundstück liegt am einzigen

Berg hier in der Gegend und ist weiter weg vom touristischen Treiben, aber trotzdem direkt am Strand.

Es stehen Schilder an der Seite 'Privatgrundstück' und eine Warnung, die Schilder sehen sehr alt aus. Schon seit mehreren Minuten habe ich keinen anderen Wagen gesehen und das Navi zeigt mir auch nur noch diesen Ort am Wasser und den Berg an, daneben kommt nichts mehr. Also fahre ich weiter bis zu einem Zaun, der vollgesprüht ist. Hier liegen viele Zigaretten und Dosen herum, wahrscheinlich ist das ein beliebter Treffpunkt von Jugendlichen, doch ich sehe niemanden. Nachdem ich ausgestiegen bin, sehe ich mich noch einmal um, doch man muss ein Tor passieren, um weiterzukommen. Es gibt Löcher im Zaun. Ich versuche, das Tor aufzuschieben, doch es ist verriegelt, bis heute. Also bleibt mir nichts anderes übrig, ich nehme meine Tasche, lege den Fotoapparat und den Block dort hinein und schlüpfe durch eines der Löcher im Zaun. Von hier sieht man viel hohes Gras, man hört ein paar Straßenhunde bellen und es geht um eine Kurve. Erst als ich diese passiert habe, sehe ich auf ein altes Haus am Strand, was von noch einem weiteren Zaun umrandet ist. Ich brauche noch einige Minuten zu diesem Zaun, hier gibt es keine Schlupflöcher mehr, doch das Tor ist nur geschlossen, nicht verschlossen, wie ich erleichtert feststelle, sodass ich es mit viel Kraft ein wenig aufschieben kann.

Nun stehe ich auf dem alten Grundstück der Familia, von dem meine Familia stammt. Außer dem Meer hört man nichts. Man sieht, dass hier lange Jahre niemand mehr war, das Gras ist hoch und es ist schwer voranzukommen, bis ich eine gepflasterte Einfahrt erreiche. Ich schätze, durch die Jahre und die Sonne sind viele Steine aufgeplatzt. Ich stehe direkt vor einer heruntergekommenen alten Villa mit zwei Häusern daneben. Das eine scheint eine Art Garage zu sein, das andere vielleicht ein Gästehaus, doch ich gehe direkt zum Eingangsbereich, vor dem ein großes Bild zu erkennen ist. Ich versuche, etwas Genaues zu erkennen, doch auch das ist ausgebleicht von der Sonne, es sieht aus wie Schlangen um zwei Buchstaben, vielleicht SF, ich kann es nicht genau sagen. Die weiße Eingangstür ist riesig, daneben sind Glasbereiche, die eingeschlagen sind, Steine liegen im Eingangbereich. Natürlich, ich hätte auch nicht geglaubt, dass all die Jahre niemand hier war. Ich gehe durch die zerstörten Fronten in einen hellen Eingangbereich. Die Sonne scheint bis hier hinein, was daran liegt, dass die gesamte Vorderfront verglast ist. Überall liegt ein dünner roter Teppich aus und die Möbel sehen sehr alt aus, auch wenn ich mir sicher bin, dass sie damals wahrscheinlich hochmodern waren.

Da sehe ich schon das Erste, was mein Herz schneller schlagen lässt: ein Bild. Es zeigt um die zehn junge Männer zusammenstehend und hockend und in die Kamera blickend. Das Bild erinnert mich an das Bild aus dem Film 'Blood In Blood Out', ich sehe genauer hin und da erkenne ich zwei Gesichter, das waren meine Vorfahren, ich habe schon Bilder von ihnen bei meinem Vater gesehen. Das Bild hängt weit oben an der Wand, ich nehme mein Handy heraus und fotografiere es ab. Ich habe Enzo gestern nur noch einen Smiley geschickt, was heißt gestern, das war vor wenigen Stunden, doch weil ich so aufgeregt wegen dem hier war, habe ich nur vier Stunden geschlafen und bin gleich losgefahren. Es ist jetzt erst Mittag, wer weiß, ob er überhaupt schon wach ist. Ich schicke ihm das Bild und sehe, dass ich hier natürlich kaum Empfang habe. Einen Moment höre ich mich um, nicht dass sich hier jemand herumtreibt oder hier lebt, doch außer dem Meer höre ich nichts. »Hallo?« Ich mache mich bemerkbar, vor mir liegt ein Wohnbereich und ein Garten und von hier geht eine imposante Treppe nach oben, vielleicht sollte ich … Mein Handy klingelt und vor Schreck hätte ich es fast fallenlassen. Es ist Enzo.

»Hey.«

Ich versuche ruhiger zu atmen.

»Wo bist du?« Enzos Stimme hört sich rau und gereizt an, zudem abgehackt, da mein Empfang sehr schlecht ist.

»Ich bin in unserer Vergangenheit. Ich habe das Haus der Familia in Puerto Vallata gefunden und wollte hier nach ... ein paar Dingen suchen. Hast du das Bild gesehen, ist ...?«

Enzo unterbricht mich. »Bist du verrückt geworden? Das ist viel zu gefährlich. Du solltest da nicht sein, keiner aus den Familias hat da etwas zu suchen und ...«

Er scheint sauer zu sein. »Wie gut, dass niemand weiß, wer ich bin. Ich passe schon auf, ich sehe ...«

Das Telefonat wird unterbrochen, weil ich mich zur Treppe hin bewegt habe. Ich werde ihn anrufen, wenn ich hier raus bin; nur weil sie alle mit dem nichts zu tun haben wollen, bedeutet das nicht, dass das auch für mich gilt. Gerade musste ich stocken, als ich erklären wollte, was ich suche. Ich suche etwas, doch ich weiß selbst nicht genau was: wahrscheinlich Antworten ... irgendetwas. Wenn ich es gefunden habe, werde ich es schon wissen, was es ist, doch als ich von alldem erfahren habe, wusste ich, dass ich herkommen muss.

Deswegen gehe ich nun auch die Treppen hinauf. Der Gedanke, dass mein Urgroßvater früher hier war und auch denselben Gang entlanggelaufen ist, fühlt sich merkwürdig an. Ob er sich damals vorstellen konnte, dass die Familias nun so zueinander stehen?

Es gibt nur ein Stockwerk, doch dieses ist riesig. Ich sehe in die ersten Zimmer, es sind alles Schlafzimmer. In zwei gehe ich hinein, doch sie sind komplett leer. Es gibt keine Bilder und nichts außer einigen alten Möbeln, in einem Schrank hängt ein alter Anzug und auf manchen Betten findet man Kondomhüllen. Von wegen hier kommt niemand her. Insgesamt gibt es zehn Schlafzimmer und viele Toiletten, die alle noch intakt sind, auch wenn es keinen Strom und Wasser mehr gibt. Da das ein Treffpunkt für Besprechungen war, wird hier niemand gelebt, aber vielleicht hin und wieder geschlafen haben. So wirkt es zumindest.

Weiter hinten entdecke ich dann zwei Räume, die vielleicht als Büros gedient haben. Hier liegen umgestürzte Aktenschränke, auch einige Papiere liegen herum, doch nichts, mit dem man etwas anfangen kann, kaputte Stühle und Kissen, mehr ist hier nicht zu finden. Ganz am Ende komme ich zu einer Terrasse. Als ich diese betrete, atme ich tief ein. Ich sehe direkt auf das Meer, die Terrasse ist riesig und ich bin mir sicher, dass man hier einige gemütliche Abende verbracht hat. Auch wenn ich bisher nicht viel gefunden habe bis auf das Bild, ist es beeindruckend, hier zu sein, allein die Vorstellung, was hier damals alles passiert ist und wie all das geendet hat und zu was das geführt hat, lässt mich eine Gänsehaut bekommen.

Mein Handy piept, hier scheine ich etwas Empfang zu haben. Ich sehe, dass Enzo mich noch zweimal versucht hat anzurufen und dass ich schon fast eine Stunde hier bin.

Der Empfang ist noch zu schlecht, um ihn zurückzurufen, doch ich gehe nach unten und direkt in den Wohnbereich. Bevor ich aber an einer alten Küche vorbei in den Garten gehe, bemerke ich noch ein Zimmer. Es ist hinter dunklen schweren Holztüren verborgen und als ich diese öffne, weiß ich, dass das hier das Richtige ist.

Hier verbirgt sich ein großer Besprechungsraum; fast als wäre gestern die letzte Besprechung gewesen, sehe ich auf einen großen Tisch mit vielen Stühlen herum. Es gibt eine Bar und einige Regale, in einem stehen noch zwei Bilder.

Das eine ist das gleiche wie im Eingangsbereich, nur kleiner und im Rahmen, das andere zeigt zwei Männer, die den Arm umeinander gelegt haben und in die Kamera blicken.

»Tamina!«

Enzos Stimme donnert durch das Haus und ich schrecke zusammen. Was tut er hier? »Hier.«

Ich stecke das Bild mit den vielen Männern in meine Tasche und halte das mit den beiden Männern in meiner Hand, während ich das Besprechungszimmer verlasse und genau davor auf Enzo blicke, der mich wütend anfunkelt.

»Was tust du hier? Das ist gefährlich, ich hätte dir das niemals erzählen dürfen.« Ich sehe an ihm vorbei, ob noch jemand da ist, doch er scheint allein zu sein. »Es ist niemand hier und es gibt hier leider auch nicht mehr viel, außer das Bild und dieses hier.«

Ich zeige ihm das Bild, er nimmt es mir ab und sieht es sich genau an. Ich räuspere mich leise. »Das ist mein Urgroßvater und dein Urgroßonkel. Sie beide waren die Anführer der Sinaloa Familia.« Er blickt hoch und in meine Augen.

Enzo sieht ein wenig verschlafen aus und nun weicht auch das Wütende aus seinem Blick, er trägt eine schwarze Sportshorts und ein weißes Muskelshirt. Ich sehe auf seine muskulösen Oberarme und das Quartico-Tattoo an seinem Arm. Mein Blick verweilt auf dem Kreuz an seinem Hals, während er erneut das Bild ansieht.

Einen Moment ist es ganz still, dann sieht auch er an mir herunter. Da ich kaum geschminkt bin, nur einen einfachen Zopf gebunden und eine Jeansshorts mit einem weißen Top trage, entdeckt er sicherlich nichts Spannendes, doch er sieht auf jeden Fall nicht mehr so wütend aus wie vorher, das Bild hält er weiter in der Hand.

»Das ist vorbei, Tamina. Du solltest nicht hier sein. Hier gibt es nichts mehr, was von Bedeutung ist.«

Ich nehme das Bild an mich und stecke es in meine Tasche, dann gehe ich zu den Glasfronten, schiebe sie auf und betrete den Garten. Hier steht nichts mehr außer einem leeren Pool, doch von einer kleinen Anhöhe kann man auch von hier direkt auf das Meer blicken.

Ich spüre Enzo die ganze Zeit bei mir, deswegen sehe ich mich gar nicht erst zu ihm um, sondern auf das Meer. »Das alles hat sehr viel Bedeutung und das weißt du auch. Hier gab es all das, was es heute gibt noch nicht. Da waren keine Familias, die sich bekriegen, deretwegen ich entführt wurde, und es gab keine imaginären Grenzen in Mexiko, die man nicht überqueren darf.«

Ein leises Lachen lässt mich zu Enzo umdrehen. »Für dich gelten diese Grenzen nun wirklich nicht, Prinzessin, du stehst hier mitten auf dem Gebiet deiner Feinde.« Ich lege den Kopf schief. »Nein, das ist das Gebiet der Sinaloa Familia; wie du es gesagt hast, hat keine Familia Anspruch auf dieses alte Gebiet erhoben, also sind wir im Grunde gerade auf neutralem Boden und hier sind wir keine Feinde. Und überhaupt … wenn ich deine Feindin bin, was tust du dann hier?«

Enzo ist stehengeblieben und sieht zu mir. Nun habe ich ihn und das wissen wir beide. Ich überbrücke die letzten Schritte zwischen uns, man hört nichts außer dem Meer und ich sehe nichts außer seinen dunklen Augen, die auf mir liegen. »Wieso bist du hier, wenn du mich hassen solltest, Enzo?«

Wir beide wissen, dass die Antwort auf diese Frage nicht sein sollte, nicht sein darf und doch ist er hier. Der intensive Augenkontakt, den wir in diesem Moment haben, lässt mein Herz schneller schlagen. Ich stehe nun genau vor ihm und sehe zu ihm hoch.

»Warum …?« Weiter komme ich nicht, da liegen Enzos weiche Lippen auf meinen und ich seufze genüßlich aus. Ich zögere nicht eine Sekunde, diesen Kuss zu erwidern. Die ganzen letzten Tage musste ich ständig an seine Nähe, seinen Geruch und dieses Kribbeln in mir denken und all das jetzt in dieser intensiven Form und dazu noch diesen Kuss zu spüren, lässt mein Herz viel zu wild in meiner Brust schlagen.

Er öffnet seine Lippen und seine Hand wandert an meinen Nacken, während meine Hände sich um seine Schultern legen, wobei ich mich noch enger an ihn schmiege. In diesem Kuss liegt ein Verlangen, was uns beiden klar zeigt, dass wir das hier schon länger wollen und doch ist Enzo unglaublich zärtlich zu mir. Ich habe noch niemals einen Kuss so sehr genossen wie diesen. Seine Hand verlässt meinen Nacken, als er spürt, dass ich nicht von ihm weiche und seine Hände legen sich an meine Hüften, genau in dem Moment, als sein Handy klingelt und er den Kuss zärtlich beendet. Er küsst meine Wange und gibt mir einen Kuss unter mein Ohrläppchen.

»Cantara wartet draußen, wir haben einen Termin, doch ich wollte erst sehen, dass dir nichts passiert ist und dich hier rausholen ...« Ich muss lächeln und nicke. »Okay, lass uns gehen, ich habe gesehen, was ich sehen wollte.« Enzo hebt die Augenbrauen. »Das freut mich, Prinzessin, dann war der Umweg von knapp zwei Stunden nicht umsonst.«

Er lässt seine Hände von meinen Hüften und ich muss lachen, doch als er sich abwendet, beiße ich mir noch einmal auf die Lippen und halte ihn an seinem Arm zurück, ich weiß, dass sobald wir diesen Ort verlassen, es wieder komplizierter zwischen uns werden wird.

Wer weiß, was das zwischen uns ist oder wird, doch es hat sich zu gut angefühlt, sodass ich mich noch einmal an ihn schmiege und er mich auch ohne zu zögern in seinen Armen empfängt.

»Weil all das Chaos da draußen zwischen uns und unseren Familias hier keine Bedeutung hat.«

Ein Lächeln legt sich auf seine Lippen, bevor er unsere vereint, ich meine Augen schließe und spüre, dass das hier anders ist als irgendetwas zuvor in meinem Leben.

# Kapitel 14

»Wo warst du? Der Pilot hat angegeben, dass es einen Zwischenstopp gab.«

Mein Vater hat Unterlagen in der Hand, die er neben mir auf die Küchenablage legt. Ich bin vor einer Stunde in unserer Villa in Monterrey angekommen, habe geduscht und habe mir jetzt das Essen warm gemacht. Meine Tante hat Geburtstag, sie wollte nicht groß feiern, doch die Familie kommt zusammen und wir essen später, deswegen bin ich hergeflogen und bleibe bis Sonntag. Ich hatte heute morgen nur zwei Kurse und konnte danach direkt losfliegen.

»In Sinaloa.«

Bewusst blicke ich gar nicht erst auf, doch ich spüre sofort den durchdringenden Blick meines Vaters auf mir. »Du warst wo?« Nun sehe ich hoch und direkt in die Augen meines Vaters. »In Sinaloa, Papa. Ich hatte gehofft, noch mehr Sachen über unsere Familia zu erfahren oder vielmehr die Sinaloa Familia, welche wir mal waren, doch leider ist dort von damals nichts mehr übrig. Es gibt Häuser, die mal der Familia gehört haben sollen, doch dort leben andere Familien. Diese Häuser sind viel teurer, einfach nur, weil dort mal ein Mitglied der Sinaloa Familia gelebt haben soll. Es gibt vor dem alten Gebiet ein Denkmal in Stein gemeißelt und das war es leider, was von der Familia übrig ist, das und die Geschichten, die man sich dort erzählt.«

Man sieht meinem Vater an, dass er innerlich brodelt, doch er hat sich besser in Griff als Enzo vorhin am Handy. »Ich bringe deinen Bruder um, er hat mir gesagt, dass er dich ein wenig eingeweiht hat, allerdings nicht, dass er dir alle düsteren Seiten der Familia erzählt hat.« Ich muss leise lachen, stehe auf und gebe meinem Vater einen Kuss auf die Wange. »Das hat mir Sophian nicht erzählt, er hat mir nur von euren Geschäften erzählt und das auch nicht im Detail. Aber wie ich es gesagt habe, ich bin jetzt hier und werde mehr erfahren wollen und wenn ich mir meine Antworten selbst hole. Wir sind hier in Mexiko, die Sinaloa Familia ist kein Staatsgeheimnis. Ich war in der Villa in Puerto Vallarta und habe das gefunden.« Ich hole die beiden Bilderrahmen mit den Bildern heraus, die ich, seitdem ich dort war, nicht aus meiner Tasche genommen habe.

Mein Vater nimmt die Bilder an sich und sieht mich wütend an. »Das hättest du nicht tun sollen, es ist gefährlich, dort hinzugehen, genau wie auch in Sinaloa zu sein. Die Familias sind dort weggegangen und wir haben keine Kontrolle über diese Gebiete. Außerdem solltest du nicht vergessen, dass du dich in Mexiko-Stadt auf dem Gebiet von El Quartico befindest und glaube mir, die wären hocherfreut, meine Tochter in ihre Hände zu bekommen.«

Ich wende mich ab, damit er die Röte auf meinen Wangen nicht sieht. Sofort kommen mir die Bilder von meinem und Enzos Kuss vor Augen. Um ehrlich zu sein, habe ich die letzten Tage kaum an etwas anderes gedacht, auch wenn es dabei geblieben ist.

Den zweiten Kuss hat wieder unsanft das Klingeln von Enzos Handy unterbrochen. Er hat mir einen Kuss auf die Stirn gegeben und ich habe mich einen Moment an ihn gelehnt, bis er mich ernst angesehen und mir gesagt hat, dass wir das nicht tun sollten. Ich konnte nichts anderes machen als zu nicken, denn so ist es, wir brauchen uns da nichts vorzumachen, wir beide wissen das. Doch das ändert nichts daran, wie sich dieser Kuss angefühlt hat.

Spätestens der Blick von Cantara, als wir zusammen aus dem Haus kamen, hat gezeigt, wie verboten all das ist. Er hat nur den Kopf geschüttelt und nichts gesagt, doch das hat mehr gesagt als tausend Worte. Sie sind dann zurückgefahren. Enzo ist mir mit Cantara in ihrem Wagen gefolgt; erst als ich auf der Schnellstraße war, direkt auf dem Weg nach Mexiko-Stadt, ist er irgendwann zu seinem Termin abgebogen. Am Abend hat er mir eine Nachricht geschrieben und gefragt, was ich mache und ich habe ihm ein Bild von meinen Beinen, einer Schüssel Popcorn und meinem Fernseher geschickt, was ihn offensichtlich zufriedengestellt hat.

Montag nach der Uni hat dann ein gigantischer Blumenstrauß mit vielen pastellfarbenen Blumen auf mich gewartet. Kein Rot dabei. Ich habe ihn sofort angerufen, um mich zu bedanken und wir haben kurz miteinander gesprochen. Er hat mich gefragt, wie es in der Uni war und ob bei mir alles in Ordnung ist, dann hat er mir erzählt, dass es ein paar Probleme gibt und er nach Tulum muss. Sofort musste ich daran denken, wie oft ich früher versucht habe, meinen Vater zu überreden, einmal nach Tulum zu fahren. In dieses Paradies, von dem alle so schwärmen, doch er hat es immer abgelehnt, nun weiß ich auch warum, es ist nicht ihr Gebiet, damals hatte ich davon noch keine Ahnung. Ich erzähle Enzo davon und er schickt mir die nächsten Tage Bilder, die mich neidisch werden lassen. Die Tage hatten wir die ganze Zeit Kontakt, wenn auch eher sporadisch. Nicht wie ich es kenne, wenn ich einen Mann kennenlerne, der Interesse hat und man in der Anfangsphase viel Kontakt hat, egal wie oft ich mir auch sage, dass es besser so ist, es fühlt sich einfach nicht so an und ich bin traurig, dass es so sein muss.

Als ich heute losgeflogen bin, ist Enzo zurück nach Mexiko-Stadt gekommen. Ich hatte die ganze Zeit vor, Sinaloa zu besuchen und war ziemlich enttäuscht, dort so überhaupt nichts mehr von der Familia vorzufinden. Wenn ich nachgefragt habe, haben die Leute auch nicht wirklich darüber sprechen wollen, sodass ich Enzo nur das Bild vom Wappen geschickt habe, was mir sofort wieder einen bösen Anruf eingebracht hat.

Ich würde das keinen richtigen Streit nennen, aber Enzo hat mich gefragt, wieso ich das Thema nicht einfach sein lassen kann und wieso ich mich ständig in Gefahr begebe. Irgendwann haben wir wütend das Gespräch beendet, weil mein Jet wieder abgeflogen ist und seitdem haben wir weder geschrieben noch telefoniert. Dafür, dass das Thema angeblich so unwichtig ist, regen sich allerdings alle viel zu sehr darüber auf.

»Zum Glück weiß niemand, wer ich bin.« Ich bin müde darüber zu diskutieren, was ich mache und warum. Mein Vater sieht noch immer auf die Bilder. »Es war nicht immer so, Papa, diese zwei Familias waren mal eine.« Er legt die Bilder weg und zuckt die Schultern. »Es ist besser so, die El Quarticos wollen nicht vorangehen. Sie würden nie Abkommen mit den USA machen und stehen sich selbst im Weg. Man konnte ihnen noch nie trauen.« Ich fülle meinem Vater auch eine Schüssel mit Essen. »Denkst du wirklich, dass dein Großvater seinen Freund erschossen hat … also den anderen Anführer?« Sophian kommt zu uns. Er scheint noch geschlafen zu haben und gibt mir einen Kuss auf die Wange. »Es ist schön, dich jetzt so viel öfter hier zu haben.« Mein Vater beobachtet, wie sein Sohn sich Kaffee einschenkt und sieht dann wieder zu mir.

»Er hat immer gesagt, dass er damit nichts zu tun hatte und dass es die Frau war, um die es damals viel Streit gab. Ich weiß es nicht und es ist auch egal. Du weißt doch, was man sagt, manchmal muss man die Toten in Frieden ruhen lassen.« Sophian sieht auch verwundert zu den Bildern. »Diese verdammten Quarticos. Ich warte nur darauf, dass sie einen Fehler machen und dann haben wir endlich die Macht über ganz Mexiko, sie standen uns schon immer nur im Weg.«

Ich muss husten, weil ich mich fast an meinem Essen verschluckt habe und sehe entsetzt zwischen meinem Vater und meinem Bruder hin und her. Der Hass in ihren Augen verrät, dass all das noch viel schlimmer ist, als ich es geahnt habe.

Während ich meinen Atem wieder unter Kontrolle bekomme, erzählt mein Vater meinem Bruder, wo ich war; auch wenn er nicht ganz so sauer wie Enzo und mein Vater reagiert, ist auch er nicht begeistert. »Prinzessin, ich denke, du solltest mal mit James

132

ausgehen. Wer weiß, vielleicht ist er dein Traumprinz, von dem du früher immer erzählt hast und wir wüssten, dass immer jemand ein Auge auf dich hat.« Ich lache leise auf und bringe meinen Teller zur Spüle, dabei gebe ich meinem Vater einen Kuss auf die Wange.

»Vergiss es, Sophian, ich brauche keinen Prinzen, um eine Prinzessin zu sein. Ich bin die Tochter eines Königs!« Ich zwinkere ihm zu und gehe hinaus in den Garten, wobei ich das leise Lachen meines Vaters höre. »Wo sie recht hat, hat sie recht!«

Den restlichen Nachmittag und auch den Abend, den wir zusammen mit meiner Familie verbringen, reden wir nicht mehr über die Familia, doch am nächsten Tag nimmt mein Vater mich mit in einen Bürokomplex in Monterrey. Da es Samstag ist, ist kaum einer der Mitarbeiter da, ich weiß, dass dieses Gebäude meiner Familie gehört, doch dass sich hier wirklich alles um die Geschäfte dreht, habe ich nicht geahnt. In Mexiko ist Im- und Export von Waffen völlig legal, deswegen läuft das alles hier drüber, auch die Sicherheitsgeschäfte werden hier abgeschlossen. Vielleicht ist es das, was Enzo meint, ihr Vater gilt in Mexiko und in den USA als erfolgreicher Geschäftsmann. Dass er eine Familia leitet, ist eigentlich nur hier in Mexiko bekannt, während ich mir nicht vorstellen kann, dass Enzo einen öffentlichen Bürokomplex hat.

»Ich lasse dir bald alle Kataloge schicken und dann kannst du es einrichten.« Er bringt mich in ein leeres Büro direkt zwischen seinem und dem von Sophian. »Papa, ich habe gerade erst mit dem Studieren begonnen.« Er legt den Arm um mich. »Ich weiß, trotzdem, und da du jetzt mehr Einblick in unsere Geschäfte erhältst, kannst du auch schon dein Büro bekommen.« Ich lege den Kopf auf seine Schulter und muss leise lachen. »Aber das eine schließt doch das andere aus; wenn ich studieren will, darf ich nicht so öffentlich auftreten, um unerkannt zu bleiben.« Sie verlassen das Büro wieder. »Wenn du da bist, werden nur die engsten Mitarbeiter und Vertrauten hier sein.« Sie fahren in das vierte und letzte Stockwerk. »Du solltest aufhören, die Welt so zu drehen, dass ich keine Probleme habe, ich hätte mich schon früher mit alldem auseinandersetzen müssen.«

Diese Etage ist abgesperrt, Schilder und Absperrbänder verweisen darauf, dass hier noch gebaut wird, doch mein Vater hebt diese hoch und schaltet das Licht an.

»Das denkst du jetzt, aber ich sage dir etwas. Ich bin dankbar, dass du deine Jugend und deine Kindheit so unbeschwert und glücklich verbracht hast, die Sorgen und Kopfschmerzen und alles, was das Leben in einer Familia so mit sich bringt, nicht erleben musstest.« Er gibt vor der einzigen Tür hier im Stockwerk einen Code ein und nimmt dann meine Hand in seine und führt mich an ein Display, das Ganze wiederholt er einige Male, bis er mir andeutet, meine Hand an das Display zu halten, wobei sich die Tür öffnet. »Die Einzigen, die diese Tür öffnen können, sind deine Brüder, du und ich, und diese Tür ist wirklich so hergestellt, dass niemand sie sonst öffnen kann, nicht mal mit Sprengstoff.«

Verwundert sehe ich in den Raum, in dem sich beim Betreten automatisch alle Lichter einschalten, und stocke, während mein Vater stolz neben mich tritt.

»Willkommen im Herzen deiner Familia.«

Ich blicke in einen Raum, der fast die gesamte Etage umfasst. Hier sind einige Waffen in Regalen aufgereiht, wahrscheinlich alles, was sie verkaufen. Ein massiver Besprechungstisch, mehrere Monitore, viele Aktenschränke, eine gemütliche Sitzecke und noch mehr Aktenschränke füllen den Raum.

»Hier wird also alles gelagert und bearbeitet, was nicht für alle Augen gedacht ist.«

Mein Vater lächelt. »Kann man so sagen, hier finden auch ein paar Besprechungen statt, aber meist nur für die engsten Vertrauen oder Geschäftskunden, denen wir vertrauen. Die Unterlagen

134

sind sehr wichtig, das zeige ich dir alles noch einmal ganz genau, doch eine der ersten Sachen, die du wissen solltest, ist eine unserer wichtigsten Einnahmequellen.«

Er geht zu einem Bord und zieht eine alte Landkarte herunter. »Weißt du, als ich noch ein Kind war, hat unsere Familia viel Geld mit dem Drogenhandel verdient, es ist sehr lukrativ, doch gleichzeitig sind immer wieder Männer festgenommen und Lieferungen beschlagnahmt worden. Du kannst gar nicht so viele Leute bestechen, um dieses Geschäft erfolgreich betreiben zu können. Damals hat mein Vater ein Stück Land gekauft, kurz danach wurden die Grenzen neu festgelegt und diese Mauer gebaut oder erweitert. Dieses Stück Land, was er gekauft hat, liegt in einem grauen Gebiet, es ist das Einzige, was es noch gibt und davon weiß kaum einer.« Er deutet auf einer Karte auf ein Gebiet. »Es liegt kurz vor Tijuana am Tijuana River. Genau dort, wo er sich zu verschnörkeln beginnt. Auch dort waren Patrouillen unterwegs, doch weil das Gebiet und der Fluss dort so verschnörkelt ist und man teilweise nicht einmal mit dem Boot durchkam, sollte bei der neuen Grenzbildung dieses Stück noch auf die US-Seite, doch das ist nie passiert. Sie haben es schlichtweg vergessen. Mein Vater hat das sofort gemerkt und das Land gegenüber, also das Land, was auf der amerikanischen Seite liegt, gekauft.« Ich ziehe meine Augenbrauen zusammen, als er auf ein kleines Gebiet entlang der Grenze zeigt, was mitten im Fluss an einer Mündung aufgeteilt ist als Grenze.

»Das bedeutet ...«, mein Vater sieht zufrieden zu mir, »uns gehört der Teil des Landes auf der mexikanischen und der Teil auf der amerikanischen Seite und der Fluss wird an diesem Teil auf unserem Land niemals kontrolliert, da es dort offiziell gar keine Grenze gibt. Wir sind mit Glück in ein kleines Loch geschlüpft, was uns mehrere Millionen Dollar eingebracht hat.«

So langsam verstehe ich. »Das heißt, diese Tunnel, von denen man redet, wenn es um Schmuggel geht und Wüstenmärsche ...

all das gibt es nicht?« Mein Vater setzt sich auf die Tischkante und sieht mir in die Augen. »Doch natürlich, das gibt es, aber damit haben wir nichts zu tun. Wir haben uns mit diesem sicheren Weg nach Amerika aus dem Drogenhandel zurückgezogen, er findet statt, wir öffnen unser Gebiet dafür und verdienen mehr als genug Geld damit und das seit dreißig Jahren. Noch nicht ein Mensch hat das mit unserem Grundstück gemerkt, da wir auf beiden Seiten angesehene Bürger sind. Wir bieten die Wege, die Arbeit machen die anderen.« Ich schüttle den Kopf. »Und so betreibt ihr auch euren Waffelhandel?« Mein Vater schüttelt den Kopf. »Nein, nur mit Waffen, die nicht erlaubt sind, doch das sind in Amerika kaum welche. Mit den Waffen handeln wir ganz legal, es gibt noch einiges mehr, was du erfahren wirst, doch das hier ...«, er deutet auf das Stück Land, »ist der Grundstein unseres Erfolges.«

Ich wollte viel wissen und in meinem Kopf schwirren auch immer noch alle Informationen umher. Mein Vater hat mir noch den Rest des Komplexes gezeigt und mir mehr von dem Grundstück erzählt. Ich werde es bald mit ihm besuchen, um die offiziellen Besitzer kennenzulernen, die im Auftrag meiner Familia dort seit dreißig Jahren leben und sich so unauffällig wie möglich verhalten. Ein amerikanisches älteres Ehepaar mit mexikanischen Wurzeln. Ich bin dankbar, mehr Einblick zu bekommen, doch ich muss das Ganze auch immer wieder sacken lassen.

Als ich alleine auf meiner Terrasse sitze und in den Sternenhimmel blicke, muss ich an Enzo und unsere zwei Nächte denken, die wir in seinem Auto zusammen verbracht haben und nicht aufhören konnten zu reden. Er hat sich nicht mehr gemeldet und auch nicht auf meine Nachrichten reagiert.

Wir sind nicht zusammen, ich sollte das nicht so ernst nehmen, doch gleichzeitig waren diese Nähe und diese zwei Küsse so beeindruckend, dass ich immer wieder daran denken muss, deswegen überwinde ich meinen Stolz und rufe ihn an.

Es klingelt lange, doch dann nimmt er an. Man hört sofort laute Musik im Hintergrund, Lachen und Stimmen, er ist auf einer Party.

»Hey.«

»Hey.«

»Willst du jetzt nicht mehr mit mir sprechen, weil ich in Sinaloa war? Dort war nicht einmal etwas und ...«

»Darum geht es nicht.« Ich höre die Kälte in seiner Stimme.

»Worum geht es dann, Enzo?«

»Hast du dich mal gefragt, wieso du das tust, wieso du so unvernünftig bist? Ich habe nicht einmal die Möglichkeit, dir dort zu helfen, wenn etwas ist und ...«

»Enzo, ich brauche keine Hilfe, weil ich nicht in Gefahr bin. Und wenn mir hier auf diesem Gebiet etwas passieren sollte, habe ich eine große Familia, meinen Vater und meine Brüder hinter mir, mir passiert schon nichts, es ist wirklich gut gemeint, doch du brauchst dir keine Sorgen zu machen oder deswegen auf mich sauer sein.«

Es ist ruhig, sicherlich will ein stolzer Mann wie Enzo so etwas gar nicht hören, doch es ist so. Ich bin bisher auch ohne seinen Schutz gut klargekommen, zumindest bis ich nach Mexiko gezogen bin.

»Du hast recht, es geht mich nichts an, was du tust, nur denke ich, du tust es aus den falschen Gründen, aber auch das musst du ...«

Man hört heraus, wie sauer er ist und so langsam kann ich das wirklich nicht mehr nachvollziehen.

»Ach Papi, komm, lass uns nach oben gehen und dort weitermachen, wo ...« Ich höre eine Frau bei ihm und sie scheint eng bei ihm zu sein.

»Das ist doch nicht dein Ernst, oder? Was interessiert dich all das überhaupt, wenn schon die Nächste in deinen Armen liegt? Und was für Gründe soll ich haben? Ich möchte mehr von damals erfahren, ich weiß selbst nicht genau, was ich …« Auch wenn wir nicht zusammen sind, verkrampft sich mein Magen sofort. Ich weiß es nicht, nicht wirklich, ich wollte mir all das unbedingt ansehen und vielleicht einfach nur in der Vergangenheit kramen, doch bevor ich antworten kann, tut er es.

»Soll ich dir sagen, was deine Hoffnung war? Dass du etwas findest, was das, was zwischen uns beiden ist, rechtfertigen oder gutmachen würde. Dass es sich richtig anfühlt, doch das ist es nicht und das kann die Vergangenheit auch nicht bewirken. Du hast gehofft, dort etwas zu finden, was uns quasi einen Freifahrtschein gibt, doch das wirst du nicht finden, nirgendwo, weil das niemals der Fall sein wird und das macht mich sauer, dass du wirklich so naiv bist, das zu glauben. Das ist es doch, was du dort wirklich gesucht hast? Irgendetwas, was dir dein schlechtes Gewissen nimmt, weil wir beide wissen, dass das zwischen uns nicht sein darf, doch das werden auch diese Orte nicht ändern.«

Nun spüre ich die Wut in mir hochkommen, und das nicht, weil er falsch liegt, sondern weil ich mich sofort ertappt fühle und dieser Hintergedanke die ganze Zeit in meinem Kopf war. Dass diese Gefühle, die ich für Enzo zu entwickeln beginne, nicht ganz so verboten sind oder es einen Ausweg daraus gibt, einen Beweis, dass es nicht immer verboten war, und deswegen halte ich dieses Bild wohl auch immer noch bei mir, doch die Art, wie er das sagt und wie kalt er sich wieder anhört, lässt mich bitter auflachen.

»Weißt du was, vergiss es einfach, Enzo, all das hat sich nun eh erledigt. Genieß deinen Abend mit den Chicas, es war dumm zu denken, dass das … vergiss es einfach.«

Ich lege auf, bevor ich mich noch mehr reinreite und atme tief durch. Damit wäre das Kapitel Enzo Quartico wohl auch endgültig erledigt. Es ist wahrscheinlich das Beste, obwohl es sich absolut nicht so anfühlt.

# Kapitel 15

»Okay, offensichtlich hat sich einiges bei dir angestaut.«

Belva weicht meinem Sandsack aus und gibt ihre Boxhandschuhe bei unserem Trainer ab. Die Stunde heute war viel zu kurz, wir machen einen Kurs mit vielen Übungen und kommen meistens erst ganz zum Schluss an die Säcke. Heute war mir das viel zu wenig, ich könnte noch ewig so weitermachen, doch obwohl ich nun schon einige Stunden mittrainiert habe, spüre ich das Training nach jeder Stunde und auch jetzt tun mir meine Arme und Oberschenkel weh und auch ich streife mir die Handschuhe von den Händen.

»Bei jedem staut sich doch etwas an.« Wir verabschieden uns vom Trainer und gehen in die Umkleiden, leider sind die Duschen zur Zeit kaputt, sodass ich mir nur meine Sweatjacke überziehe, ich fahre eh direkt nach Hause. »Ist es noch wegen dem Kerl? Ich dachte, du hättest das schon wieder vergessen?« Ich stopfe alles in meine große Korbtasche, lege mir mein Handtuch um die Schultern und wir verlassen zusammen die Umkleiden. »Nein, ich habe dir doch gesagt, dass wir uns nur geküsst haben, das ist schon längst wieder gegessen das Thema. Es ist einfach sehr stressig zur Zeit und ich kann so am besten meinen Frust ablassen. Habe ich dir gesagt, dass ich für die Präsentation, die ich fast anderthalb Wochen vorbereitet habe, nur eine drei bekommen habe? Ich glaube, die Dozentin mag mich nicht.« Wir verlassen die Sporthalle und entdecken sofort Vera, die mit etwas in der Hand auf uns wartet.

»Du meinst Frau Sanchez? Sie mag keinen, nimm es nicht persönlich.« Vera kommt uns entgegen und hält uns goldene Plastikarmbänder hin. »Was hast du da?« Vera gibt jeder von uns ein Band. »Das ist für die Party morgen, damit ihr gleich nach oben kommt.« Oh nein, das hatte ich völlig verdrängt. Vera fragt uns jedes Wochenende, ob wir im Club vorbeikommen, doch da ich Enzo erst einmal aus dem Weg gehen wollte, habe ich das nun schon zwei Wochenenden umgehen können, ich hatte ihr aber versprochen, zur All In Black-Party zu kommen.

Nachdem ich das Telefonat beendet hatte, gab es keinen Kontakt mehr zwischen uns. Ich fühle mich total dumm. Ernsthaft, ich wurde entführt und bin bei ihm im Haus aufgewacht, er hat mich verschont, trotzdem bleibt er der Feind meiner Familia und aus Dankbarkeit, oder was auch immer für einer merkwürdigen Gefühlsregung, verliebe ich mich in ihn. Kann man das so nennen? Zu behaupten, er wäre mir egal, ist lächerlich, wenn man bedenkt, dass ich selbst jetzt zwei Wochen später noch immer ständig an ihn denken muss. Es waren nur zwei Küsse und das hat mich so umgehauen, dass ich es nicht schaffe, diesen Mann einfach aus meinen Gedanken zu streichen, wobei ich die allerbesten Gründe dafür habe. Ich zweifle selbst an meinem Urteilsvermögen und der eigentlich doch gut ausgeprägten Einschätzung von Situationen, die mir bei Enzo komplett abhanden gekommen ist.

Vera und Belva habe ich nur erzählt, dass wir uns geküsst haben und ich erfahren habe, dass er gleich wieder eine andere hatte. Sie haben sicherlich gemerkt, dass ich etwas abgelenkt bin, doch sie werden denken, dass ich das mit Enzo schon längst wieder vergessen habe, was normal ist und was ich auch sollte, was ihm garantiert nicht schwergefallen ist. Doch mein Herz geht momentan seinen eigenen Weg und ich habe alle Mühe, es im Zaum zu halten, deswegen sollte ich auch weiter den Club meiden. Vera hat erwähnt, dass er oft da ist, doch ich bin nicht weiter darauf eingegangen.

»Ich kann aber nicht lange, ich muss Sonntag die Frühschicht im Museum führen, wollen wir dann einfach etwas früher als sonst hin?« Belva sieht mich fragend an und ich erwache aus meiner

Starre und höre auf, das goldene Band anzustarren. »Ja, okay, können wir machen.« Vielleicht ist Enzo verreist oder wir sind schon wieder weg, wenn er auftaucht oder ich schaffe es einfach, ihn zu ignorieren und ihm aus dem Weg zu gehen, wie ich es von Anfang an hätte tun sollen.

»Nimmst du mich mit? Ich muss die Blumen bei Keke gießen, ich bin froh, dass die beiden nächste Woche aus ihrem Urlaub zurück sind.« Ich nicke nur und wir verabschieden uns von Belva.

Während der ganzen Fahrt erzählt mir Vera vom letzten Wochenende. Sie achtet nicht nur wegen mir auf Enzos Gruppe, sie flirtet mit einem Mann der Quarticos und nach ihrer Beschreibung scheint es sogar Cantara zu sein. Das Problem ist, sie hat keine Ahnung, wer Enzo und seine Männer sind und ich habe keine Vorstellungen, wie ich ihr das erklären könnte. Sie wird es erfahren, spätestens wenn sie ihn Keke oder Belva zeigt, sie werden wissen, wer da vor ihnen steht, doch Vera hat keine Ahnung und ich bin wahrscheinlich nicht die Richtige, um ihr das zu erklären, wenn ich selbst zu einer Familia gehöre.

Eigentlich wollte ich sie nur fahren, doch dann helfe ich ihr. Danach fahren wir zu mir, wir bestellen Pizza und machen uns einen gemütlichen Serienabend und anschließend schläft Vera bei mir. So bin ich abgelenkt. Die Universität lenkt mich in der Woche relativ gut ab, aber es ist echt schwer, so langsam kristallisiert sich heraus, was ich befürchtet habe. Die Fächer, die ich unbedingt belegen wollte, fallen mir sehr leicht, während mir die Wirtschaftsfächer wirklich zu schaffen machen. Ich muss viel zu Hause lernen und schleppe mich von einer Prüfung zur nächsten. Ich bin froh, dass bald Semesterferien sind und ich Alea besuchen werde, um all das hier für eine Woche hinter mir zu lassen; auch wenn ich Mexiko und das Leben hier liebe, ist es sehr anstrengend zur Zeit.

Das Schlimmste ist, ich habe mich noch nie so allein gefühlt, dabei bin ich es fast nie. Ich habe Vera und meine anderen

Freunde, doch ich kann nicht offen mit ihnen über alles sprechen, ich habe meine Familie, doch auch mit ihnen kann ich nicht alles besprechen und selbst Alea weiß noch nichts von Enzo, weil ich ihr das nicht am Telefon erzählen wollte. Ich bin umzingelt von Menschen und doch spüre ich eine Einsamkeit in meinem Herzen, die ich so noch nicht kannte.

In den Semesterferien fliege ich erst zu Alea und dann zusammen mit ihr nach L.A. und bin froh, dann meine Mutter mal wieder etwas länger zu sehen, vielleicht ist es auch einfach nur Heimweh, was mich so fühlen lässt. Ich bin mir sicher, dass mein Kurzurlaub nach Hause meine Sicht auf einige Dinge wieder gerade rücken wird.

Nachdem wir beide ausgeschlafen haben, fährt Vera zurück ins Studentenwohnheim, während ich alles für die Uni bearbeite, was ich am Wochenende zu tun habe. Das dauert so lange, dass ich mich dann sogar beeilen muss. Ohne große Lust zu haben dusche ich, glätte mir die Haare, ziehe ein schwarze enge Lederleggings, schwarze Pumps und ein bauchfreies schwarzes Bandeau-Top an. Ich lege mir eine Menge goldene Armreifen um, große goldene Creolen und packe meine Sachen in eine goldene Clutch, ich schminke mich ein wenig, betone aber die Augen stärker als sonst und gehe dann nach unten, wo Belva schon im Taxi auf mich wartet.

Wir sind viel früher als sonst im Club, was sich aber als gar nicht so schlecht herausstellt, es ist leerer, wir haben genug Platz auf der Tanzfläche und an der Bar, und es ist weit und breit nichts von Enzo zu sehen, somit fällt mir eine kleine Last von der Schulter und ich entspanne mich.

Belva war eine Weile nicht mehr mit im Club und wir sitzen lange bei Vera an der Bar, unterhalten uns und trinken. Zwei Männer sprechen uns an, am Anfang gehen wir auch darauf ein, doch dann werden sie zu aufdringlich und wir verkrümeln uns schnell zum Tanzen.

Wenn man viel Stress hat und einem etwas auf dem Herzen liegt, gibt es nichts Besseres, als die Augen zu schließen, den Rhythmus der Musik und das Lachen der Menschen in sich aufzusaugen, loszulassen und sich diesem Gefühl hinzugeben. Auch Belva steht wegen der Uni viel unter Stress und wir beide bleiben lange auf der Tanzfläche, bis sie auf ihre Uhr blickt und sagt, dass sie langsam losmuss. Ich habe nicht vor, länger hierzubleiben und wir gehen nach oben, um Vera Bescheid zu geben. Es ist kurz nach Mitternacht und jetzt beginnt sich der Club erst zu füllen, genau der richtige Zeitpunkt, um zu verschwinden.

Ich habe es geahnt, ich wusste, dass es passieren kann, auch wenn ich die Hoffnung hatte, dass ich dem heute entkomme. Doch als ich lachend mit Belva die Treppe zum VIP-Bereich hochkomme und sofort in Enzos dunkle Augen blicke, der neben anderen Männern um mehrere Tischen herum verteilt sitzt, bleibe ich trotzdem einen Moment stehen und stocke.

Er trägt eine schwarze Jeans und ein schwarzes Shirt und hat sich offenbar gerade mit zwei Männern unterhalten, er hat die Arme auf die Knie gelegt und reibt sich die Hände, als er hochsieht und mir in die Augen blickt.

»Alles in Ordnung?« Belva ist auch stehengeblieben, was mich sofort zum Weitergehen animiert. Diese zwei Sekunden haben gereicht, um alles um Enzo herum zu erfassen und ich sehe sofort weg. Ich lächle und weiß, wie gekünstelt das aussehen muss. »Ja, klar. Lass uns verschwinden.«

Ohne noch einmal zum Tisch zu sehen, gehe ich zu Vera an die Bar. Cantara steht an der Bar und spricht mit ihr. Die Art, wie Vera lächelt und wie erhitzt ihre Wangen sind, verraten sofort, dass er der Flirt ist, von dem sie in letzter Zeit immer wieder erzählt hat, wunderbar, ganz wunderbar.

»Süße, wir gehen wieder. Wartest du noch, Tamina? Ich muss noch einmal auf Toilette.« Vera und Cantara drehen sich beide zu uns um. »Oh, okay, warte, ich hole eure Taschen.« Als Vera zum anderen Ende der Bar geht, um unsere Taschen aus dem Regal unter der Theke zu holen, nickt Cantara mir nur einmal kurz zu. »Hallo Tijumara.« Ich würde am liebsten die Augen verdrehen, doch bevor ich reagieren kann, tritt Cantara zur Seite und erst da sehe ich, dass Enzo zu uns getreten ist und sich nun an seiner Stelle genau vor mich stellt.

»Hey.«

Seine raue Stimme fährt meinen Nacken hinab, während ich mich abwende und zu Vera sehe, die die Handtaschen in der Hand hält.

»Hallo.« Ich nehme die beiden Handtaschen an mich und gebe Vera einen Kuss auf die Wange, sie sieht kurz zu Enzo und hebt die Augenbrauen. »Ich rufe dich morgen an, kommt gut nach Hause.« Ich nicke nur und entferne mich von der Bar, doch schon spüre ich Enzos Hand an meinem Arm. »Bist du jetzt wirklich sauer auf mich, weil ich dir die Wahrheit gesagt habe?«

Da er meinen Arm nicht loslässt, muss ich mich zu ihm umwenden und ich spüre, dass ich ihn nicht gerade freundlich ansehe. »Ich bin nicht sauer und was meinst du mit der Wahrheit?« Enzo steht genau vor mir, seine Hand liegt noch immer um meinen Arm, auch wenn wir nun so nah stehen und ich nicht weggehe, sodass es eigentlich nicht nötig wäre.

»Du weißt, was ich meine, dass du dich in Gefahr gebracht hast, um etwas zu finden oder zu beweisen, was es nicht gibt. Wir sollten nichts miteinander anfangen, es ...« Ich sehe ihm an, dass er versucht, die richtigen Worte zu finden und ich bin mir sicher, dass er das auch nicht bei jeder Frau tun würde, doch das alles zeigt mir nur ein weiteres Mal, wie verwirrend dieser Mann ist.

»Okay, fein, dann lass mich los. Du warst ja bereits sehr schnell wieder ... abgelenkt.« Auch wenn ich es nicht möchte, ich kann nicht verhindern, dass ich mich verletzt und wütend anhöre. Wir haben uns geküsst, ich sollte versuchen, das lockerer zu sehen, doch ich merke, dass auch er das nicht ganz so locker sieht, wie ich es mir gedacht habe. Ich spüre, dass die anderen Männer, die bei ihm waren, zu uns sehen, doch das scheint ihm egal zu sein.

»Da war nichts. Ich lasse dich auch, doch ich möchte nicht, dass du denkst, es hätte mir nichts bedeutet oder dass du mir egal bist, doch wir beide wissen ... dass wir Abstand halten sollten. Wir hätten das gar nicht so weit kommen lassen sollen.«

Nun verschränke ich die Arme vor der Brust und sehe ihn das erste Mal richtig an, blicke ihm wirklich in die Augen, sehe auf seine Narbe an der Augenbraue, das Kreuz auf seinem Hals, dieses hübsche und doch so unnahbare Gesicht und ich wünschte, mein Herz würde nicht so sehr schlagen bei diesem Anblick.

»Ich bin nicht der Meinung und du hast mich auch nie nach meiner Meinung dazu gefragt, doch wenn du das so entschieden hast, dann muss ich das wohl so hinnehmen. Hab noch deinen Spaß, Enzo.«

Ich mache meinen Arm los und wende mich um. Belva steht an den Treppen und wartet auf mich, sie sieht mich fragend an, doch als ich zu ihr gehen will, werde ich wieder am Arm zurückgehalten und nun werde ich wirklich sauer. Ich habe keine Ahnung, was Enzo sich denkt, aber ich bin kein Spielzeug, das er sich nehmen kann wie und wann er es möchte.

»Warte, Tamina, ...« Ich lasse ihn gar nicht zu Wort kommen sondern gehe ganz nah zu ihm, so nah, dass jedem hier im Raum klar ist, dass das nicht die erste Annäherung zwischen uns ist.

»Weißt du was, Enzo, es mag sein, dass du recht hattest, dass ich vielleicht etwas gesucht habe, was die Gefühle, die ich anfange für dich aufzubauen, rechtfertigt, doch ich stehe dazu, während du mir das vorwirfst und gleichzeitig genauso handelst, nein, sogar noch schlimmer. Du willst das nicht und es kann sein, dass es auch nicht unbegründet ist, doch du bist auch derjenige, der mich immer wieder an sich zieht und festhält, nur um mich dann wieder von sich zu schieben, also, wer von uns beiden kommt hiermit nicht klar?« Ich beuge mich ihm entgegen, unsere Lippen berühren sich fast und ich wünschte, ich könnte ihn einfach wieder küssen, denn ich muss ständig daran denken und diese Nähe lässt meinen Magen sich sehnsüchtig zusammenziehen, doch ich kann mich beherrschen und flüstere an seine Lippen.

»Du bist ein Anführer, Enzo, du bist es nicht gewohnt, etwas zu wollen und es nicht haben zu können, aber ich bin kein Spielzeug. Entscheide dich und wenn du das getan hast, dann so, dass es nicht wieder dieses Hin und Her gibt. Lass mich gehen oder halte mich fest, etwas dazwischen werde ich nicht akzeptieren.«

Enzo sieht mir in die Augen, bevor ich mich abwende und gehe. Dieses Mal lässt er mich, ich bin mir sicher, dass es jetzt einiges gibt, worüber er nachzudenken hat. »Weißt du, wer das war, Tamina? Das ist dein Flirt? Enzo Quartico? Dieser Mann ist zugegebenermaßen unglaublich sexy, doch auch genauso gefährlich und ihm werden unzählige Affären nachgesagt.« Wir holen uns ein Taxi heran. »Ich weiß, wer er ist und es ist kompliziert, ich bin zu wütend, um jetzt darüber zu sprechen, doch ich verspreche dir, ich erkläre es dir.« Belva nickt nur, ich weiß nicht, wie ich aussehe, doch wenn ich nur halb so wütend aussehe wie ich es bin, wird sie spüren, dass ich jetzt nicht darüber sprechen kann.

Ich bin dankbar, dass der Taxifahrer uns mit der Geschichte eines Unfalls, den es heute Abend gab, ablenkt. Nachdem ich ausgestiegen bin und Belva verspreche, sie morgen anzurufen, gehe ich schnell nach oben, werfe meine Clutch in die Ecke, streife meine Schuhe und die enge Leggins ab und gehe mit Slip und Top ins Bad, um mich abzuschminken.

Meine Gedanken kreisen um Enzos Worte, natürlich sollte es sich gut anfühlen, dass ich weiß, ihn lässt das zwischen uns auch nicht kalt, doch gleichzeitig bin ich nun in meinem Entschluss, das alles endgültig hinter mir zu lassen, noch wackeliger geworden. Er hat nicht unrecht, wir sollten vernünftig sein, doch offenbar fällt es keinem von uns beiden leicht.

Meine Wohnung ist dunkel. Die Terrassentür steht offen und die Lichter der Stadt strahlen herein, nur im Bad brennt Licht und eine kleine Lampe neben meinem Bett; das und der Wasserstrahl im Waschbecken lassen mich langsam etwas ruhiger werden. Ich schminke mich ab und kämme meine Haare durch, trage eine Feuchtigkeitspflege auf und will gerade auf meinem Handy nachsehen, ob ich neue Benachrichtigungen bekommen habe, da klopft es an meiner Haustür.

Natürlich beginnt mein Herz zu rasen, ich weiß sofort, dass es Enzo ist, kein anderer Mensch würde es schaffen, hier heraufzukommen, ohne dass sich der Wachmann meldet, nur er hat die Macht dazu. Mit zittrigen Fingern öffne ich die Haustür und sehe ihm direkt in die Augen.

Er sagt kein Wort, ich trete zurück in die Wohnung, bleibe ihm aber zugewandt. Er tritt in meine Wohnung und schließt die Tür hinter sich und bricht den Augenkontakt keinen Augenblick ab. Es ist sehr intensiv, intensiver als eine Berührung es sein könnte und ich hebe meine Hand, als er die letzten zwei Schritte zu mir kommt.

»Mach das nur, wenn du dir absolut sicher bist.« Seine Hand streicht über meine Wange und fährt in meinen Nacken und mein Atem stockt, als seine Lippen meine Wangen entlangfahren und an meinem Ohr einhalten. »Ich will dich, Prinzessin, das wollte ich vom ersten Moment an und alles andere werden wir dann sehen.«

Ich schließe die Augen und in der nächsten Sekunde treffen sich unsere Lippen zu einem sehnsüchtigen Kuss. Ich habe das vermisst, so verrückt es sein mag, aber ich habe ihn und diese Nähe sehr stark vermisst. Ich schmiege mich enger an ihn, meine Hände fahren unter sein Shirt, über seine harten Muskeln und die weiche Haut darüber, stoppen an seiner Waffe, die er in dem Moment aus seiner Hose zieht und auf das Sideboard im Flur legt.

Wir beide wollen den anderen ganz spüren, das wird sofort klar. Ich seufze auf, als seine Lippen sich von meinen lösen, den Hals entlangfahren, seine Hände meinen Po unter meinem Slip umfassen und er mich hochhebt und auf die Küchenanrichte setzt, nur um dort unsere Lippen ungeduldig wieder zu vereinen.

Ich werde wahnsinnig, seine Nähe, seine Lippen, seine Hände, innerhalb weniger Sekunden sitze ich nur noch im Slip vor ihm. Enzo liebkost meine Brüste, wir beide atmen schwer, als hätten wir die ganzen letzten Wochen nichts anderes gewollt und als ich dann ungeduldig seine Hose öffne und er uns beide vereint, halten wir das erste Mal ein und sehen uns in die Augen. Wir atmen schwerer und ich stöhne auf, als ich ihn so tief in mir spüre, doch wir brechen den Augenkontakt nicht ab. Wir beide wissen, dass es nun kein Zurück mehr gibt.

# Kapitel 16

Ist all das wirklich passiert? Ich öffne langsam meine Augen und atme tief ein. Ein Lächeln setzt sich auf meine Lippen, als ich diesen anziehenden Duft einatme, unter meiner Hand die harten Muskeln spüre und sie von Enzos gleichmäßigem Atemzug auf und ab geht.

Das Vibrieren in meinem Körper ist zu einem zufriedenen Summen geworden. Das war unglaublich, ich habe schon einiges gespürt, aber niemals so viele Gefühle, die aufeinandergeprallt sind. Es war heftig und mitreißend. Die ersten Minuten konnten wir uns kaum zurückhalten, und erst nachdem diese erste Sehnsucht und die Erkenntnis, dass wir nicht aufhalten können, was wir eigentlich sollten, gestillt war, haben wir zusammen geduscht und uns danach noch einmal geliebt, doch dieses Mal mit viel Zeit und viel Neugierde. Es waren die intensivsten Stunden, die ich jemals mit einem Mann erlebt habe, ich habe mich noch nie so schnell, so schonungslos einem Mann hingegeben, ohne auch nur den Hauch von Zweifel zu bekommen, den kann ich in seinen Armen nicht haben.

Es war so schön und aufregend, dass ich danach sehr schnell eingeschlafen sein muss, wir haben nicht mehr sehr viel geredet, sondern unsere Herzen sprechen lassen, doch je wacher ich werde, umso bewusster wird mir, dass wir das aber tun müssen. Ich habe ihm gesagt, er soll sich entscheiden, ob er mich in seinem Leben haben will oder nicht und letzte Nacht hat er sich entschieden. Die Frage ist nun, ob er das auch nach dieser Nacht weiter beibehält, oder ob er alles doch noch einmal über den Haufen wirft. Eines ist klar: Das, was wir die letzten Stunden hatten, werde ich niemals vergessen, egal was nun kommen wird.

Je wacher ich werde, desto mehr registriere ich, wie wir liegen. Enzo liegt auf dem Rücken, ich neben ihm, meine Hand ruht auf seiner Brust, meine Nase liegt an seiner Schulter. Sein rechter Arm umfasst mich und hält mich an sich, doch an seinem Atem erkenne ich, dass er noch schläft.

Ich schließe die Augen erneut, es ist friedlich und ich habe mich lange nicht mehr so ausgefüllt und zufrieden gefühlt, doch jetzt durchdringt ein Klingeln die Ruhe. Enzo reagiert erst beim zweiten, er seufzt leise auf, setzt sich etwas auf, wobei er mich weiter bei sich hält, greift nach seiner Hose neben dem Bett und geht mit rauer Stimme ans Handy, dabei legt er sich zurück und ich kuschle mich wieder enger an ihn.

Er murmelt etwas, dann flucht er auf und sagt, dass er in zehn Minuten da ist. Offenbar hat er einen Termin vergessen. Enzo beendet das Gespräch, dann wendet er sich zu mir um und umfasst mich mit seinen Armen vollständig, seine Nase vergräbt sich in meinem Haar und unsere nackten Körper berühren sich.

»Ich muss los, was machst du heute?« Meine Lippen küssen seine Brust. »Ich bleibe hier, ich habe noch für die Universität zu tun. Aber erst einmal schlafe ich noch aus.« Ich blicke hoch und direkt in seine dunklen Augen, die mich liebevoll mustern. Er beugt sich zu mir hinunter und gibt mir einen zarten Kuss. »Tue das.« Seine Lippen küssen meine Stirn, bevor er mich das erste Mal seit vielen Stunden loslässt und aufsteht.

Sofort fühlt es sich kälter an. Ich sehe auf seinen durchtrainierten Körper, den ich schon die letzte Nacht genießen konnte, doch so im Morgenlicht ist das noch einmal etwas ganz anderes. Neben dem Tattoo am Hals und am Arm trägt er ab seiner linken Hüfte hoch einen beeindruckenden Löwe bis hoch zum mittleren Rücken. Ich habe schon mal gehört, dass er den Spitznamen Löwen trägt, da er sich auf seine Opfer stürzt und nicht loslässt und alles was ihm wichtig ist wie ein Löwe verteidigt und darum kämpft, doch offenbar ist an diesen Gerüchten noch viel mehr dran.

Enzo zieht sich seine Shorts über und dann die Jeans. Er ist ein sehr hübscher Mann, sein Körper ist sexy und als seine dunklen Augen meine treffen, bekomme ich augenblicklich wieder eine Gänsehaut. »Willst du nicht schnell etwas essen oder einen Kaffee, ich …?« Er geht kurz ins Bad. Ich höre das Wasser und schließe die Augen, gestern Nacht war es so leicht, alles von sich zu schieben, doch das werden wir nicht auf Dauer tun können.

Sobald er zurück in das Schlafzimmer tritt, erhebe ich mich im Bett. Enzo zieht sich das Shirt über und beugt sich noch einmal zu mir, dabei steckt er sein Handy ein und gibt mir einen Kuss auf die Lippen. »Nein, bleib liegen. Ich sollte vor zehn Minuten dort sein. Ich esse da etwas. Ich melde mich später.« Mehr als ein Nicken kann ich mir nicht abringen, doch als er mir noch einen kleinen Kuss geben möchte, erwidere ich diesen und schneller als geahnt dehnt Enzo den Kuss noch einmal aus. Meine Hand fährt unter sein Shirt und er beendet den Kuss unter großen Mühen und grinst mich dann frech an. »Okay, ich gehe jetzt lieber.«

Zufrieden lehne ich mich zurück, schließe die Augen und genieße weiter dieses Summen, höre, wie Enzo die Wohnung verlässt und schlafe noch einmal ein. Erst durch ein Klingeln werde ich geweckt, der Wachmann gibt mir Bescheid, dass eine Lieferung nach oben kommt und keine Minute später bringt mir ein Mann zwei große Boxen.

Verwundert nehme ich sie entgegen, da streckt er mir auch noch einen Strauß Blumen hin. Nachdem ich diesen schönen Strauß in die Vase gesteckt habe und die Karte mit 'Guten Morgen, Prinzessin' drauf beiseitegelegt habe, finde ich in den Boxen ein köstliches Frühstück mit frischen Croissants, leckeren Häppchen, Avocadosalat, frischen Bowls. Es ist so viel, dass fast der ganze Tisch vollgestellt ist und ich muss zufrieden lächeln.

Ich bin sehr gespannt, was zwischen Enzo und mir noch alles passieren wird.

Nachdem ich ausgiebig gefrühstückt und geduscht habe, habe ich gerade mal eine Stunde etwas für die Uni gemacht, da klingelt es und Belva und Vera stehen mit Sushi vor der Tür. »Du siehst nach Sex und Zufriedenheit aus, wir wollen Details.« Ich muss lachen und lasse die beiden Verrückten herein. »Wie sieht man denn nach Sex aus?« Vera bringt die Päckchen mit Sushi auf die Terasse während ich Getränke hole. »Genauso wie du jetzt, dieses Strahlen verrät dich.« Ich würde ihnen ja gern widersprechen, doch das geht nicht. Ich bin zu glücklich.

»Also hattest du Sex mit Mexikos heißestem und gefährlichstem Single.« Belva hebt die Augenbrauen und Vera seufzt auf. »Seit ich sie vom Museum abgeholt habe, macht sie solche Andeutungen auch wegen dem Mann, der seit einiger Zeit mit mir flirtet: Cantara. Könntet ihr mir jetzt endlich mal erklären, was das Ganze zu bedeuten hat?«

Ich stelle die Gläser ab, während Belva die Boxen öffnet und mich einen Moment fragend ansieht. »Sie wird hier eine Weile leben, wir sollten ihr von den Familias erzählen.« Mein Herz schlägt bei meinen eigenen Worten schneller, mittlerweile würde ich den beiden sehr gerne sagen, dass ich aus der anderen Familia komme, doch auch wenn ich den beiden vertraue, muss ich das für mich behalten, es sollen nur so wenige Menschen wie nötig wissen, andererseits: Wer weiß, ob Cantara Vera nichts sagen wird. Ich weiß selbst noch nicht genau, wie ich mich weiter verhalten soll, doch erst einmal muss ich mich weiter daran halten, dass so wenige wie möglich erfahren, wie mein anderer Nachname lautet, auch wenn es mir immer schwerer fällt.

Vera verteilt die Stäbchen. »Was bedeutet Familia?« Belva hat sich schon etwas genommen und schließt genüsslich die Augen. »Hier in Mexiko gibt es ein etwas anderes System als bei euch in Amerika. Wir haben unseren Präsidenten, der aber unter der

Kontrolle der Familias steht. Mexiko ist in zwei Teile aufgeteilt: den Norden und den Süden. Der Norden wird von der Tijumara Familia geführt und der Süden, wo wir leben, von den Quarticos, dessen Anführer gerade unsere süße Tamina verführt hat.« Ich muss lachen und sehe zu Vera. »Cantara ist auch ein Mitglied der inneren Kreise der Quarticos, das solltest du wissen, bevor du dich eventuell auf ihn einlässt.«

Vera sieht zwischen uns hin und her. »Was heißt das? Haben sie etwas mit Politik zu tun oder ...?« Belva lacht leise auf. »Weniger. Sie haben hier die Macht, das Sagen. Sie führen ihre Geschäfte und wenn man etwas machen will in Mexiko, was größere Dimensionen hat, kommt man an ihnen nicht vorbei. Sie verkaufen Waffen und anderes Zeug und sie haben viel Geld und Macht.« Nun verändert sich Veras Gesichtsausdruck. »Quasi ... wie eine Mafia? Wie die Mafia?« Ich tunke mein nächstes Stück in die leckere Soße. »Im Großen und Ganzen schon, also das Grundprinzip, doch sie würden sich niemals als solche bezeichnen. Also erwähne das lieber nicht vor Cantara.« Ich weiß zu gut, dass sie diesen Vergleich hassen.

Vera hebt ihre Hände. »Ihr denkt doch nicht, dass ich ihn treffen werde, wenn er gefährlich ist. Hast du keine Angst vor Enzo?« Belva schüttelt den Kopf. »Nein, nein, die Familias sind zwar gefährlich, aber nicht für uns normale Leute. Ich habe schon viele Geschichten gehört, jedoch noch nie, dass sie jemand ganz normalem etwas angetan haben. Nur wenn du oben mitspielst oder dich mit ihnen anlegst, sie bestiehlst, ich weiß nicht irgendetwas machst, ansonsten schaden sie niemandem.« Ich muss lächeln. Es ist schön, dass Belva das so sieht und ich nicke. »Du kannst dir auch einfach vorstellen, dass sie so etwas wie eine große sehr einflussreiche Firma sind, die halt ein wenig andere Geschäfte macht, als du es kennst. Ich muss zugeben, dass ich am Anfang auch Angst vor Enzo hatte ... aber aus verschiedenen Gründen, doch dann haben wir uns öfter gesehen und die Angst ist sehr schnell vergangen.«

Vera nickt und atmet tief aus. »Wow, okay, ich dachte jetzt echt an etwas Harmloseres, ich weiß gar nicht, ob ich Cantara jetzt noch normal behandeln kann. Wieso gibt es zwei Familias?« Ich räuspere mich leicht. »Früher war es eine Familia, doch sie haben sich zerstritten und nun sind es seit einigen Generationen zwei Familias. Jeder hat sein Gebiet und sie gehen sich aus dem Weg.«

Belva trinkt schnell etwas, offenbar hat sie etwas zu viel scharfe Soße gegessen. »Aber ich glaube, das ist auch nicht mehr so streng. Ich weiß von einem Mitglied der Tijumaras, der in der Nähe des Campus lebt und von dort für die Familia seine Geschäfte macht; ich glaube, dieser Krieg zwischen den beiden ist schon eine Weile vorbei.«

Diese Neuigkeit hat mich fast dazu gebracht an meinem Sushi zu ersticken und ich huste, bis mir Vera etwas zu trinken gibt. Belva hat keine Ahnung, wie stark dieses Grenzen noch bestehen. »Hier? Von den Tijumaras? Bist du sicher?« Sie nickt. »Ja, er ist immer in diesem Café de sol neben der Eisdiele und vermittelt Grenzüberschreitungen für welche, die Mexiko verlassen wollen. Ich weiß das nur, weil ich mal so einen Deal mitbekommen habe, wir saßen am Nachbartisch, doch er hat gesagt, dass er von den Tijumaras ist, das weiß ich noch ganz genau.« Ich nicke so unbedeutend wie nur möglich. Hier ist niemals ein Mann von ihnen eingesetzt, ich wüsste davon.

»Okay, also was denkt ihr soll ich jetzt tun?« Vera sieht unglücklich zwischen uns hin und her und sieht mir in die Augen. »Was willst du wegen Enzo tun?« Sie sieht zu mir und ich muss leise lachen. »Ich werde entspannt bleiben. Wie oft hast du schon einen Mann gedatet oder dich mit ihm getroffen und daraus ist nichts geworden? Ich meine, Enzo und ich sind uns näher gekommen und es fühlt sich gut an, doch bevor ich mir darüber Gedanken mache, worauf das hinausläuft, warte ich erst einmal ein paar Tage oder Wochen; du weißt sicher selbst, wie schnell sich manches verläuft.« Belva nickt und auch Vera muss zustimmen. »Du hast recht, doch ich weiß nicht, ob ich Cantara jetzt noch normal behandeln kann.« Sie tut mir leid, sie scheint durcheinander zu sein. »Notfalls kannst du ihn auch darauf ansprechen. Ich denke, er wird kein Problem haben, darüber zu sprechen.« Ich kann nur hoffen, dass er nichts von mir erzählt.

Unser Gespräch wird von einem Videoanruf von Keke und Jamal unterbrochen und kurz danach brechen Belva und Vera auch schon zum Campus auf, da wir alle noch lernen müssen. Ich setze mich dran, doch es fällt mir schwer, mich zu konzentrieren. Ich muss diesen Mann finden und ihn zur Rede stellen, außerdem weiß ich nicht, ob ich meinen Freundinnen nicht doch endlich mal beichten sollte, zu welcher Familia ich gehöre. Auch wenn die Gründe es nicht zu tun schwer wiegen, fühlt es sich nicht gut an.

Irgendwann klappt es zum Glück aber und ich schaffes es mich zu konzentrieren und schließlich bin ich so in der Arbeit vertieft, dass ich zusammenschrecke, als es klopft. Ich gehe schnell zur Haustür und öffne sie. Enzo sieht mir entgegen, sein Blick fällt auf mein bauchfreies Top und meine Shorts und dann wieder in meine Augen. »Wieso antwortest du nicht auf meine Nachrichten?« Ich trete zur Seite und lasse ihn herein, er hat zwei Kartons in der Hand.

»Ich habe gar nichts mitbekommen.« Ich deute auf den Esstisch, auf dem meine ganzen Unterlagen ausgebreitet sind und auf das Handy, das in der Küche am Aufladen ist. Enzo stellt die Kartons ab und öffnet sie, es sind zwei Pizzen, die lecker duften. Ich sehe zur Uhr und stelle fest, dass es bereits fast Mitternacht ist. »Die Zeit ist verflogen, warst du die ganze Zeit unterwegs?« Enzo sieht müde aus, doch er hat sich auch umgezogen. Ich hole Gläser aus dem Schrank und schiebe die Unterlagen zusammen, damit wir auf dem Tisch essen können. »Ja, ich war nur kurz zu Hause. Hast du Hunger?« Ich nicke und sehe lächelnd zu ihm, als er seine Waffe weglegt und sich auf einen Stuhl setzt. Statt mich daneben zu setzen, gehe ich zu ihm, setze mich auf seinen Schoß, sodass wir uns in die Augen sehen können, gebe ihm einen Kuss auf den Mund und lehne meinen Kopf an seine Schulter.

Enzos Hände umfassen mich sofort und einen Moment sind wir beide ruhig und er hält mich einfach nur. Ich wusste nicht, ob er wiederkommen würde, oder ob er das wieder beiseiteschieben wird, doch ich bin froh, dass er da ist.

»Hast du eine Vorstellung, was das zwischen uns beiden nun wird?« Meine Stimme ist leise, als ich mich aus seinen Armen löse und ihm in die Augen sehe. »Nein, ich kann dir darauf keine Antwort geben, weil ich es selbst noch nicht weiß, Prinzessin.« Ich nicke und meine Hand streicht über seinen Hals zu seiner Wange. »Aber du bist hier.« Er nickt. »Ja, und ich habe auch nicht vor zu gehen.« Ich beuge mich zu seinen Lippen, bevor ich unsere aber vereine, halte ich noch einmal ein. »Das reicht mir fürs Erste.«

Ich küsse ihn zärtlich, doch der Kuss schlägt schnell um. Enzos Hände fahren unter meine Shorts, er drückt meinen Unterleib an seinen und ich stöhne auf. Die Pizza wird warten müssen, wir werden warten müssen, abwarten, was auf uns zukommt, doch das wir auf das, was sich zwischen uns aufbaut, nicht mehr so leicht verzichten können, wird in dieser zweiten gemeinsamen Nacht noch einmal klarer. Wir lieben uns, wir genießen uns und dann hält mich Enzo die Nacht so fest an sich und gibt mir damit das Versprechen, dass wir beide nicht wissen, was nun passieren wird, dass wir beide aber dasselbe möchten und ich weiß, dass ich unserer Situation gerade nicht mehr abverlangen kann.

# Kapitel 17

»Okay, das muss ja ziemlich wichtig sein, wenn ihr alle fliegt?«

Ich gehe noch einmal in mein Bad und sehe in den Spiegel. Ich trage eine enge blaue Jeans, ein weißes Top und einen weißen Blazer dazu. Meine Haare habe ich heute eher unfreiwillig gelockt, da ich mit nassen, geflochtenen Haaren bei Enzo auf der Brust eingeschlafen bin.

Wir sehen uns nun seit knapp zwei Wochen regelmäßig, also eigentlich immer, wenn er Zeit hat. Nach dem Wochenende, als wir zusammengefunden haben, hat er mich in der Woche zweimal nach der Uni abgeholt, wir waren essen und er ist an drei Abenden noch zu mir gekommen und hat bei mir geschlafen. Das Wochenende war ich bei meiner Mutter. Ich hatte leider wieder keine Zeit, in Ruhe mit ihr zu sprechen, da auch meine Tante da war, trotzdem habe ich die Tage genossen, und als ich zurückgekommen bin, hat Enzo gleich wieder bei mir geschlafen. Spätestens wenn ich mit Alea in den ersten Semesterferien nach Hause komme, werde ich richtig mit meiner Mutter sprechen können.

Ich bin glücklich, das ist wahrscheinlich die richtige Bezeichnung. Ich habe mich an das Leben in Mexiko gewöhnt, ich habe tolle Freunde gefunden, ich sehe meine Familia noch oft genug und nun habe ich Enzo in mein Leben gelassen. Wir sind beide noch sehr vorsichtig, wir umgehen bewusst Themen, die mit der Familia zu tun haben und wir sprechen auch nicht darüber, wie wir damit umgehen werden oder was wir in Zukunft vorhaben, was ich allerdings nach zwei Wochen auch nicht besonders merkwürdig finde. Ich denke mir, die Zeit wird alles zeigen und konzentriere mich auf das Hier und Jetzt.

Irgendetwas fehlt noch. Ich sehe in meiner Schublade mit den Schminksachen nach. Als Enzo diese entdeckt hat, hat er nur die Augenbrauen hochgezogen, er sagt, er mag mich am liebsten ungeschminkt und nackt. Bei dem Gedanken muss ich schmunzeln. Wir haben ein sehr, sehr gutes Sexleben. Wir können die Hände nicht voneinander lassen und Enzo hat mir schon jetzt einiges gezeigt, was ich bisher noch nicht kannte. Wie gesagt, ich kann mich gerade über nichts beschweren, wenn ich nur nicht zu weit in die Zukunft sehe.

»Es gibt etwas Stress, deswegen fliegen wir alle, nichts worüber du dir Sorgen machen musst. Das übernächste Wochenende kommst du doch aber wieder, oder?« Isaacs Stimme hört sich müde an.

Ich ziehe meinen roten Lippenstift heraus und trage ihn auf. Es ist selten, dass ich einen so auffälligen Lippenstift trage. Doch das Rot passt perfekt zu meinem dunklen Teint und den grünen Augen und die weiße Kleidung unterstreicht das nur noch mehr. Jetzt bin ich fertig.

Ich gehe zurück in meine Küche und packe alles in meine Tasche. »Natürlich, ich komme. Also bist du dir absolut sicher, dass es hier keinen Mann aus unserer Familia gibt?«

Ich höre, wie mein Bruder eine Tür schließt. »Stimmt etwas nicht, Tamina? Du weißt, dass du sofort Bescheid sagen sollst, wenn ...« Ich unterbreche ihn schnell. »Nein, nein. Nur wie gesagt, ich habe einen Mann im Café gesehen und war mir sicher, dass er von euren Männern ist und deswegen frage ich. Es kann ja sein, dass ihr hier auch ... Männer im Einsatz habt.«

Ich versuche, mich so unwissend wie nur möglich zu stellen. »Nein, haben wir nicht. Nicht einen und nur weil niemand weiß, wer du bist, darfst du dort sein, sollte sich das ändern, bist du schneller wieder dort weg, als du blinzeln kannst.«

Gut zu wissen, ich will mir gar nicht ausmalen, wie meine Familie reagieren würde, wenn sie wüssten, wer hier gerade ein- und ausgeht, doch das schiebe ich auch schnell wieder von mir. »Okay, dann weiß ich Bescheid, ich muss los, ich bin verabredet. Grüß Papa und Sophian von mir. Lieb dich.« Isaac scheint gerade einen Motor zu starten. »Ich dich auch. Pass auf dich auf.«

Als ich auflege, nehme ich gleich meine Schlüssel und verlasse die Wohnung, fahre in die Parkgarage und direkt zu dem Café in der Nähe des Campus. Ich sehe zu den zwei schwarzen Mercedes-Limousinen, die etwas abseits stehen und steige aus. Es ist Freitag Nachmittag und das Café ist gut gefüllt; während ich zum Tresen laufe, spricht mich ein Mann an und fragt, ob er mir einen Drink bestellen kann. Ich verneine und sehe mich um. Es gibt nur wenige Frauen hier, die neben Männern an den Tischen sitzen. Ich blicke zu zwei Männern, die mit tief ins Gesicht gezogenem Cap auch gerade erst hereinkommen und gehe zu einem Mann hinter der Theke.

»Entschuldigen Sie, mir wurde gesagt, dass ich … hier jemanden finde, der mir und meiner Familie helfen kann. Meine Mutter braucht medizinische Hilfe und …« Der Mann hebt seinen Blick kaum. »Nach Amerika? Das ist Bruno, der sitzt da hinten.« Er deutet zu einem Mann, der umringt von vier anderen an einem runden Tisch sitzt. Auch zwei Frauen sitzen bei ihnen und sie lachen gerade laut auf. Mein Herz schlägt schneller, als ich zu den Männern gehe. Die anderen beiden Männer, die gerade hereingekommen sind, setzen sich an den Tisch neben den Männern und nun ist die Ecke komplett voll. Ich hoffe, das geht gut, doch ich muss sehen, was dahintersteckt und dafür sorgen, dass das aufhört, also gehe ich direkt auf die Männer zu, und als ich vor dem Tisch stehen bleibe, sehen sie mich von oben bis unten an.

»Mamacita. Was führt solch eine Schönheit wie dich an solch einen Ort wie diesen?« Ich lächle. »Ich suche Bruno. Ich brauche Hilfe und man hat mir gesagt, dass …« Ein dunkler Mann mit kleinen Locken und einem fiesen Grinsen im Gesicht sieht zu mir. »Das bin ich. Steh auf, Edi, setzt dich doch, meine Hübsche. Ich habe schon vielen geholfen und ich bin mir sicher, dass ich dir auch helfen kann.«

Ich atme tief durch und setze mich auf den Stuhl, der für mich freigemacht wird. »Das wäre wirklich unsere letzte Rettung. Meine Mutter ist sehr krank und braucht Hilfe, die sie nur in den USA bekommen kann. Ich habe schon einiges versucht, doch … das hat am Ende nie geklappt, nun habe ich von einer Freundin, die hier aufs College geht, gehört, dass du mir helfen kannst. Stimmt das?«

Der Mann lächelt und sieht mir in die Augen. »Das mit deiner Mutter tut mir leid, aber deine Freundin hat recht. Ich biete hier einen guten fairen Weg über die Grenze an. Ich arbeite für die Los Tijumaras, du weißt sicherlich, wer sie sind und wir garantieren dafür, dass ihr sicher über die Grenze kommt.« Ich tue gespielt überrascht. »Die Tijumaras? Natürlich, jeder hat doch von ihnen gehört, das … ich weiß gar nicht, was ich sagen soll, also bringen sie uns rüber?«

Der Mann nickt und ich ziehe einen Umschlag mit Geldscheinen aus meiner Tasche. »Ich habe gar nicht so viel dabei, das muss doch sicher noch viel teurer sein, wenn du mit den Tijumaras zusammenarbeitest.« Der Mann greift nach dem Umschlag. »Ich sehe mal nach und wenn noch etwas fehlt, bin ich mir sicher, dass wir einen Weg finden werden. Lasst uns kurz alleine, Jungs.« Die anderen Männer verlassen den Tisch, der Mann will mir den Umschlag aus der Hand nehmen, doch ich halte ihn noch fest. »Ich sage dir gleich die Details, die soll nicht jeder erfahren, außerdem kannst du mir einen Teil gleich gutmachen. Ich …« Meine Hand lässt den Umschlag nicht los und sobald die anderen Männer weg sind, sehe ich dem Mann in die Augen. »Warte, aber du arbeitest auch wirklich für die Tijumaras?« Er greift fester zu. »Sage ich doch, ich lasse dich zu ihnen bringen und sie …« Ich unterbreche ihn. »Für wen genau von ihnen arbeitest du?« Nun sieht er mich genervt an. »Ich denke nicht, dass du die Namen der

Anführer kennst, Sophian und Isaac, die Anführer sind meine Couins und ...« Ich lache leise auf, es reicht mir. Mit einem Ruck ziehe ich meinen Umschlag zurück und lege mein Handy auf den Tisch. »Du meinst diesen Sophian und diesen Issac, meine Brüder?«

Er wird blass, als er auf das Bild von mir und meinen Brüdern sieht. »Wie kannst du es wagen, im Namen meiner Familia zu sprechen? Wie viele Familien hast du schon um ihr Geld gebracht und was ist mit ihnen passiert?« Der Mann lehnt sich zurück, einen Moment sieht er zum Ausgang, doch dann wird ihm offenbar klar, dass ich alleine wahrscheinlich wenig gegen ihn ausrichten kann.

Er lehnt sich zu mir und greift nach meinem Arm, den er fest umfasst. »Dann weißt du ja sicherlich auch, auf wessen Gebiet du hier bist und dass du ...« Ich lächle nur zuckersüß, als die zwei Männer neben uns aufstehen. Enzo zieht sein Cap ab und hebt den Mann mit solch einem Ruck vom Stuhl, dass das ganze Café aufsieht. »Fass sie nicht an! Dann mal los, deine Geschichte kannst du uns gleich noch einmal erzählen.« Cantara geht schon mal vor, der Mann sagt kein Wort mehr, als Enzo ihn vor sich her nach draußen schubst, doch ich stelle mich noch einmal genau vor ihn und sehe ihm in die Augen.

»Du hättest wissen müssen, dass man sich niemals mit den Tijumaras anlegen sollte. Das ist für alle Familien, die ihre Schicksale in deine Hände gelegt haben.« Enzo hinter dem Mann hebt einen Moment die Augenbrauen und schubst den Mann dann weiter vor sich hinaus. Ich folge ihnen und als sie den Mann ins Auto gebracht haben, kommt Enzo noch einmal zu mir ans Auto.

»Das hatte was. Sehr sexy Auftritt und dieses 'leg dich nie mit einem ...'« Ich muss lachen und schlinge meine Arme um seinen Nacken. Ich weiß nicht, was seine Männer über uns wissen, doch sie sind alle schon in den Autos. Ich sehe Enzo in seine schönen dunklen Augen, die liebevoll auf mir liegen und gebe ihm einen dicken Kuss auf die Wange mit meinem roten Lippenstift, was ihn zum Lachen bringt.

»Ja, das war schon ziemlich gut, oder? Also bist du jetzt auch noch das Wochenende weg? Meine Familie ist weg, meine Mutter ist mit ihrer Freundin auf einem Wellness-Trip, Vera und Belva müssen arbeiten und ich habe das erste Mal keine Aufgaben für die Uni und du musst auch etwas erledigen?« Enzo hat mir schon gesagt, dass er einen Termin hat und wahrscheinlich nicht da ist. Er umfasst meine Hüften und gibt mir einen langen Kuss auf die Stirn.

»Ich habe es mir gerade anders überlegt. Pack deine Koffer. Ich erledige das und hole dich dann ab, Prinzessin.«

# Kapitel 18

»Ich wollte schon immer hierher.« Ich blicke auf den traumhaften Strand und das türkisblaue Wasser. Wir sind knapp drei Stunden mit Enzos Privatjet nach Tulum geflogen und fahren nun zu seinem Haus am Strand. Während des Fluges musste er einige Dinge klären, da er ein paar Termine verschiebt. Er hat sich die zwei Tage für mich freigenommen und während er telefoniert hat, bin ich eingeschlafen und erst wieder aufgewacht, als wir in Tulum gelandet sind.

Mexiko ist traumhaft und ich habe wirklich schon viele schöne Orte hier gesehen, doch ich weiß sofort, dass das mein absoluter Lieblingsort wird. Wir durchqueren kleine Ortschaften, hier sieht es ganz anders aus als alles, was ich aus Mexiko kenne, es ist nicht so groß, nicht so voll, nicht so hektisch. Ich sehe mir begeistert alles an und wende mich zu Enzo um, der sich eher auf den Verkehr konzentriert. »Falls ich mal heiraten werde, möchte ich hier heiraten. Es ist der allerschönste Ort.« Sein Blick begegnet einen Moment meinem. »Wir sind noch nicht einmal im schönsten Teil angekommen, du bist auf der Landstraße.« Ich muss lachen und sehe weiter aus dem Fenster. »Und was heißt, falls du mal heiratest? Solltest du das als Frau nicht schon Milliarden Mal durchgeplant haben und sogar schon Bilder von deinem Hochzeitskleid ausgeschnitten haben?«

Nun hat doch wieder Enzo meine Aufmerksamkeit statt der Landschaft. »Ich denke, das hat mein Vater mir schlechtgeredet. Ich habe ganz früher als kleines Mädchen natürlich davon geträumt, einen Traumprinzen zu heiraten und jedes Mal, wenn ich ihm davon erzählt habe, hat er mir gesagt, dass ich viel zu wertvoll bin und mich niemals ein Mann verdienen wird. Später hat er mir dann gesagt, was ein Mann mir alles bieten muss und ja

... irgendwann habe ich aufgehört, über eine Hochzeit nachzudenken.«

Enzo hat ein Lächeln auf den Lippen, genau in dem Moment fährt er ab und eine enge Straße entlang. Die Straße ist von dichtem Wald umgeben und es ist gleich viel dunkler. Wir fahren sicherlich fünf Minuten und es wirkt so, als würde die Straße immer enger werden.

»Was ist, wenn uns jetzt ein Auto entgegenkommt?« Wir haben einen Jeep aus der Garage geholt, die auf dem Parkplatz des kleinen Flughafens stand. »Hier kann uns kein Auto entgegenkommen. Die Putzleute sind schon vor einer Stunde weg und sonst gibt es niemanden hier.« Ich sehe ihn verwundert an. »Keine Wachleute, kein Personal?« Da fällt mir ein, was ich ihn wegen heute Mittag eh fragen wollte. »Wissen deine Männer eigentlich, wer ich bin?«

Enzo lacht auf. »Nein Prinzessin, ich habe so viele Häuser in Mexiko, ich kann sie nicht alle bewachen lassen und es ist auch nicht nötig. Ich habe hier keine Feinde und ich habe auch generell wenig Probleme, deine Familia ist es eher, die sich dreimal umsehen muss, weil nicht alle mit der Art und Weise einverstanden sind, wie sie Geschäfte machen. Hier habe ich ein kleines Strandhaus, das muss nicht bewacht werden und ich denke, zwei Tage kommen wir auch gut ohne Personal aus. Und meine Männer wissen nur, dass du ... dass ich dich zur Zeit treffe. Nur Cantara weiß, wer du bist, sonst denken alle anderen, du bist einfach nur eine Studentin aus Mexiko. Die paar Männer, die damals da waren, als du in unserem Haus warst, haben dich kaum gesehen, sie werden das nicht merken.« Ich muss lachen, das hört sich wirklich so an, als wäre ich eine verwöhnte Prinzessin. »Hey, du hast doch die letzten Tage hoffentlich gemerkt, dass ich mich sehr gut alleine um alles kümmern kann. Ich kenne es nur von meiner Familia nicht anders. Okay, also ich meine, das mit deinen Männern ... so ist es sicherer.«

Endlich tut sich vor uns ein neues Bild auf. Die Straße führt zu einem weißen einstöckigen Haus mit Holzdach, es ist nicht sehr groß, doch man sieht schon von außen, dass es nicht nur ein einfaches Strandhaus ist. Wir halten in der Einfahrt und ich sehe mich um. Hier ist nichts weiter, nur dieses Haus und der Wald um uns herum. »Ist schon ein wenig gruselig.« Enzo lacht und nimmt unsere beiden Taschen aus dem Jeep. »Glaub mir, die Vorderansicht ist alles andere als gruselig.«

Nun hat er mich noch neugieriger gemacht; da er beide Taschen in seinen Händen hält, greife ich in seine Shorts und nehme die Hausschlüssel heraus, nicht ohne ihn dabei zu streifen und zu grinsen. »Na dann lass mich mal sehen.« Ich schließe die Haustür auf und bleibe stehen, während Enzo sich an mir vorbeidrängt und leise über meine Reaktion lacht.

Es ist traumhaft, das Haus ist nach vorne hinaus komplett verglast, man sieht schon vom Eingang direkt auf einen Pool vor dem Haus, mehrere Palmen, zwischen denen Hängematten angebracht sind, einige bequeme Möbel, die den Strand entlang bis zum türkisblauen Meer verteilt sind. Hier gibt es keinen Garten, der Strand vor der Tür ist der Garten, selbst ein Esstisch steht dort. Es ist das Paradies. Das Haus hat keine Räume. Es ist komplett weiß gestrichen und mit weißen Möbeln und Möbeln aus edlem Nussbaum erbaut, alles scheint nur für das Haus angefertigt zu sein. Das Haus wirkt wie perfekt in die Naur eingebunden, als wäre es hier durch sie entstanden. Ich bin sprachlos. Es gibt einige Sofas, eine Küche, ein großes Bett mit Betthimmel drum herum. Eine gehäkelte Schaukel ist an zwei der Holzsäulen angebracht, die das Dach zu halten scheinen, die Dusche steht mitten im Raum, ohne Wände steht auch eine Badewanne hier, einige Stangen für die Kleidung sind angebracht, alles sehr schlicht und doch so edel, es ist perfekt. Einzig eine Tür gibt es und ich bin mir sicher, dass sich dahinter eine Toilette befindet, sonst ist alles in dem riesigen Haus offen. Ich bin sprachlos, so etwas habe ich noch nie gesehen.

»Und, gruselig?« Enzo geht zur Küche, auf deren Anrichte ein großer Korb mit Früchten steht und daneben zwei Cocktails auf gekühltem Eis, die offenbar für uns bereitgestellt wurden. Er bringt mir einen und erst da bewege ich mich wieder. »Es ist ein Traum.« Ich trinke einen Schluck und Enzo drückt einen Schalter und öffnet damit die komplette Glasfront. Nun ist das Haus tatsächlich in die Natur eingebunden.

Ich streife meine Sandalen von meinen Füßen und lege meine Tasche ab; da ich nur ein langes Sommerkleid anhabe, fühle ich mich auch sofort als Teil von alldem, als ich meine Füße in den Sand setze und neben Enzo in Richtung Meer gehe. »Das bedeutet, wir beide sind ganz alleine, keiner kann uns sehen oder stören.« Enzo trägt noch seine Shorts und ein Shirt, auch er hat die Schuhe abgelegt und auch seine Waffe auf einer Kommode abgelegt. »Nur du und ich.« Ich beiße mir auf die Lippen und schlüpfe aus dem Kleid. Nur noch in einem zarten schwarzen Slip deute ich Enzo, sich auch auszuziehen. »Dann brauchen wir das ja nicht mehr. Ich hoffe, das Wasser ist genau wie es aussieht.«

Enzos Blick streift an mir hinab, er verweilt wie immer an meinem Tattoo an der Rippe 'Das Leben ist schön' und die Initialen meiner Familia. Mittlerweile weiß ich aber, dass er es nicht schlimm findet, er hat es oft genug mit Küssen bedacht und ich weiß, dass er mag, was er da gerade sieht, seine Augen sehen mich so erregt und liebevoll zugleich an, dass es in meinem Magen zu kribbeln beginnt. Auch er zieht sein Shirt aus und seine Shorts und bleibt in Boxershorts vor mir stehen, und auch ich bin immer wieder beeindruckt von dem, was ich sehe, doch er lenkt mich schnell ab und bringt mich zu einer Art kleinen Schuppen, der unter mehreren Palmen steht. Er steht offen und darin stehen einige Jetskis, andere Sachen für das Wasser und Schnorchel-E-quipment. Enzo deutet zu einem Stein, der etwas weiter im Wasser liegt. »Dort ist ein Riff, das musst du sehen. Willst du mit dem Jetski dahin fahren oder schwimmen, so scheuchen wie die

Fische nicht auf?« Er bindet sich einen Rucksack mit den Schnorchelsachen um und ich nicke begeistert. »Wir schwimmen.«

Der Stein wirkt von draußen viel weiter entfernt, in nur wenigen Minuten haben wir ihn erreicht und Enzo hilft mir auf den Stein. Wir setzen uns die Schnorchelsachen auf und tauchen ab, und da erlebe ich mein zweites Wunder an diesem wunderschönen Tag. Wir tauchen zwischen bunten Fischen, Korallen und großen und kleinen Schildkröten. Ich kann gar nicht genug davon bekommen, betrachte die Seesterne und genieße diese wunderschöne Unterwasserwelt. Wir umschwimmen den Stein einige Male, bevor wir uns erschöpft wieder hochhieven.

Ich bin so beeindruckt von all den neuen Eindrücken, dass ich ziemlich ruhig neben Enzo zum Strand schwimme. Erst als wir da ankommen und hinter uns langsam die Sonne untergeht, finde ich meine Worte wieder und wende mich im Haus dem unglaublichen Anblick des Himmels zu. Ich habe mir mein Kleid wieder übergezogen und muss gleich duschen, doch erst einmal lasse ich mich auf einer der großen Liegelandschaften am Haus nieder und betrachte, wie der Himmel sich von orange nach rot verfärbt. »Enzo, das ist ...« Ich höre, dass er im Haus ist und etwas macht, kurz danach kommt er zu mir, setzt sich hinter mich und legt die Arme um mich herum.

»Ich habe selbstgemachte Pizzen in den Ofen getan, die wurden extra für uns heute zubereitet.« Er hat zwei Limonaden auf den Boden gestellt, ich trinke einen Schluck und lehne mich an seine Brust. »Du hast mich direkt ins Paradies gebracht.« Ich spüre sein leises, raues Lachen in meinem Rücken und wende mich zu ihm um. »Lass uns hierbleiben, wir vergessen alles andere und bleiben hier, keiner wird uns hier finden.« Er grinst und streicht mir zwei nasse Strähnen aus dem Gesicht, während er sich entspannt nach hinten legt. »Bist du sicher, dass du es so lange nur mit mir hier aushältst?« Ich muss lächeln und streiche über seine Brust. »Ich denke, eine Weile schon, und du? Du wirst doch sicherlich die

Studentin aus Mexiko irgendwann gegen etwas Neues eintauschen. Wie lange warst du schon mal mit einer Frau zusammen?«

Enzo zuckt die Schultern. »Ich glaube, dass von allen Frauen bisher ich dich am längsten hintereinander getroffen habe.« Ich sehe ihm in die Augen. Das ist nicht gut, auch ich habe noch niemals so gerne und viel Zeit mit einem Mann verbracht und noch nie habe ich so stark auf einen Mann reagiert, doch ich dachte, dass wenigstens nur ich so dumm bin und mich ganz auf diese Dummheit einlasse und er vernünftig genug ist, da nicht zu viel hineinzulegen, doch offenbar habe ich mich da getäuscht.

Er erwidert meinen Blick ernst. »Was ist mit dir, Tamina? Hattest du so etwas schon einmal mit einem anderen Mann?« Ich schüttle leicht den Kopf und der Kloß in meinem Hals lässt fast meine Stimme versagen. Als würden wir beide mit diesem Geständnis etwas unterschreiben, was nicht sein sollte. »Nein.« Seine Hand geht hoch und er streicht mir erneut nachdenklich eine Strähne aus dem Gesicht. Einen Moment denke ich darüber nach, dass dies vielleicht der Zeitpunkt ist, um zu klären, was nicht viel länger hinausgeschoben werden sollte, was wir vorhaben, wie es weitergehen soll, doch ich kann nicht, nicht jetzt, nicht hier. Stattdessen beuge ich mich zu ihm und wir küssen uns und ich spüre sofort, dass er genau dasselbe gedacht hat, doch bevor wir uns damit beschäftigen, werden wir diese Tage im Paradies erst einmal genießen und diese unausgesprochenen Worte weiter zwischen uns schweben lassen.

Als ich vom Paradies gesprochen habe, habe ich mich nicht getäuscht. Wir sind mitten im Paradies gelandet.

Es ist traumhaft, jede Minute. Den nächsten Tag verbringen wir entspannt am Strand, bis wir zu den Maya-Ruinen am Meer fahren und den gesamten restlichen Tag dort verbringen. Ich habe noch nie etwas ähnlich Beeindruckendes gesehen. Enzo trägt ein Cap und Sonnenbrille und trotzdem erkennt ihn hier und da jemand, doch es ist nicht unangenehm. Wir essen in einem kleinen

Strandrestaurant und schlafen auf einer Liegelounge am Strand unter dem Sternenhimmel in Enzos Haus. Am Sonntag fahren wir erst zu einer Cenote, einem der unterirdischen Seen in Kalksteinlöchern und ich habe mein Herz endgültig an dieses Stück Erde verloren. Dann gehen wir essen und fahren von dort direkt zum Flughafen.

Ich habe wirklich noch etwas mehr Farbe bekommen und auch die Beziehung zu Enzo ist in diesen zwei Tagen noch viel intensiver geworden. Davor war er meistens bei mir oder wir waren essen, doch diese Tage sind wir Händchen haltend umhergelaufen, haben so viel gelacht, wie ich es mit noch keinem Mann zuvor getan habe, wir haben so viel geredet und doch kein Wort über die Familias verloren und uns nur auf uns beide konzentriert. Wir können die Finger nicht voneinander lassen und ich habe noch niemals zuvor einen Mann so viel und so intensiv geliebt wie ihn.

Niemals habe ich mich einem Mann so geöffnet und mich völlig in seine Hände gegeben, ohne auch nur einmal zu zögern. Enzo hat mir noch einmal eine ganz neue Welt gezeigt und ich fühle mich auf eine eigenartige Weise komplett wie nie zuvor, obwohl ich genau weiß, dass ich das nicht sollte.

Ich weiß, dass auch er die Tage genossen hat und da ich auf dem Rückflug wieder eingeschlafen bin, küsst er meinen Nacken entlang, um mich zu wecken. »Dein Handy hat ein paar Mal geklingelt, wir sind schon gelandet.« Ich setze mich auf und habe gar keine Lust, zurück in den Alltag zu gehen. »Können wir nicht zurückfliegen?« Enzo lächelt und steckt sich seine Waffe ein, während ich mir meine Tasche umbinde und er unsere Taschen in seine Hand nimmt. »Jetzt habe ich erst einmal ein paar Termine nachzuholen, aber das wird sicher nicht das letzte Mal gewesen sein.«

Während wir den Flieger verlassen, sehe ich auf mein Handy und erschrecke. Ich habe fast fünfzehn Anrufe von Issac und meinem Vater verpasst, genau in dem Moment klingelt es wieder und mein Herz bleibt stehen, als ich die Stimme meines Vaters höre.

»Was ist passiert?«

# Kapitel 19

Vom Paradies direkt in die Hölle und das in nur wenigen Sekunden.

Auch vier Tage später fühlt sich all das noch surreal an. Ich sehe auf den Brustkorb von Sophian, der mit weißen Verbänden umwickelt ist und sich im immer gleichen Rhythmus hebt und senkt. Das ist ein gutes Zeichen, die Ärzte holen ihn aus einem künstlichen Koma, in das sie ihn vor vier Tagen gesetzt haben, um seinem Körper die Zeit zu geben, sich von den schweren Verletzungen zu erholen, die er durch zwei Schusswunden erlitten hat. Eine hat seine Schulter getroffen und eine Kugel ist durch seinen Bauch geschossen. Der Bauchschuss hat ihn fast das Leben gekostet. Er hat viel Blut verloren, die Verletzungen waren sehr stark, sodass er sofort notoperiert wurde. Mein Vater hat mich vom Vorraum des Operationssaals angerufen und ich bin von Enzos Jet direkt zu meinem gegangen, der auf der anderen Seite des Flughafens steht. Er hat mich begleitet und war sehr verwundert, dass er nichts davon wusste, dass ein Jet der Tijumaras hier steht, da er aber auf meinen Namen läuft, konnte er es nicht wissen.

Ich war nicht einmal in der Lage, richtig mit ihm zu sprechen, ich wusste nur, dass es sehr schlecht um Sophian steht und bin blass und mit dem Gefühl, den kompletten Boden unter den Füßen zu verlieren, losgeflogen. Ich habe nicht einmal mehr richtig mitbekommen, was er mir gesagt hat. Die Stunden, bis ich bei meiner Familie war, waren die schlimmsten. Sie sind in Kuba gewesen und haben dort versucht, Probleme mit einer chilenischen Familia zu klären. Eine Familia aus Kuba hat sich eingemischt auf Nachfragen der chilenischen Familia, da sie die Rache wegen eines Betruges fürchteten. Da ist es schon zum Streit gekommen, und als meine Brüder und mein Vater mit unseren Männern in die Jets am Flughafen steigen wollten, sind sie in einen Hinterhalt geraten. Es wurden einige verletzt, doch Sophian, der weiter hinten gelaufen ist und der sich schützend vor unseren Vater geworfen hat, hat es am schlimmsten erwischt.

Am Flughafen in Kuba bin ich von unseren Männern abgeholt worden, die mich direkt ins Krankenhaus gebracht haben. Seitdem habe ich es nicht mehr verlassen. Wir sind vor dem Operationssaal geblieben und dann vor dem Aufwachraum, doch erst einige Stunden später durften wir zu ihm, weil die Ärzte immer wieder Angst hatten, ihn zu verlieren.

Als dann langsam Ruhe einkehrte, haben mein Vater, Isaac und ich uns in das Krankenhauszimmer gesetzt und sind am Bett von Sophian geblieben. Er ist blass, man sieht ihm an, dass er viel Blut verloren hat, doch ansonsten wirkt er sehr friedlich und bewegt sich nicht. Nur die Monitore haben uns verraten, wenn es ihm wieder schlechter ging, was während der nächsten Stunden ständig so war. Erst seit gestern ist er stabil und deswegen wurde er heute Morgen auch aus dem Schlaf geholt, langsam trauen die Ärzte seinem Körper zu, die Kontrolle wieder zu übernehmen. Meine Mutter ist gekommen und hat mir Wechselwäsche gebracht; auch wenn meine Brüder eine andere Mutter haben, hat sie sie immer wie ihre eigenen Söhne behandelt und miterlebt, wie sie groß wurden.

Auch Alea ist gekommen, nachdem ich ihr erzählt habe, was passiert ist, doch sie alle können nur hin und wieder hier in den Raum, die meiste Zeit bleiben wir drei bei ihm und die anderen wechseln sich immer wieder ab, da nicht mehr als vier Leute im Zimmer sein dürfen. Das Zimmer ist sehr komfortabel, auch die Ärzte sind sehr gut und es wurde uns ein weiteres Bett hereingestellt, auf dem immer wieder einer von uns für ein paar Stunden schläft, doch viel mehr auch nicht, keiner von uns traut sich, ihn aus den Augen zu lassen.

174

So etwas zeigt einem, wie kurz das Leben sein kann. Nachdem ich unzählige Tränen verloren habe, ist mir bewusst geworden, wie sehr ich an Sophian hänge. Er war immer da, mein großer Bruder, ich habe Milliarden Erinnerungen, wie er mich geärgert hat, wie wir zusammen in einem Bett geschlafen haben, wie er mich vor Isaac beschützt hat, wenn dieser mich gejagt hat, weil ich ihn mit einem Mädchen erwischt und belauscht habe, es sind all diese Kleinigkeiten, die mir in diesen Stunden immer wieder vor Augen kommen. Manche teile ich mit meinem Vater und Isaac und auch ihnen kommen immer wieder Erinnerungen hoch, die uns alle lächeln lassen.

Während ich ruhig bei Sophian sitze und seine Hand halte, spüre ich neben der Sorge um ihn auch die Wut in meinem Vater und meinem Bruder. Kurz nachdem wir in das Zimmer gekommen sind und endlich zu Sophian durften, kam Mufasa dazu. Er sah aus, als käme er aus einer Schlacht, sein Shirt war blutig. Mein Vater war ebenfalls über und über mit Blut vollgeschmiert, da er die Blutungen meines Bruders aufhalten wollte, Issac hatte kein Shirt an, da er es auf die Wunde von Sophian gepresst hat, doch Mufasa sah noch einmal anders aus. Als er meinem Vater etwas ins Ohr geflüstert und sich erst dann zu uns gesetzt hat, wusste ich, dass er sich um diejenigen gekümmert hat, die dafür verantwortlich sind, was Sophian passiert ist. Erst danach hat er sich zu uns gesetzt, mir einen Kuss auf die Stirn gegeben und zusammen mit uns an Sophians Seite gesessen, bis er mit meiner Mutter getauscht hat.

Wir schlafen, essen und duschen hier im Krankenhaus und sind nur bei Sophian. Ich habe am ersten Tag noch Enzo geantwortet, dass ich gut angekommen bin und habe danach mein Handy ausgeschaltet, da wir wegen all der Geräte darum gebeten wurden. Erst seit gestern, nachdem die Ärzte langsam Entwarnung gegeben haben, konnten wir alle ausatmen. Ich war gerade mit Alea in der Cafeteria etwas essen, ich habe meinen blauen Hoodie von der Nacht gegen ein Shirt getauscht und habe mich nach über drei Tagen wieder bei Enzo und meinen Freundinnen gemeldet.

Enzo hat sich immer wieder gemeldet, doch ich bin nicht in der Lage gewesen zu antworten, ich habe mich nicht getraut, meinen Bruder aus den Augen zu lassen. Das Krankenhaus ist besetzt von meiner Familia, überall sind ihre Männer und haben alles im Auge, deswegen schreibe ich ihm nur, dass es mir gut geht und dass es meinem Bruder langsam besser geht. Vera und Belva wissen, dass mein Bruder einen Unfall hatte und haben mir alle wichtigen Unterlagen für diese Woche besorgt, wofür ich ihnen sehr dankbar bin. Vielleicht ahnen sie so langsam, dass meine Familie nicht zu den normalen Familien Mexikos gehört, doch hier und jetzt ist nicht der richtige Zeitpunkt, das zu klären.

Das erste Mal zögere ich auch bei Enzo, ich weiß gar nicht, ob ich ihm schreiben soll, was mit Sophian ist und wie es ihm geht. Darf er so etwas wissen, verrate ich damit zu viel? Ich kann es mir nicht vorstellen, doch ich weiß es nicht und deswegen erzähle ich ihm nur zögerlich etwas und auch nicht zu viel. Der Gedanke, dass Enzo meinen Bruder hasst und ihm vielleicht sogar etwas Schlechtes wünscht, lässt mich doch noch einmal drei Schritte zurückdenken, auch wenn die Spuren unseres traumhaften Wochenendes noch auf meiner Haut liegen. Damit könnte ich niemals leben.

Ich habe Alea endlich von Enzo erzählt und auch von der Entführung, wir beide sind so fertig, dass wir nicht mal richtig in der Lage waren zu reagieren. Sie nicht darauf und ich nicht auf die Neuigkeit, dass Alea und Sophian sich wieder nähergekommen sind, als er sie besucht hat, doch seit seiner Rückkehr hatten sie kaum noch Kontakt. Sie ist sauer, weil sich das wie Kaugummi durch die ganze Zeit zieht. Wenn sie sich sehen, zieht es sie immer wieder zueinander, doch sobald sie getrennt sind, schalten sie den Verstand ein und halten Abstand.

Nach diesen Tagen habe ich fast das Gefühl, dass mir mit Enzo dasselbe droht. Der Gedanke, dass ich hier sitze und kaum atmen kann, aus Angst um meinen Bruder und ihm das vielleicht sogar gelegen kommen würde, verdeutlicht mir zum ersten Mal, wie tief doch die Kluft zwischen uns ist, die ich die ganze Zeit so gekonnt ignoriert habe. Allerdings lässt Enzo es nicht so aussehen, er schreibt mir, dass er sich Sorgen um mich macht und in der Zeit, in der ich nicht ans Handy gehe, versucht er mich immer wieder zu erreichen.

Ich weiß es nicht, es ist genau die Reaktion von Alea, wie ich mich gerade fühle. Ich habe ihr alles erzählt, von der Entführung bis zum ersten Kuss und unser letztes Wochenende bis zu meinen Gedanken jetzt wegen Sophian. Sie hat mir in die Augen gesehen, den Kopf geschüttelt und nur »Oh mein Gott«, gemurmelt und genau das ist es, was ich gerade denke.

Allerdings habe ich auch nicht allzu viel Zeit, darüber nachzudenken, da wir uns gleich nach dem Essen wieder ins Zimmer zu Sophian setzen. Durch die Last, die uns allen von den Schultern gefallen ist, fällt es jetzt leichter, ihn anzusehen. Wir warten darauf, dass er aufwacht, ich setze mich mit Alea auf die Couch und muss gleich danach eingeschlafen sein. Als ich wieder aufwache, ist es bereits dunkel. Alea sitzt an Sophians Bett und da erst sehe ich, dass er wach ist und leise mit Alea spricht.

Und erst jetzt fällt wirklich alles von mir. Ich bin so schnell bei ihm, dass er zu lachen anfängt, was ihm offenbar wehtut, doch als er sieht, wie sehr ich weine und überglücklich seine Wangen küsse, hält er mich fest in seinen Armen und murmelt ein paar beruhigende Worte in mein Ohr. Wie immer, selbst in dieser Situation tröstet er mich und schaltet sofort wieder in den älterer-Bruder-Modus, was mich dann endgültig wissen lässt, dass alles wieder gut wird.

Doch es bringt mich zum Nachdenken. Am Samstag früh kann Sophian dann die Klinik verlassen, allerdings begleitet von einem

Arzt und einer Krankenschwester und nur für den Rückflug nach Puerto Rico. Dort wird er in unserem Haus am Meer weiterbehandelt, es wird dauern, bis er sich von dieser Verletzung erholt, doch so ungeduldig wie er schon kurz nach seinem Erwachen wieder war, wird er nicht auf die Ärzte hören. Er wollte sofort aufstehen und zurück nach Puerto Rico, wir alle mussten auf ihn einreden, wenigstens noch zwei Tage zu warten und dann erst unter bestimmten Voraussetzungen zurückzufliegen.

Durch die Ärzte und das Equipment mussten wir uns aufteilen mit den Flügen und ich bin nun im Landeanflug nach Mexiko-Stadt. Ich muss am Montag wieder zur Uni und da ich nun weiß, dass es Sophian wieder besser geht und er in guten Händen ist, kann ich auch endlich wieder klarer denken. Alea ist auch zurückgeflogen, wird am Wochenende aber wiederkommen und Sophian besuchen. Wir alle waren ständig da, doch als ich die beiden beobachtet habe, wusste ich genau, dass zwischen ihnen noch nicht das letzte Wort gefallen ist.

Es ist nicht das erste Mal, dass ich mitbekomme, dass sich jemand aus meiner Familia bei den Geschäften verletzt hat. Ich weiß, dass auch einige schon ihr Leben verloren haben, ich weiß, dass Isaac mal einen Streifschuss hatte und kenne die Narben meines Vaters, doch die letzten Tage waren ein Schock für mich und haben mich noch einmal mehr wachgerüttelt und mir begreiflich gemacht, in was für einer Situation ich lebe und dass all das dazugehört.

Ich habe noch die Tasche von Tulum dabei, meine Wechselwäsche aus dem Krankenhaus habe ich mit eingepackt und auch jetzt trage ich nur eine Leggins und ein weites Karohemd, eine Sonnenbrille und einen unordentlichen Zopf, als ich aus dem Jet steige und die warme Sonne Mexikos mich begrüßt.

Doch nicht nur sie hat auf mich gewartet.

Enzo ist da. Ich habe ihm geschrieben, dass ich zurückfliege und er ist gekommen. Es ist merkwürdig, wir waren uns so nah und ein Augenblick hat wieder Krater zwischen uns gebildet, ich habe einen Zweifel verspürt, den ich die ganze Zeit nicht hatte, doch als ich ihn jetzt dort an seinem Auto stehen sehe, ist all das wieder weg. Ich weiß nicht warum, doch als ich auf ihn blicke und zu ihm gehe, auf all das sehe, was mir mittlerweile so viel bedeutet, seine Augen, seine Lippen, alles … kommen mir die Tränen und ich laufe direkt in seine Arme, die mich sofort umschließen. Als hätte ich diesen Halt die ganze Zeit gesucht, kommt noch einmal alles hoch und ich beginne an seiner Brust zu weinen, während er meinen Scheitel küsst und mich fest an sich hält.

»Es ist alles wieder in Ordnung, Prinzessin.« Seine raue Stimme zwirbelt über meine Haare und ich schließe die Augen.

All das gehört zu meiner neuen Realität: die Gefahr, das Gefühl der Angst, die Zweifel. Auch wenn ich nun diese Kluften zwischen Enzo und mir selbst gespürt und begriffen habe, weiß ich in diesem Moment in seinen Armen ganz genau: Auch wenn es vielleicht nicht sein sollte, gehört auch er nun zu meinem Leben.

# Kapitel 20

Sanfte Küsse fahren meinen Nacken entlang und ich seufze leise auf. »Komm schon, Prinzessin, du bist spät dran.« Ich weigere mich, meine Augen zu öffnen und spüre das raue Lachen von Enzo an meinem Rücken, während er mir noch einen Kuss auf den Rücken gibt und sich langsam erhebt.

Erst als ich seine Schritte im Bad höre und die Dusche, öffne ich die Augen und atme zufrieden die schlaftrunkene Luft in meinem Schlafzimmer ein. Ich liebe diesen Duft, es ist eine Mischung aus Enzo und mir, aus Schlaf und Sex und es gibt nichts Anziehenderes als diesen Duft.

Das mit Sophian ist nun schon etwas über zwei Wochen her; die ersten Tage habe ich nur gelernt, um die Woche aufzuholen, in der ich gefehlt habe, was mir ganz gut gelungen ist. Sophian geht es wieder besser. Ich mache jeden Tag eine Videokonferenz mit ihm, der Schock sitzt noch so tief in mir, dass ich sehen muss, dass es ihm gut geht, es reicht mir nicht, es nur zu hören. Nächste Woche beginnen die Semesterferien, ich treffe mich mit Alea bei Sophian und dann verbringen wir noch einige Tage in L.A. Unser Plan hat sich etwas geändert, doch wir beide wollen momentan so viel Zeit wie möglich mit Sophian verbringen. Gestern habe ich sehr lange mit Alea gesprochen und ihr gesagt, dass sie natürlich auch auf ihren Verstand hören soll, doch wenn ihr Herz so sehr unter diesem Hin und Her leidet, sie noch einmal mit ihm sprechen soll.

Mit Enzo habe ich nur an dem Tag, an dem ich gekommen bin, über meinen Bruder gesprochen. Ich habe seinen Trost gesucht und er war für mich da, ohne ein böses Wort über meinen Bruder zu verlieren, was ich ihm hoch anrechne. Seitdem geht es eigentlich weiter wie vorher, ich bin in der Uni, er holt mich ab oder kommt abends zu mir. Auch er scheint gerade viel zu tun zu haben, doch wir sehen uns immer, jeden Tag, darauf achten wir beide. Er schläft eigentlich jede Nacht bei mir.

Am Wochenende war er in Guatemala und es war merkwürdig für mich, alleine zu schlafen. Als ich ihm das gesagt habe, hat er nur leise gelacht, aber auch wenn er es nicht sagt, denke ich, es geht ihm ähnlich. Wir suchen beide die Nähe des anderen. Wir reden viel, doch niemals über das, was wir nun tun werden, über die Zukunft oder die Familia. Wir sprechen auch nicht über unsere Gefühle, doch ich weiß, dass ich ihm etwas bedeute und er wird das genauso spüren. Es ist die Art, wie er mich hält, wie er jeden Tag an mich denkt, wie er mich immer wieder überrascht und immer da ist, auch wenn ich nicht nach Hilfe frage.

Er ist in den wenigen Wochen, die wir uns nun regelmäßig treffen, zu einem festen Teil meines Lebens geworden, ob wir das gewollt haben oder nicht, auch meine Freundinnen haben ihn nun schon öfter getroffen und sich an den Gedanken gewöhnt, dass ich mit dem Anführer der Quarticos zusammen bin. Da sie das so gut weggesteckt haben und ich mir ein Leben ohne diese beiden kaum noch vorstellen kann, werde ich sie auch bald darin einweihen, wer meine Familia ist, doch alles zur richtigen Zeit.

Mit diesen Gedanken im Ohr schlüpfe ich unter der Bettdecke hervor. Ich trage nur einen zarten Slip und streife ihn auf dem Weg zum Bad ab, lege ihn in den Wäschekorb und schleiche leise zu Enzo unter die Dusche. Bevor meine Haare nass werden, binde ich sie mir schnell zu einem Dutt nach oben und lege meine Arme um die Taille des Mannes, der mein Herz im Sturm erobert hat. Er hat sich gerade eingeseift und abgeduscht und alles duftet nach frischem Duschgel, ich küsse seinen Rücken und lehne zufrieden meine Wange an ihn. »Endlich wach? Ich habe doch gesagt, wir hätten gestern nicht noch eine Folge sehen sollen.« Er will sich bewegen, doch ich weigere mich, meine Wange von seinem Rücken zu nehmen. »Das war doch das allerspannendste, dann hätte ich auch nicht schlafen können.« Ich seufze zufrieden auf. »Ich liebe das.« Nun dreht sich Enzo doch um und ich bekomme das ganze Wasser ab, was mich endgültig wach werden lässt. »Was liebst du?« Er reicht mir mein Shampoo und seine Lippen heben sich zu einem Schmunzeln, als ich das erste Mal das Wort Liebe zwischen uns ins Spiel bringe. Ich lege meine Arme um seine Schulter und nun sind es seine Arme, die mich um die Hüfte umfassen. »Ich liebe all das hier.« Noch immer lächelt er, doch er sieht mir auch ernst in die Augen und nickt, bevor er seine Lippen zu mir hinabsenkt. »Ich auch.«

»Okay, was habe ich verpasst?« Knapp zwanzig Minuten zu spät komme ich in die große Aula der Universität zu einem Vortrag, zu dem Belva uns schon vor Wochen eingetragen hat. Ich habe ehrlich gesagt schon wieder vergessen, um was es genau geht, aber es ist nicht gut, dass ich zu spät bin, ich bin immer pünktlich, doch ich konnte mich dem, was sich noch zwischen Enzo und mir in der Dusche entwickelt hat, nicht entziehen.

»Du strahlst ja so, ich hoffe, das ist nicht ansteckend.« Ich muss lachen und setze mich neben Vera. Zwischen Cantara und ihr besteht kein Kontakt mehr, beim ersten Date hat er sie wegen eines Notfalls versetzt und sie hat es sein lassen. Sie hatte die ganze Zeit ein schlechtes Gefühl, nachdem wir ihr erklärt haben, wer er ist und was eine Familia ist. Sie sieht allerdings auch, wie es zwischen Enzo und mir läuft und fragt mich immer wieder darüber aus, wie es ist, mit einem Mitglied der Familia zusammen zu sein. Ich versuche, ihr das so gut es geht richtig zu erklären. Natürlich weiß ich von allen Facetten, was auf sie zukommen würde, doch das kann ich ihr natürlich so nicht sagen. Zudem muss ich sagen, dass Enzo mich komplett aus seiner Familia heraushält und durch unsere besondere Situation sprechen wir so gut es geht gar nicht über die Familias. Ich war auch noch nie bei Enzo, abgesehen natürlich von meiner Entführung. Ich weiß, dass nur Cantara weiß, wer ich wirklich bin, die anderen Männer denken, ich bin eine Studentin, die Enzo zur Zeit trifft, ich weiß nicht einmal, ob ich überhaupt ein Thema bei seinen Männern bin, oder ob sie sich fragen, wo er in letzter Zeit ständig schläft. Ich schätze, er möchte kein Risiko eingehen und hat mich deswegen noch nicht zu sich gebracht, falls doch irgendwann jemand merkt, wer ich bin. Ich weiß es nicht, wir verdrängen das Ganze so gut es geht.

Deswegen weiß ich natürlich auch nicht, was mit Vera wäre. Vielleicht würde Cantara sie mitnehmen und sie wäre gleich viel mehr in der Familia involviert als ich. Deswegen versuche ich, ihr beides klarzumachen, dass es schön ist mit Enzo und man keine Angst haben muss vor der Familia, aber auch, dass es natürlich nie eine Garantie gibt, die gibt es leider für nichts im Leben. Doch auch wenn Vera am Anfang sehr klar der Überzeugung war, dass es besser so ist, das nicht zu vertiefen, sehe ich die Blicke, die sie Cantara zuwirft, wenn sie sich mal im Club treffen.

»Wer ist das?« Der Direktor steht auf der Bühne mit einer hübschen Frau mittleren Alters, die sich an ein Mikrofon stellt, während hinter ihr noch eine große Leinwand aufgebaut wird.

»Miss Santos. Sie möchte sich als Kandidatin für das Präsidentenamt aufstellen lassen, seit Jahren, doch hat keine Chance und kämpft so für die Bürger Mexikos. Ich habe schon zweimal ihre Vorträge besucht, sie ist eine sehr gute Frau, die für Gerechtigkeit in Mexiko sorgen möchte, doch einfach nicht die Gelegenheit dazu bekommt. Sie ist eine der wenigen Politikerinnen, der ich voll und ganz abnehme, was sie sagt.«

Ich lehne mich zurück und sehe zu, wie die Frau Zettel ordnet und, sobald die Leinwand angestrahlt wird, zu uns ins Publikum blickt. »Hallo, es freut mich, dass ihr alle so zahlreich erschienen seid. Wir sind etwas im Verzug, deswegen schlage ich vor, wir starten direkt.«

Sie lächelt und sieht zu uns hinab. »Dass wir alle hier Mexiko lieben und es unsere Heimat ist, darüber brauchen wir nicht zu sprechen, doch wir alle wissen auch, was unser größtes Problem hier ist.« Ich setze mich etwas höher. »Wer von euch hat jemanden in der Familie, der versucht hat, in die USA oder in ein anderes Land zu fliehen oder es sogar getan hat und wenn es Tanten oder eure Vorfahren waren?«

Ich blicke mich um und alle melden sich, alle, bis auf die wenigen Austauschstudenten und ich. Auch Belva meldet sich und ich räuspere mich leise. »Jeder von uns kennt das, weiß darüber und doch wird das Problem hier so gut wie nie thematisiert. Wir alle wissen, dass es den Menschen so schlecht in Mexiko geht, dass sie alles dafür tun würden, ihren Familien eine bessere Zukunft zu geben, doch wo? Was passiert mit ihnen dort? Lasst uns sehen, was sie dem hier vorziehen.«

Die Stimme der Frau ist laut und klar und ihr Auftreten mehr als sicher. Sie wendet sich zur Leinwand und ein kleiner Film wird eingespielt. Natürlich weiß auch ich von den Flüchtlingen aus Mexiko und auch, wie schwer sie es haben. Mittlerweile weiß ich ja auch, dass es über unsere Familia einen Weg nach Amerika gibt, doch um ehrlich zu sein habe ich mich für die gesamten Beweggründe und wie das alles abläuft nie interessiert.

Doch die nächsten zwanzig Minuten ändern das und brechen mein Herz.

Ich sehe Bilder von Familien, die durch Wüsten wandern und durch Flüsse laufen, wegrennen und alles tun, um diese Grenze zu passieren. Ich sehe verzweifelte Eltern, die geschnappt und von ihren Kindern getrennt werden. Als Käfige gezeigt werden, voller Kinder, die mit Aludecken allein auf dünnen Matratzen liegen und nach ihren Eltern schreien, muss ich mir meine Tränen wegwischen und überlege aufzustehen, weil ich diesen Anblick kaum ertragen kann, doch wie könnte ich es wagen wegzusehen, bei dem, was Menschen Tag für Tag erleben. Es wird gezeigt, wie verzweifelt diese Menschen sind, selbst wenn sie es in die USA geschafft haben. Wie versteckt sie leben, mit was für einer Angst im Nacken und dass sie niemals sicher sind, selbst nach Jahren nicht. Dann werden auch die Beamten der USA gezeigt und welchen Spaß sie dabei haben, die illegalen Einwanderer zu jagen und die Familien zu trennen. Ich bin mir sicher, dass das nicht auf alle zutrifft, doch ihr Lachen und ihre Bemerkungen brennen sich tief in mir ein. Sie sehen sie kaum als Menschen. Als dieser kleine Film endet, bin ich nicht die Einzige, die sich Tränen wegwischt.

»Wie kann das sein? Wie kommt es, dass jeden Tag so viele Menschen all das auf sich nehmen, nur um Mexiko zu entkommen? Das alles, was ihr hier gesehen habt, ist kein Geheimnis, die Menschen wissen, was sie erwartet und doch nehmen täglich so viele das in Kauf? Wieso? Wenn wir alle doch unser Mexiko so sehr lieben? Was läuft falsch? Was denkt ihr? Wie kann es so weit kommen?« Ich atme tief aus und muss diese Bilder verarbeiten. Es melden sich sofort einige andere Studenten zu Wort.

»Sie fliehen vor der Armut, vor der Arbeitslosigkeit, vor der Gewalt.« Die Frau nickt. »Genau, in Amerika finden sie Arbeit, wenn auch schwarz, dort gibt es auch keine sozialen Auffangnetze, doch ihre Kinder gehen auf gute Schulen und haben eine bessere Chance auf Bildung als hier.« Eine andere Studentin meldet sich zu Wort. »Ja, aber das war schon immer so und das wird immer so sein. Ich wüsste nicht, was man daran ändern sollte.« Die Frau lacht und deutet zur Leinwand, wo ein Sozialpaket vorgestellt wird.

»Das ist ja das, was einen in den Wahnsinn treibt. Nein, ist es nicht. Auch in solch einem großen Land wäre eine Sozialreform gut machbar und vor allen Dingen würde das so viel ändern. Fast alle Menschen geben Geld ab, an die Regierung, für teure Arztrechnungen, für die bessere Kita. Wir müssen an die Unternehmen gehen, die zu wenig Lohn zahlen. Wenn man ihnen nur einen Teil des Geldes für Sozialleistungen abnimmt, kann der Staat einiges bewirken, man kann eine Krankenversicherung anbieten, sodass die Menschen sich zur Grundversorgung an die Ärzte wenden können, ohne ein Vermögen zu bezahlen. Wir müssen dafür sorgen, dass ihre Kinder medizinisch versorgt sind. Man kann es sogar so weit bringen, dass die Kinder ihre Medikamente umsonst bekommen. Dazu kann man eine Renten- und Arbeitslosenversicherung einbringen, sodass die Menschen zumindest eine Grundsicherung bekommen, wenn sie arbeitslos werden. Man kann die Menschen auffangen, sodass sie nicht mehr fliehen wollen. Es bringt nichts, sie daran hindern zu wollen, man muss ihnen Gründe bieten, hier zu bleiben. Bessere Schulen, bessere Kitas, all das ist machbar mit den richtigen Leuten an der Spitze. Doch unsere Politiker sind von den Familias eingesetzt, um Mexiko nach außen zu repräsentieren und sie gewähren zu lassen und haben keinerlei Interesse daran, dem Land und den Menschen zu helfen.«

Ich räuspere mich und Vera sieht mich unsicher an. »Die Familia von Cantara und Enzo?« Ich kann nicht glauben, dass mein Vater das bewusst so zulässt.

Ich hebe meine Hand und die Frau sieht mir freundlich entgegen. »Also denken Sie, dass das Problem bei den Familias liegt?« Sie bewegt ihre Hände, als würde sie eine Waage in der Hand halten. »Mexiko liegt in der Hand von den beiden allergrößten Familias, wie alle wissen, das ist ja kein Geheimnis. Wir sprechen von den Los Tijumaras und den El Quarticos. Diese beiden Familias haben die komplette Macht hier. Es gibt keine Instanz, die mächtiger ist. Was sie sagen wird gemacht. Diese beiden Familis direkt schaden den Bürgern nicht. Sie haben mit ihnen nicht viel zu tun, sie ernennen aber die Präsidenten nach dem, was für ihre Familias am besten ist und das kann man ihnen vorwerfen. Es kann die beiden Familias geben und einen fairen guten Präsidenten für das Land, doch das liegt in ihrer Hand und das ist es, was ich ihnen vorwerfe. Wenn sie wollten, könnte sich einiges ändern. Ihnen komplett die Schuld zu geben, wäre nicht richtig, wie gesagt, sie selbst beeinflussen das nicht, mir ist noch nie zu Ohren gekommen, dass sie selbst den kleinen Bürgern Mexikos etwas Schlechtes antun, doch mit ihren Entscheidungen und Handlungen tun sie das.«

Es entsteht eine Diskussion über den amtierenden Präsidenten und seine unzähligen Fehlentscheidungen und Korruptionsskandale. Ich höre nur noch mit einem Ohr zu, in meinem Kopf überschlagen sich die Gedanken und als es zur Pause klingelt, gehe ich schnell zu Frau Santos nach oben.

»Hallo, ich bin sehr beeindruckt von diesem Vortrag und schockiert über die Zustände und alles, was dazu führt. Ich würde sehr gern mehr darüber erfahren. Wie kann man Sie erreichen oder kontaktieren?« Ich bin nicht die Einzige, die Frau Santos noch sprechen möchte, sie schüttelt mir dir Hand und lächelt, dabei drückt sie mir eine Karte mit der Adresse eines Büros hier in Mexiko-Stadt in die Hand. »Du kannst jederzeit vorbeikommen, wir freuen uns über jeden, der sich für die richtige Sache einsetzt.«

Mit der Karte in der Hand und viel zu vielen Gedanken im Kopf steige ich mit Vera und Belva in das neue Auto, was sich Vera vor einigen Tagen von ihrem Gehalt aus der Bar gekauft hat. Sie nennt es liebevoll ihren kleinen Schrotthaufen, doch sie liebt es und meistens fahren wir nun mit ihm zur nächsten Mall, um dort etwas zu essen und dann zur Uni zurückzufahren. Wir alle können das Essen aus der Kantine schon nicht mehr sehen.

»Da seht ihr es, es war die einzig richtige Entscheidung, nicht mit Cantara auszugehen, habt ihr diese Kinder gesehen? Ich kann ...« Ich möchte meinen Bruder fragen, ob er Frau Santos kennt, ich muss das unbedingt klären und tippe einen Nachricht, als Veras Schrei mich aufsehen lässt. »Die Bremse ist blockiert, ich ...«

Vera kann nicht halten und fährt über eine rote Ampel auf die Kreuzung, sie versucht das Lenkrad umzulenken, doch zu spät, ich sehe direkt in das Gesicht des Fahrers, der auf uns zugefahren

kommt und schon viel zu nah ist, um bremsen zu können und
dann wird alles schwarz.

# Kapitel 21

Mein Kopf dröhnt, als ich das nächste Mal die Augen öffne. Es ist laut um mich herum und mir ist schwindelig, doch mir kommen die letzen Minuten vor meinem Blackout sofort wieder vor das innere Auge und ich versuche mich aufzusetzen, doch es dreht sich alles und ich schließe noch einmal die Augen. Ich bewege meine Arme, mein rechter Arm tut weh, doch ich kann ihn bewegen. Dann die Beine, da habe ich auch keine großen Schmerzen. Ich höre ein Handy klingeln und öffne meine Augen wieder.

Dieses Mal setze ich mich gleich etwas mehr auf und sehe, dass ich auf einer Liege liege, neben mir ist ein Tuch aufgezogen und vor mir ist eine Tür geöffnet und die Leute laufen davor hektisch herum. Ich bin in einem Krankenhaus, in einem kleinen durch Tücher getrennten Abteil.

Als ich an mir heruntersehe, schlägt mein Herz schneller, meine Beine und mein hellgrauer Rock sind voller Blut. Ich fasse an meinen Kopf, wo ich das kalte Nass auch spüre, doch ich schaffe es, mich weiter aufzusetzen. Wieder höre ich das Handy, es ist nicht meins, ich erinnere mich, dass ich das Handy in der Hand hatte, bevor wir einen Unfall hatten, falls wir den hatten. Das andere Auto muss uns getroffen haben, es war viel zu nah bei uns, um ausweichen zu können. Wo sind Vera und Belva? »Vera?« Rechts neben mir liegt keiner, der Vorhang ist aufgezogen, aber links scheint jemand zu sein, doch als ich nach Belva rufe, höre ich nur einen Mann aufstöhnen und erneut das Handy klingeln. Offenbar sind sie nicht hier.

Ich brauche ein paar Minuten, mir ist schwindelig, doch dann schaffe ich es, aufzustehen und auf den Flur zu gehen, auf dem reges Treiben herrscht. Ein Mann mit einer hochschwangeren

Frau laufen an mir vorbei und rennen mich fast um. Ich fasse an meinen Kopf, ich habe das Gefühl, er platzt und meine Rippen tun weh, doch ich laufe in den Gang und sehe mich nach einer Schwester oder einem Arzt um. An den Blicken der anderen Patienten sehe ich, dass ich so schlimm aussehen muss, wie ich mich fühle. Eine große Uhr hängt im Eingangbereich. Wir hatten gegen elf Uhr den Unfall, es ist schon nach dreizehn Uhr. Ich kann doch niemals so lange bewusstlos gewesen sein?

»Entschuldigen Sie, sind Sie eine Ärztin?« Der weiße Kittel sollte es mir wohl sagen, doch ich frage lieber nochmal. Ich habe nach dem Arm der Frau gegriffen, deswegen bleibt sie stehen und sieht mich an, sonst wäre sie vielleicht weitergelaufen. »Ich hatte offenbar einen Autounfall, wissen Sie, wo meine Freundinnen sind? Sie ...«

Die Frau holt eine Lampe aus ihrem Kittel und strahlt mir damit in die Augen, dann deutet sie zurück in das Zimmer und die Liege. »Hier ist viel los, es sind mehrere Autounfälle hereingekommen. Sie haben wahrscheinlich eine Gehirnerschütterung und ihr Arm sieht auch nicht gut aus. Legen Sie sich hin, ich schicke jemanden, der sich das ansehen kommt.«

Mein Arm, ich .... erst jetzt merke ich, dass er komplett aufgerissen ist, es stecken sogar noch Glasscherben in der Wunde und als ich das sehe, wird mir noch einmal übel. »Gisele, bring sie zur Liege.« Die Ärztin spürt das und hält mich am Arm fest. Eine andere Frau kommt und hilft mir zurück zur Liege, sie reicht mir Wasser und einen Waschlappen, den ich mir an die Stirn halte. »Meine Freundinnen ..., wissen Sie von dem Unfall und ob es ihnen gut geht?« Die Krankenschwester schüttelt den Kopf. »Es ist zu viel los, ich war den ganzen Tag in einer anderen Abteilung. Kühlen Sie Ihren Kopf, es wird bald jemand nach Ihnen gucken kommen.«

Mir bleibt nichts anderes übrig. Ich lege mich zurück und atme tief durch, ich muss ruhig bleiben, die beiden werden auch irgendwo liegen. Ich höre auf die Geräusche des Mannes neben mir und spüre, wie ich fast wieder einschlafe, doch ich zwinge mich, meine Augen immer wieder zu öffnen.

Mein Zeitgefühl ist völlig abhanden gekommen, ich kann nicht sagen, ob ich bereits einige Minuten oder Stunden wieder auf der Liege bin, als ich mich erneut aufsetze und aufstehe. Nun geht es schneller, ich spüre die Schmerzen stärker, doch ich kann mich besser bewegen. Im Flur ist sogar noch mehr los als vorhin. Ich sehe die Schilder von der ersten Hilfe, in der ich offenbar die ganze Zeit liege. Statt noch eine Schwester oder Ärztin anzuhalten, gehe ich auf einen großen Flur und dort direkt zu einem Informationstresen. »Entschuldigen Sie, heute Mittag gab es einen Autounfall, wissen Sie, wo die anderen, die im Auto waren, liegen? Wo kann ich das erfahren?«

Die Frau mit den grauen Haaren sieht mich von oben bis unten an, auch auf meinen Arm und schüttelt den Kopf. »Du solltest zur ersten Hilfe, das sieht nicht gut aus.« Ich habe keine Geduld mehr für all das, mein Kopf dröhnt und ich möchte einfach nur erfahren, was mit den anderen beiden ist. »Können Sie nachsehen, was mit den anderen beiden ist? Wir waren zu dritt und der Unfall gegen elf Uhr in der Nähe der Universität.« Ich sehe auf der Uhr hinter ihr, dass es bereits nach vierzehn Uhr ist, der Schwindel kommt sicher auch davon, dass ich nichts zu mir genommen habe außer etwas Wasser. »Es gab eine Notoperation, die ist vorbei, wenn Sie mit dem Fahrstuhl eine Etage tiefer fahren, können Sie dort die Schwestern fragen.«

Ich nicke und gehe mit schnellen Schritten zum Fahrstuhl. Eine Notoperation? Ich war nur die Beifahrerin, das Auto kam von Veras Seite, wer weiß, was sie alles abbekommen hat, ein ungutes Bauchgefühl setzt sich zu der Übelkeit und dem Schwindel, während ich in den Fahrstuhl einsteige. Es sind bereits zwei Personen darin, die mich erschrocken ansehen. Bisher habe ich nur meinen Arm ansehen können, ich weiß nicht, wie ich gerade aussehe, dem Blick der Leute zufolge nicht sehr gut. Wir halten im untersten Stockwerk. Statt nach einer Information zu suchen, gehe ich den Schildern nach, die mich zu einem OP-Bereich leiten. Ich treffe niemanden. Bevor der Operationsbereich beginnt, stehen mehrere Türen offen und endlich sehe ich in einem Belva an einem Bett sitzen.

»Da bist du ja.« Ich laufe in den Raum und Belva dreht sich um und kommt mir schnell entgegen. »Tamina. Setz dich, wer hat dich denn aufstehen lassen?« Ich erschrecke, als ich die blasse Vera mit Verbänden am Kopf bewusstlos im Bett liegen sehe. Ich sehe an Belva hoch und runter, außer dass ihre Kleidung blutig ist, scheint ihr nichts zu fehlen. »Was ist mit Vera? Wie geht es ihr?« Erst jetzt spüre ich langsam, dass mir das Sprechen schwerfällt, mein Brustkorb fühlt sich zu eng an.

»Sie … es ging alles so schnell. Auf einmal war da das Auto. Ich weiß nicht, wie ich das überstanden habe. Ihr beide wart sogar angeschnallt, ich saß hinten und ich habe nicht einmal einen Kratzer. Der andere Fahrer ist in uns reingefahren, er hat abgebremst und das ist wahrscheinlich der einzige Grund, wieso wir alle noch leben. Er hat es sogar geschafft, etwas auszuweichen, sodass der Aufprall nicht so schlimm war, wie es sonst der Fall gewesen wäre. Er hat nur ein paar Kratzer abbekommen, aber Vera und dich hat er voll erwischt. Du bist gegen die Scheibe geknallt, als das Auto zum Stehen kam. Eine Seite war so eingequetscht, dass sie Vera nur schwer herausbekommen haben. Sie hatte innere Blutungen und viele Brüche und Quetschungen, sie ist sofort in den OP gefahren worden. Du warst ohnmächtig, doch sie haben gesagt, du bist erst einmal stabil, deswegen bin ich bei Vera mitgefahren.«

Auch Belva steht unter Schock. Ich greife nach ihrer Hand, während wir beide uns auf die Stühle neben Veras Bett setzen. »Ich weiß das alles gar nicht.« Belva atmet tief aus und wischt sich ein paar Tränen weg. »Es waren auch andere Studenten da, sie waren auch gerade auf dem Weg zur Mall. Sie sind bei dir geblieben, bis dein Krankenwagen kam und haben gesagt, dass sie in der Uni Bescheid geben. Im Krankenwagen wäre Vera fast gestorben, sie war zu schwach und die Blutungen zu stark; als wir hier ankamen, sind die mit ihr in den OP gerannt. Ich habe davor gewartet, bis ich gehört habe, du bist da. Als ich in die erste Hilfe kam, lagst du auf der Liege, du warst kurz wach, aber wegen der Schmerzen haben Sie dir ein Schmerzmittel gegeben und du bist sofort wieder eingeschlafen. Sie wollten dich röntgen und deine Wunden verpflegen, aber offenbar ist nichts davon passiert. Da du geschlafen hast, bin ich wieder hergekommen, damit sie hier nicht alleine ist. Die Operation ist gerade erst beendet worden, sie mussten immer wieder alles unterbrechen, weil sie zu schwach ist. Sie hat viel Blut verloren, aber die Ärztin meinte, dass sie das Schlimmste nun überstanden hat. Man muss jetzt die nächsten Stunden abwarten, ich hoffe, die Uni hat ihre Familie verständigt. »Bestimmt, hast du auch kein Handy?« Belva schüttelt den Kopf. »Nein, es ist alles im Auto und am Unfallort geblieben, das Gesundheitssystem hier ist am Arsch, sie haben dich nicht einmal untersucht. Wie geht es dir? Du siehst so beschissen aus, wie ich mich fühle.« Ich muss leise auflachen und schließe die Augen vor Schmerzen. »Es geht, mir ist schwindelig und ich sollte mich auf jeden Fall mal durchchecken lassen, doch die Hauptsache ist, dass Vera durchkommt.«

Ich setze mich näher an ihr Bett und greife nach ihrer zarten Hand. »Wie schnell sich manchmal alles ändert, eine Sekunde kann alles ...«

Plötzlich hört man draußen Unruhe und dann dringt eine Stimme zu mir, die mich einhalten lässt.

»Wo ist meine Tochter?«

# Kapitel 22

»Wie kann es sein, dass niemand weiß, wo sie ist? Wissen Sie, was ich mit Ihnen mache, wenn …?«

Im nächsten Moment stehen mein Vater, meine Brüder und mein Onkel vor dem Raum und sehen mich erschrocken an. Neben ihnen laufen zwei Männer in weißen Kitteln und reden auf sie ein, doch sie ignorieren sie komplett und ich sehe in ihren Augen Sorge und dass sie völlig schockiert sind, als sie mich sehen.

Auch bei mir kommt alles wieder hoch, die Angst, die Schmerzen, und schneller als sie überhaupt dazu kommen, etwas zu sagen, liege ich schon in den Armen meines Vaters. »Was ist passiert? Wie kann es sein, dass sie so aussieht und kein Arzt bei ihr ist?« Ich höre die wütende Stimme von Sophian, die den anderen Männern gilt. »Wir sind da, es ist alles gut. Wir sind sofort hergeflogen. Wurdest du schon untersucht? Wo hast du Schmerzen?«

Mein Vater sieht mir ins Gesicht und küsst meine Wangen, während ich nicht aufhören kann zu weinen. Es kommt mir fast vor, als wäre ich wieder zehn Jahre alt, sie jetzt hier zu haben, nimmt so viel Druck von mir. Ich bin erleichtert. »Nein, ich habe nur gelegen und …« Einer der Männer im weißen Kittel kommt zu mir und lächelt. Auf seinem Schild steht, dass er der Chefarzt ist. »Das tut uns leid, wir wussten nicht, wer Sie sind. Ich werde Sie sofort untersuchen, wir bringen Sie nach oben, dort haben wir bessere Zimmer, auch ihre Freundin wird verlegt, sobald sie stabiler ist.«

Erst jetzt fällt mir Belva wieder ein, die mich und meine Familie verwundert beobachtet. Sie wird sicherlich wissen, wer das hier alles ist und somit nun auch noch, dass ich dazugehöre. »Papa, das ist Belva, wir studieren zusammen. Ihr geht es zum Glück gut, doch Vera ist das Auto gefahren und musste notoperiert werden.« Mein Vater reicht Belva die Hand, während Issac mich in den Arm nimmt und ich danach in Sophians Armen liege. Mein Onkel streicht mit die Haare aus dem Gesicht. »Du bist voller Blut. Was tut dir weh und was ist passiert?«

Ich atme tief ein und spüre sofort wieder den stechenden Schmerz dabei. »Wir wollten zur Pause in ein Café in der Mall und haben das Auto von Vera genommen. Offenbar haben ihre Bremsen nicht mehr funktioniert, zumindest hat sie das vor dem Aufprall gesagt, sie konnte nicht an einer roten Ampel halten und wir sind auf eine Kreuzung gefahren und dort ist ein Auto in uns reingefahren. Wie habt ihr überhaupt so schnell davon erfahren?«

Mein Vater nimmt meinen Arm in seine Hand. »Die Universität hat uns sofort verständigt, wir waren gerade auf einem Flug und sind hergeflogen. Wurdest du noch gar nicht untersucht? Sie hat noch überall Splitter in ihren Wunden, was ist das hier für ein Krankenhaus?« Zwei Schwestern kommen mit einem Rollstuhl herein und deuten mir, mich hinzusetzen, doch ich hebe die Hand. »Schon gut, ich kann laufen.« Der Chefarzt sieht mich besorgt an. »Ich schätze, sie hat einige Brüche, es ist sehr viel los, es tut uns leid. Wir werden Sie sofort untersuchen. Kommen Sie mit in die zweite Etage, da untersuchen wir alles. Ich lasse Ihre Freundin hochkommen, sobald sie stabiler ist.«

Mein Vater bleibt neben mir, die anderen folgen dem Arzt schon nach draußen, doch ich sehe noch einmal zu Belva, die sich wieder neben Vera setzt. »Ich komme mit ihr hoch, sobald sie kann. Geh dich richtig untersuchen.« Sie lächelt, doch in ihren Augen stehen viele Fragen, die ich ihr nun beantworten muss, doch erst einmal sollte ich untersucht werden, mein Körper zeigt mir immer deutlicher, dass ich an meinen Schmerzgrenzen angekommen bin. Je mehr der Schock weicht, umso mehr spüre ich, wo es mir überall wehtut.

Wir fahren mit dem Fahrstuhl in die zweite Etage und kommen in einem komplett anderen Gebäudeteil heraus. Zumindest wirkt es so. Es ist viel heller, geräumiger, wir werden in einen großen Raum gebracht, in dem ein Bett, ein Fernseher, eine Sitzlandschaft und einiges mehr steht. Der Chefarzt deutet meiner Familie, sich zu setzen, während ich ein paar Räume weiter zum Röntgen gebracht werde. In diesem Raum sehe ich das erste Mal in einen Spiegel. Meine Haare sind blutverschmiert, genau wie meine Kleidung. Ich habe eine Platzwunde an der Stirn, mein Arm ist völlig zerkratzt und blutig, ich sehe genauso schlimm aus, wie ich mich fühle. »Wir entfernen das gleich alles, legen Sie sich erst einmal hier rauf, wir röntgen Sie.« Die Schwestern helfen mir auf eine Liege und stellen über mir einiges ein, dann verlassen sie den Raum und ich schließe einen Moment die Augen, doch nur kurz, dann höre ich laute Stimmen und auch einige aufgeregte Schwestern, einige wilde Flüche und dann erst realisiere ich, was hier gerade passiert. Mein Vater und meine Brüder sind hier und sie dürften gar nicht hier sein.

In dem Moment springe ich auf und stöhne vor Schmerzen laut auf, auch die Schwester kommt gerade herein. »Fertig, Sie können ...« Doch ich gehe schon an ihr vorbei zu dem Zimmer, dessen Tür weit aufsteht. Da ich von den Untersuchungsräumen komme, betrete ich nicht vom Flur aus das Zimmer, sondern von der Seite und platze somit genau in ein Bild, was mein Herz zum Rasen bringt und mich panisch umblicken lässt.

Mein Vater und meine Brüder stehen mit gestreckten und durchgeladenen Waffen Enzo und einigen seiner Männer gegenüber, die genauso ihre Waffen auf sie richten. Alle blicken in dem Moment zu mir und ich sehe Enzo in die Augen, der in diesem Augenblick verwundert und dann genauso geschockt wie meine Familie vorher zu mir sieht.

Ich hebe die Hand und sehe ihn an. »Enzo, lass das, nehmt die Waffen herunter.« Seine Männer sehen mich verwundert an, nur Cantara neben ihm flucht leise, während Sophian vortritt. »Komm zu mir, Tamina. Lasst sofort eure Waffen fallen und wagt es nicht, sie auf sie zu richten.« Ich sehe zu meinem Bruder und dann zu Enzo, der seine Waffe herunternimmt und im selben Moment zu mir kommt, seine Hand hebt und mir die Haare aus dem Gesicht streicht. »Was ist passiert? Wieso hast du mich nicht angerufen?« Nun höre ich meinen Bruder die Luft einziehen und das Klicken seiner Waffe, doch ich reagiere, bevor er abdrücken kann. »Nimm deine Hände von ...« Ich sehe Sophian an. »Er tut mir nichts … Wir kennen uns und ja ... ich weiß, wer er ist.« Mein Vater war die ganze Zeit ruhig, doch nun sieht er mich wütend an. »Wenn du das weißt, solltest du dich so schnell wie möglich hinter mich stellen und von ihm wegtreten. Der einzige Grund, wieso er gerade noch atmet, ist, weil er zu nah an dir steht.«

Enzo hebt seine Waffe wieder und sieht zu meiner Familie. »Ihr solltet hier lieber nicht euren Mund aufmachen. Ihr habt hier gar nichts zu suchen. Ihr brecht alle Regeln des Waffenstillstandes und ich denke, ihr wisst, wozu ich berechtigt bin.« Ich hebe noch einmal die Hand und stelle mich zwischen beide Parteien. »Ich hatte einen Autounfall und das schon heute morgen gegen elf. Vera hat die Kontrolle … die Bremsen gingen nicht und wir sind auf eine Kreuzung zugefahren. Ich habe einiges abbekommen, aber Vera geht es noch schlechter. Sie wäre fast gestorben, sie liegt unten im Aufwachraum, nachdem sie lange operiert wurde.« Ich sehe Cantara in die Augen und dann wieder zu Enzo. »Die Uni hat meine Familie verständigt und sie sind sofort hergekommen, sie hatten nicht vor, die Quarticos anzugreifen, falls du das dachtest. Also lasst eure Waffen herunter und du auch, Papa. Ich lebe schon länger hier und die Quarticos wissen, wer ich bin und haben mir nichts getan. Diese Regeln und Grenzen, die ihr aufgestellt habt, gelten nicht für mich und haben es auch noch nie, weil ich an all das nicht glaube. Ich denke, Enzo versteht, wieso ihr hier seid und …« Ich sehe in Enzos Gesicht, wie sauer er ist, er lässt seine Waffe noch immer nicht herunter, meine Familie scheint das alles nicht zu begreifen.

»Woher kennt ihr beide euch?« Ich will die Arme vor der Brust verschränken, doch das tut zu sehr weh. »Eine eurer Haushaltsfrauen hat einem Mann erzählt, wer ich bin, der hat mich aus meiner Tiefgarage entführt und Enzo ausgeliefert. Er hat mich aber gehen lassen, weil er verstanden hat, dass ich mit eurer Feindschaft nichts zu tun habe und das, obwohl er mir etwas hätte antun können; daran seht ihr ja, dass ich hier gefahrlos weiterleben konnte, dann haben wir uns … hin und wieder in einem Club getroffen …«

Isaac flucht laut auf. »Ich bin eine erwachsene Frau, ich kann solche Entscheidungen alleine treffen.«

Nun lässt Sophian seine Waffe auch herunter, allerdings nur, um mich wütend anzugehen. »Wirklich, bist du das? Du wurdest entführt und schmeißt dich dann unseren Feinden in die Arme?« Er sieht Enzo noch wütender an. »Das hast du dir ja richtig gut ausgedacht: Statt uns das Wichtigste zu nehmen, hast du beschlossen, einfach ihr Herz zu gewinnen und sie uns so zu nehmen und damit noch mehr zu quälen. Ich wusste schon immer, dass du ein …« Zwei Ärzte kommen hinter mir in den Raum und stocken bei dem Anblick, der sie erwartet. Alle, mich eingeschlossen, haben für den Moment vergessen, dass ich verletzt bin und eigentlich behandelt werden sollte. »Ähmmm … Sie müssen dringend behandelt werden. Sie haben einen Rippenbruch und ihre Wunden sollten auch …«

Enzo lacht bitter auf, keiner hier achtet mehr auf die Ärzte. »Denkst du wirklich, dass wenn ich etwas von dir will, ich das über deine Schwester tue? Ich hatte noch nie ein Problem damit …« Enzo und Sophian gehen ohne Waffen aufeinander zu und ich versuche, mich so schnell dazwischenzustellen, dass ich eine unbedachte viel zu schnelle Bewegung mache und mein

geschwächter Körper nachgibt. Ich spüre nur noch, wie ein rei-
ßender Schmerz mich durchfährt, Arme, die mich auffangen und
dann wird alles schwarz.

# Kapitel 23

Ich lege mein Handy weg und sehe in den Garten hinaus. Gerade habe ich mit Vera gesprochen. Das erste Mal konnten wir uns dabei sehen, auch Belva war bei ihr.

Vera ist noch im Krankenhaus, soll aber in den nächsten Tagen entlassen werden. Sie hat sich noch einmal bei mir bedankt, dass meine Familie für all das aufkommt und sie nun im besseren Teil des Krankenhauses versorgt wird. Ihre Familie war einige Tage bei ihr, sie sind gestern zurückgeflogen, und als wir gerade das Gespräch beendet haben, muss ich tief einatmen, was mir noch immer wehtut. Sie fehlen mir, all das fehlt mir.

Die Krankenschwester kommt noch einmal zurück zu mir, nachdem sie mit meiner Mutter einen Kaffee getrunken hat. »Bis übermorgen, also denk dran, geh viel spazieren, nicht dass sich noch eine Lungenentzündung entwickelt. Und langsame, bedachte Bewegungen.« Ich nicke nur abwesend, doch keine zwei Minuten später kommt meine Mutter zurück und hält mir meinen Hoodie hin, während sie mir andeutet, mit ihr mitzukommen. »Es wird Zeit, dass du aus dieser Trauerhaltung herausbrichst, das passt nicht zu dir!«

Da ich meine Mutter kenne und keine Lust auf Diskussionen habe, sage ich nichts, stehe langsam auf und laufe mit ihr den bekannten Weg zum Strand hinunter.

Ich bin seit über einer einer Woche zurück in L.A.

Meine Erinnerungen an das, was nach meinem Zusammen-bruch passiert ist, sind eher schwammig. Ich kann mich noch ganz genau an Enzos wütenden Blick erinnern, als ich ihn immer wieder gebeten habe, die Waffe herunterzunehmen. An die tödli-chen Blicke meiner Familie, als sie erfahren haben, dass ich Enzo kenne, all das habe ich ständig vor meinem inneren Auge. Die Luft in diesem Raum war mit so viel Wut geladen, dass ich dachte, wir alle kommen da nicht lebend heraus. Ich habe damit gerechnet, die Augen zu öffnen und in ein noch größeres Chaos zu blicken, gegen all das ankämpfen zu müssen, doch was dann tatsächlich eingetroffen ist und bis jetzt anhält, ist Stille, komplette Stille, und das ist noch viel beängstigender als alles, was ich erwartet habe.

Richtig wach geworden bin ich erst wieder im Jet.

Ich habe davor mitbekommen, wie ich verarztet wurde und auch einige Infusionen bekommen habe, es werden sicher auch Schmerzmittel dabei gewesen sein. Als ich wieder klarer denken konnte, war ich schon fast in L.A. Mein Vater war bei mir und sonst niemand. Er hat mich ins Haus meiner Mutter gebracht. Ich habe ihn gefragt, was los ist und was passiert ist, wo Enzo ist und was sie nun vorhaben, dass ich nicht zurück möchte, doch mein Vater hat immer nur leise gemurmelt, dass ich mich ausruhen muss und mich nicht aufregen soll.

Noch niemals in meinem Leben habe ich meinen Vater so ruhig und distanziert erlebt. Ich bin direkt in mein Bett gegangen, die Schmerzmittel haben mich noch immer gelähmt, ich habe meine Eltern noch streiten gehört, dann war Ruhe und ich habe lange geschlafen, bis der Arzt kam, der seitdem täglich mit einer Krankenschwester nach mir sieht.

Mein Vater ruft täglich meine Mutter an. Ich habe mein Handy zurückbekommen, was nur eine zersprungene Scheibe hatte, die repariert wurde, doch er meldet sich nur bei meiner Mutter und erkundigt sich nach mir, mehr nicht. Ich bin mir sicher, dass auch meine Brüder auf dieser Art nach mir fragen, doch keiner von ihnen spricht mit mir oder ruft mich an.

Ich habe versucht, Enzo zu schreiben und mit ihm zu sprechen, doch er ist nicht an sein Handy gegangen und hat meine Nachricht nicht gelesen. Statt des großen Knalls, den ich erwartet habe, ist völlige Ruhe eingekehrt, zumindest was mich betrifft.

Meine Mutter konnte mir auch nichts Genaues sagen, sie hat sich mit meinem Vater gestritten und seitdem meldet er sich nur, um sich nach mir zu erkundigen. Sie sagt, dass ich alldem etwas Zeit geben soll, es werden sich schon alle wieder beruhigen, jetzt ist es wichtig, dass ich wieder gesund werde.

Mein Vater hat meiner Mutter gesagt, dass ich nicht wieder zurück nach Mexiko-Stadt kann, doch ich denke nicht daran, all das aufzugeben.

Alea war bei mir. Die Semseterferienwoche hat begonnen und wir hatten das völlig anders geplant, doch das lässt sich nun nicht ändern. Sie ist einige Tage geblieben und ich konnte ihr endlich alles erzählen, doch am Ende saßen wir beide ratlos da und nun, wo sie zurück in Yale ist, fällt mir die Decke auf den Kopf.

Meine Rippen sind gebrochen, es wird Tag für Tag besser, ich bekomme ständig einen neuen Verband und durch die Ruhe bekomme ich auch täglich mehr Kraft. Mein Arm war verstaucht und die Wunden hatten sich entzündet, doch auch das geht langsam zurück. Jetzt beginne ich erst, all die Geschehnisse wirklich zu begreifen und weiß nicht, ob ich enttäuscht, wütend oder alles zusammen sein soll.

Als wir am Strand ankommen, legt meine Mutter den Arm um mich, während wir langsam am Wasser entlang laufen.

»Das war der Grund, wieso ich dich immer aus Mexiko heraushalten wollte, ich habe geahnt, dass es eines Tages dein Herz brechen wird.«

Ich muss lächeln. »Bist du deswegen noch niemals dort gewesen? Ich denke nicht, dass es an Mexiko liegt, sondern an den Menschen, die dort leben.« Meine Mutter atmet tief aus. »Weißt du, ich konnte ja niemals so offen mit dir über all das sprechen wie jetzt, wo du genau weißt, was in Mexiko passiert und wer dein Vater ist. Als ich ihn damals getroffen habe, wusste ich das nicht. Ich habe mich so leicht und so schnell in ihn verliebt, was gar nicht meine Art ist. Ich vertraue Menschen nur sehr langsam, doch er hat mich vom ersten Moment an völlig in seinen Bann gezogen. Ich war immer nur auf meine Zukunft fokussiert und habe alles genau abgewogen und überdacht, doch dann kam er und hat alles durcheinandergewirbelt.

Als ich dann herausgefunden habe, wer er ist und was er tut, war ich bereits schwanger und viel zu sehr mit ihm verbunden, um noch etwas tun zu können. Es stimmt nicht, dass ich niemals in Mexiko war, das war ich, bevor ich mit dir schwanger war. Ich glaube sogar, dass du dort gezeugt wurdest ...« Ich verziehe mein Gesicht; auch wenn ich erwachsen bin, will ich so etwas nicht hören.

Meine Mutter lacht und wir laufen weiter.

»Bei meinem ersten Urlaub dort wurde ein guter Freund deines Vaters erschossen und ich habe begriffen, dass das kein Spaß ist. Ich habe mich getrennt und bin zurück nach L.A., doch ich war schwanger und die Gefühle zwischen deinem Vater und mir waren immer sehr stark. Auch wenn wir niemals als normales Paar zusammengelebt haben, darfst du das nicht unterschätzen. Wir haben uns sehr geliebt und wir lieben uns immer noch. Als er erfahren hat, dass du unterwegs bist, war er einfach nur glücklich. Er hat mich angefleht, dich zu behalten und dass wir das schaffen, doch ich habe von vornherein festgelegt, dass du aus diesem Leben in Mexiko komplett herausgehalten wirst, bis du alt genug bist und selbst entscheiden kannst. Er hat zugestimmt, nachdem er erfahren hat, dass du ein Mädchen wirst. Ich weiß, dass es gerade vielleicht nicht danach aussieht, doch dein Vater liebt dich über alles.«

Ich nicke. Daran habe ich niemals gezweifelt.

Der Gedanke, dass meine Mutter und mein Vater auf so viel verzichtet haben wegen mir, wird mir noch einmal bewusster.

Obwohl sie sich geliebt haben oder lieben, haben sie aufeinander verzichtet, damit ich friedlich aufwachsen kann.

»Ich weiß, doch er muss auch verstehen, dass ich mit diesem Krieg nichts zu tun habe und eine erwachsene Frau bin. Ich bin ihm und meinen Brüdern dankbar für alles, was sie für mich tun, aber wenn das beinhaltet, dass sie denken, sie können für mich bestimmen und Entscheidungen treffen, dann verzichte ich darauf. Ich bin alt genug zu entscheiden, wo ich lebe, wo ich studiere und vor allem, wen ich liebe ...«

Ich stocke, es ist das erste Mal, dass ich im Zusammenhang mit Enzo das Wort Liebe wirklich ausspreche, doch wenn ich ehrlich bin, ist mir das schon länger bewusst. Wir haben alles so weit von uns geschoben und versucht zu ignorieren, dass ich mich geweigert habe, über eine Zukunft nachzudenken und auch, wie meine Gefühle für Enzo sind, denn das hätte ja wiederum bedeutet, dass ich mir um eine Zukunft mit ihm Gedanken machen müsste.

Nun ist von einer Sekunde auf die andere alles vorbei und ich spüre, wie sehr er mir fehlt. Wie sehr mir der Kontakt zu ihm fehlt, diese alltäglichen Nachrichten. Gestern habe ich mir zwei Stunden unseren Nachrichtenverlauf durchgelesen und musste lächeln und weinen zur gleichen Zeit. Ich habe nicht einmal gemerkt, wie ich mein Herz an Enzo verloren habe.

»Liebe ist ein großes Wort, mein Engel. Ich weiß, dass du deinen Vater und deine Brüder über alles liebst und ich höre und merke, wie schwer es ihnen fällt, gerade keinen Kontakt zu dir zu haben.«

Ich zucke leicht mit der Schulter. »Natürlich tue ich das, doch es zwingt sie keiner, so stur zu sein. Wollen sie mich jetzt bestrafen, weil ich mich in den falschen Mann verliebt habe, zumindest in ihren Augen? Und was denken sie jetzt? Dass ich mein Studium aufgebe, mich verstecke und einen ihrer Männer heirate? Sie müssten mich gut genug kennen, um zu wissen, dass das nicht passieren wird.«

Ich spüre, wie ich immer wütender wegen alldem werde, nun spricht keiner mehr mit mir, weder meine Familie, noch Enzo. Ich fühle mich, als hätte ich mit einem Schlag alles verloren, was mir wichtig ist, ohne auch nur einmal dazu eine Meinung abgeben zu können.

»Das denken sie sicher nicht, doch wenn du da unten leben möchtest, musst du auch nach diesen Regeln dort leben. Du kannst dich nicht in Gefahr bringen. Weißt du, wie schockiert dein Vater und ich darüber sind, dass du entführt wurdest und uns nicht einmal etwas davon gesagt hast? Wir haben eher zufällig erfahren, dass du hättest tot sein können; ich vertraue deinem Vater, was deine Sicherheit betrifft. Auch wenn du es vielleicht nicht so siehst, doch er will nur das Beste für dich, ich weiß, dass es nichts gibt, was er mehr liebt als dich …«

Sie räuspert sich. »Ich kenne diesen Enzo nicht, doch dein Vater ist sich sicher, dass er ihnen wehtun wollte und deswegen versucht hat, dich für sich zu gewinnen. Ich habe das nicht geglaubt, doch ich weiß nicht, vielleicht hat er ja recht und du solltest …«

Ich unterbreche sie, bleibe stehen und sehe ihr in die Augen. »Nein, das hat er nicht. Das was zwischen Enzo und mir ist oder war, hatte nichts mit den Familias zu tun.« Sie lächelt mild und streicht mir eine Strähne aus dem Gesicht.

»Ich hoffe es, Engel, doch wenn ich etwas gelernt habe über all die Jahre, dann das, dass alles, was in Mexiko passiert, immer mit den Familias zu tun hat.«

# Kapitel 24

»Herrgott, wie können drei Wochen so viel ändern?«

Ich muss lachen und sehe auf den Campus hinunter. Mittlerweile tut das Lachen nicht mehr so weh, meine Wunden sind gut verheilt, ich kann noch nicht zu schnell laufen, hüpfen oder tanzen, doch es wird von Tag zu Tag besser.

»Ich hoffe, es hat sich nicht alles verändert.« Ich drehe mein Gesicht zu Belva, die ihren Kopf auf meine Schulter legt und tief ausatmet. »Wegen deiner Familia? Nein, ich muss zugeben, ich musste das erst einmal verdauen, doch im Grunde ist es mir egal, aus welcher Familie du kommst, oder hast du einmal nach meiner Familie gefragt?«

Ich sehe wieder von der Terrasse auf die Cafeteria der Universität. »Nein, natürlich nicht, aber du weißt, was ich meine. Ich wollte es euch sagen, doch ich durfte niemandem sagen, wer ich bin und ich wollte auch einfach ganz normal leben … hat ja leider nur ein paar Wochen funktioniert.«

Belva lacht leise auf. »Und dann verliebst du dich in den Feind deiner Familia? Ich habe Romeo und Julia noch nie gemocht, du offenbar zu sehr.« Ich zucke so unbedeutend wie nur möglich meine Schultern. »Das war nicht geplant und ich mochte das Stück auch nie, da ist ein unbefriedigendes Ende vorprogrammiert.«

Belva hört den Umbruch in meiner Stimme. All das trifft mich mehr, als ich es für möglich gehalten hätte, ich denke ständig an Enzo und es tut mir weh zu erkennen, dass mein Vater wahrscheinlich sogar recht hatte und ich für ihn nichts weiter war als ein Weg, sich an den Tijumaras zu rächen.

»Und du hast mit keinem von ihnen mehr gesprochen? Als Vera und ich nach oben gebracht wurden, waren alle schon weg und wir haben erst wieder etwas von dir gehört, als du angerufen hast.« Mittlerweile trinke ich mein zweites Glas Champagner und sollte das auch dabei belassen.

»Nein, ich habe seit dem Tag auch mit keinem von ihnen gesprochen. Mein Bruder hat mir vor zwei Tagen eine Nachricht geschrieben, dass er mit mir reden will, doch ich habe nicht reagiert. Wenn die alle denken, dass ich mich von ihrem strafenden Schweigen beeindrucken lasse, haben sie sich getäuscht. Ich dürfte gar nicht hier sein, doch ich habe mir ein Ticket gebucht, um an Veras Geburtstag hier zu sein und das mit der Uni zu klären. Meine Mutter sagt, dass ich alt genug bin, solche Entscheidungen selbst zu treffen und ich wette, mein Vater und meine Brüder sind jetzt noch wütender, doch es wird Zeit, dass sie akzeptieren, dass ich meine eigenen Entscheidungen treffe. Ich liebe sie und auch die Familia, doch sie hat noch nie einen großen Teil in meinem Leben gespielt und sie können jetzt nicht erwarten, dass ich komplett alles für die Familia aufgebe.«

Belva nickt.

»Deswegen bist du nicht in deiner Wohnung? Was willst du jetzt tun? Du hast einige Tage Uni verpasst, wenigstens war eine Woche davon Semesterferien, alle wissen von unserem Unfall und nehmen Rücksicht. Vera muss auch einiges aufholen, in zwei Wochen startet die Prüfungsphase, es ist noch nichts verloren.« In der Aula, auf deren Terrasse wir sitzen und auf den Campus blicken, in der die kleine Party zu Veras Geburtstag stattfindet, wird es etwas unruhiger.

»Ich weiß nicht, ob ich das wirklich tun soll, vielleicht ist es doch besser, ich breche hier alles ab und fange noch einmal neu an.«

Belva zwickt mich leicht in den Arm. »Hör mal, willst du das hier?« Ich lache und reibe über die Stelle. »Ja, schon ... ich vermisse es wahnsinnig.« Belva hilft mir auf, alle gehen zurück in die Aula, wo ein großer Kuchen angezündet ist und Vera mit leuchtenden Augen und einem riesigen Strauß Rosen in der Hand dabei ist, die Kerzen auszupusten. »Dann lass dir das nicht nehmen, von niemandem.«

Vera hat es viel schlimmer erwischt, auch sie ist noch schwach auf den Beinen, aber langsam geht es ihr besser und ihr Strahlen ist kaum mehr zu übersehen, als sie in unsere Richtung blickt. Erst dann sehe ich Cantara und zwei weitere Männer der Quarticos. Sie scheinen gerade erst gekommen zu sein. Vera hat mir erzählt, dass Cantara fast jeden Tag bei ihr war, als sie im Krankenhaus lag und sie auch jetzt die Woche immer wieder besucht hat, ich hätte damit rechen müssen, dass er auch zu dieser Feier auftaucht.

Im selben Moment sieht er zu mir und hebt überrascht die Augenbrauen. Auch er hat offenbar nicht damit gerechnet, mich hier zu sehen.

»Ich weiß nicht, ob ich alldem einfach entgehen kann.« Belva legt den Arm um mich und sieht genau wie ich zu Cantara. »Wir sind hier und an deiner Seite, Keke und Jamal wollten dich vorhin gar nicht loslassen, wir alle vermissen dich. Denk daran, neben all den Familia-Angelegenheiten gibt es auch etwas anderes. Es ist dein Leben und du musst tun, was du möchtest. Die anderen und ich werden dich morgen beim Grillen bei Keke schon überreden können.«

Das weiß ich, doch das ist nicht immer so einfach, wie es sollte. Einen Moment beobachte ich noch, wie Vera weitere Glückwünsche entgegennimmt. Ich nehme mir noch eine Schale mit geschnittenen Früchten und gehe zurück auf die Terrasse, wo ich mich auf eine kleine Bank setze und noch einmal hinab auf das große Unigelände blicke. Es ist schon spät. Dass die Quarticos da sind, sollte für mich der Zeitpunkt sein, langsam zum Hotel zurückzulaufen; auch wenn ich wieder fitter bin, bin ich doch noch sehr schnell erschöpft. Ich habe nur eine schwarze Leggins und ein schwarzes Top an, meine Haare offen, bin etwas geschminkt und trage Sneakers, man sieht mir noch an, dass ich nicht so fit bin, wie ich sollte.

»Tijumara, es hätte mich nicht so überraschen sollen, dich hier zu treffen.«

Ich wende mich gar nicht erst zu Cantara um, als er neben mich tritt und sich dann sogar neben mich auf die Bank setzt und genau wie ich auf das Unigelände hinunterblickt. Ich erkenne, auch wenn ich ihn nicht anblicke, sein freches Grinsen im Gesicht und atme tief aus. »Ich wette, unser letztes Aufeinandertreffen im Krankenhaus fandest du lustiger.« Er lacht auf. »Nein, nicht wirklich, Enzo danach wieder zu beruhigen, war schwerer als gedacht, ich habe ihn noch nie so erlebt und glaube mir, ich habe ihn schon in vielen Situationen erlebt.«

Allein beim Klang seines Namens kneift sich mein Herz schmerzvoll zusammen. »Na, ganz so schlimm kann es ja nicht gewesen sein, meine Familie und ich waren ja nach ein paar Minuten wieder weg.« Ich spüre Cantaras Blick auf mir, er wird meine Enttäuschung sehen.

»Denkst du das tatsächlich? Ich habe Enzo noch nie so gesehen wie in den letzten Wochen, ich weiß nicht, ob ihm schon jemals etwas so schwergefallen ist, wie dich gehen zu lassen, er liebt dich.« Nun lache ich bitter auf. »Er liebt mich? Er hat nicht einmal angerufen und gefragt, wie es mir geht, geschweige denn auf meine Nachrichten geantwortet. Ist das die Liebe, von der du sprichst?«

Cantara zuckt nur die Schultern. »Ihr beide wusstet, dass das niemals eine Zukunft haben wird, und wenn er nicht jetzt einen Schlussstrich gezogen hätte, wann dann? Hat dein Vater es sich doch überlegt und du bleibst hier?« Nun sehe ich ihn doch an. »Ich habe seit meinem Unfall weder mit Enzo noch mit meiner Familie gesprochen. Ich weiß, dass ich nicht hier sein sollte wegen

... mir ist das alles egal. Nehm mich doch fest ...« Die Wut kommt wieder in mir hoch und sofort tun mir meine Rippen weh, doch Cantara schmunzelt nur. »Es ist kein Problem, dass du da bist. Nachdem du zusammengeklappt bist, haben Enzo und dein Vater dafür gesorgt, dass du untersucht und behandelt wirst. Dein Bruder musste davon abgehalten werden, Enzo zu töten. Wir haben deiner Familie klargemacht, dass sie zu gehen haben, kein Tijumaras wird auf dem Gebiet hier geduldet, du bist und bleibst die einzige Ausnahme und bist hier völlig sicher, dass hat Enzo extra noch einmal klargemacht, du kannst hier weiter studieren, keiner hindert dich daran.«

Die Musik wird lauter gedreht und ich stehe müde auf. Ich sehe Cantara noch einmal in die Augen, ich bin müde und enttäuscht von alldem. »Doch mein Nachname hindert mich daran und das weißt du genau.«

Es dauert, bis ich alle gefunden und mich verabschiedet habe. Als ich die Feier verlasse, steht Cantara bei Vera. Sie sagt, dass sie ihn immer mehr mag, ich sage gar nichts mehr dazu. Ich kann nicht einschätzen, ob sie irgendwann mit einem genauso gebrochenen Herz wie ich dastehen wird, das kann niemand und ich will sie in keine Richtung drängen.

Als ich langsam das Campusgelände zum Haupteingang durchquere, atme ich tief ein. Es ist mitten in der Nacht. Es ist ruhig, hier und da sitzen Studenten auf den Bänken zusammen, doch es ist nicht viel los. Mir kribbelt es in den Fingern, ich möchte unbedingt wieder hier studieren, aber wie soll ich das alles machen? Entscheide ich mich dann automatisch gegen meine Familie? Verliere ich alle, die mir wichtig sind, um ein selbstbestimmtes Leben führen zu können?«

Als ich diesen Satz denke, verlasse ich das Unigelände und stocke, als ich auf ein parkendes Auto blicke, aus dem Enzo steigt und mir entgegensieht.

Auch wenn noch so viel Wut in mir steckt, kann ich nicht verhindern, dass mir augenblicklich Tränen in die Augen steigen, da ich ihn so sehr vermisse. Momentfetzen setzen sich vor mein inneres Auge wie all die letzten Tage. Wie er mich in seinen Armen hält, unsere Tage in Tulum, die Art, wie er mich geküsst und angesehen hat, er fehlt mir ständig, jeden Tag. Er muss meine Tränen bemerken, einen Moment senkt er seinen Blick, doch dann kommt er zu mir. Enzo trägt nur eine graue Shorts und ein weißes Shirt, er sieht so aus, als wäre er zu Hause gewesen, vielleicht hat ihm Cantara gesagt, dass ich da bin und er ist extra deswegen gekommen.

»Du bist wieder hier?«

Seine raue Stimme umwirbelt mein Gesicht, als er sich nah zu mir stellt und mir in die Augen blickt, ich unterbreche den Augenkontakt sofort. »Offensichtlich, ich bin müde, die Party läuft noch … viel Spaß.«

Ich lasse ihn einfach stehen und gehe weiter, doch natürlich kenne ich ihn mittlerweile gut genug und spüre bereits nach ein paar Schritten seine Hand um meinen Arm, noch vorsichtiger als sonst, er sieht offensichtlich, dass ich noch nicht wieder völlig in Ordnung bin. »Du weißt genau, dass ich nur wegen dir hier bin, um zu sehen, wie es dir geht.« Seine dunklen Augen fahren mein Gesicht ab und ich hasse es, dass er solch eine anziehende Wirkung auf mich hat, am liebsten würde ich all das einfach vergessen und in seine Arme flüchten, und etwas in mir sagt mir, dass er mich nicht abweisen würde, doch ich lege nur den Kopf leicht schief. »Das ist etwas zu spät, die Sorge.« Er hält meinen Arm weiter umfasst, doch ich mache mich los und laufe die paar Schritte zu meinem kleinen Hotel, Enzo bleibt allerdings genau neben mir und hält ohne Mühe meinem Schritt stand.

»Ich wusste doch, dass es dir gut geht, Tamina. Ich habe doch mit eigenen Augen gesehen, wie sehr dich deine Familie liebt, ich habe dich nicht einfach gelassen, sondern bei ihnen gelassen, somit wusste ich, dass es dir an nichts fehlen wird. Was sollte ich tun? Deinen Vater erschießen und dich bei mir behalten, wärst du dann jetzt glücklicher? Wir beide wussten, dass das mit uns nie eine Zukunft haben wird.«

Nun wirble ich um, wir stehen genau vor dem Hotel und Enzo sieht etwas verwirrt, wo ich untergekommen bin. »Und wieso hast du dann etwas angefangen? Stimmt es, was mein Vater sagt? Dass all das nur ein kranker Racheplan war?« Nun sehe ich Enzo in die Augen und achte auf jede falsche Bewegung, ein Zögern, was ihn verrät, doch er sieht mich unbeirrt an. Enzo Quartico hat es nicht nötig zu lügen, niemals, auch jetzt nicht und das weiß ich, trotzdem sehe ich ihm in die Augen.

»Vielleicht war es am Anfang ein wenig der Fall, der Reiz des Verbotenen, doch das war sehr schnell vorbei und ich wollte dich einfach nur noch ständig bei mir haben. Wir beide haben viel zu schnell viel zu viele Gefühle in all das gelegt und dafür die Rechnung bekommen, doch das bedeutet nicht, dass du ...«

Ich hebe die Hand und unterbreche ihn. »Dass ich was? Dass ich dir egal bin? Weißt du was, mir reicht das alles endgültig. Wenn meine Familie und du denken, es bringt euch etwas, aufeinander loszugehen ... tut das. Ich habe eh nicht die Macht, das zu verhindern. Ich werde mein Leben nicht von meinem Nachnamen bestimmen lassen. Ich habe mit keinem von euch gesprochen, seit ich zurück in L.A. bin, weil ich mich in den falschen Mann verliebt habe. Meine Familie redet nicht mit mir und du gehst mir aus dem Weg, antwortest nicht auf meine Nachrichten oder Anrufe, aber weißt du was, es ist mir egal. Ich entscheide über mein Leben und ich liebe dich, Enzo. Ob es richtig ist oder nicht, ob es hätte passieren dürfen oder nicht. Ich tue es und ich werde auch weiterhin das tun, was ich möchte und wenn meine Familie meint, mich deswegen anschweigen zu müssen, dann sollen sie das tun. Wenn du denkst, mich gehen lassen zu müssen, weil es für die Familias besser ist, tue es. Ich möchte keinen

Mann an meiner Seite, der einen Rückzieher macht, weil es zu kompliziert wird. Entweder willst du mich oder nicht, Enzo, und wenn deine Gefühle nicht stark genug sind, dass dir alles andere egal ist, dann will ich das zwischen uns eh nicht haben. Ich weiß, dass du nicht nur für dich sprechen kannst, doch das zwischen uns beiden hat nichts mit den Familias zu tun, das ist nur zwischen uns. Du hast mich einfach gehen lassen, also brauchst du jetzt nicht wieder herzukommen, nur weil ich zurück bin. Wo ich lebe, ändert nicht, was zwischen uns ist. Ich werde nicht wieder gehen, ich werde hierbleiben und das machen, was ich von Anfang an tun wollte: studieren und mein Leben genießen. Und daran können du und meine Familie nichts ändern.«

Ich zucke zusammen, ich bin so wütend geworden, dass mich ein Schmerz durchfährt, doch es tut gut, all das endlich mal loszuwerden.

Enzo sieht mir nur unbeirrt in die Augen, das einzige Mal, dass ich eine Regung bei ihm gesehen habe war, als ich ihm gesagt habe, dass ich ihn liebe. Doch es war nur ein winziger Moment. »Du lässt mich ja nicht einmal zu Wort kommen.« Ich schüttle noch einmal den Kopf und öffne die Tür zum Hotel.

»Du hattest Zeit zu sprechen, doch du hast es vorgezogen zu schweigen. Nun will ich nichts mehr hören. Ich brauche niemanden von euch, weder dich noch meine Familie und schon gar nicht die Los Tijumaras oder die El Quarticos.« Ich habe mich selbst noch nie so wütend erlebt, als ich ihm die letzten Worte an den Kopf knalle, doch all das hat sich viel zu lange in mir angestaut. Enzo scheint mich auch gut genug zu kennen, denn dieses Mal lässt er mich gehen, und als ich oben in meinem Zimmer ankomme, höre ich den wütenden Motor seines Wagens und lehne mich gegen meine Hoteltür.

Offenbar habe ich in meiner Wut einfach mein Herz sprechen lassen und dabei eine Entscheidung getroffen, wie es weitergeht. Auch wenn die Sehnsucht nach Enzo und nach meiner Familie mich innerlich zermürbt, bin ich dankbar, dass mein Herz meinen Verstand besiegt hat.

# Kapitel 25

Am nächsten Tag verkünde ich meinen Freunden die Entscheidung, hierzubleiben und zu studieren. Ich werde mir Arbeit suchen müssen und wahrscheinlich auch im Studentenwohnheim leben, doch all das werde ich hinbekommen, und meine Freunde versichern mir, dass sie mich in allem unterstützen werden. Meine Mutter hat natürlich damit gerechnet, dass ich mir das mit Mexiko-Stadt noch einmal überlege und als sie meinem Vater gesagt hat, dass ich zurückgeflogen bin zum Geburtstag meiner Freundin, schien auch er nicht überrascht, hat aber wütend das Gespräch beendet.

Auch wenn ich versuche, es nicht zu nah an mich herankommen zu lassen und vor meinen Freunden so tue, als wäre ich zu alldem bereit und Enzo an den Kopf geworfen habe, dass ich niemanden brauche, macht es mir sehr zu schaffen, dass ich keinen Kontakt mehr zu meiner Familie und Enzo habe. Mein Vater war noch niemals sauer auf mich oder enttäuscht von mir. Niemals. Mit meinen Brüdern hatte ich schon öfter Streit, aber wir waren nie länger als ein paar Tage sauer auf den anderen. Wären sie nur sauer, könnte ich vielleicht besser damit umgehen, doch sie sind enttäuscht und das nagt an mir. Man kann doch nichts dafür, in wen man sich verliebt. Natürlich hätte ich ihm mehr aus dem Weg gehen können, doch ich empfinde diesen Hass und diese Abneigung nicht gegen die El Quarticos, das müssen sie doch verstehen. Manche Sachen passieren einfach.

Ich habe ständig mein Handy in der Hand und meinen Daumen über der Taste, um meinen Vater anzurufen, doch ich wüsste nicht einmal, was ich ihm sagen sollte. Es tut mir leid? Nein, das tut es nicht.

Ich vermisse sie, ich habe immer gewusst, dass sie ein wichtiger Teil meines Lebens sind, habe aber nicht geahnt, wie stark mich das doch beeinflusst, wenn sie es plötzlich nicht mehr sind. Sogar die dummen Witznachrichten, die Isaac mir regelmäßig schickt, fehlen mir, doch ich kann das zwischen Enzo und mir nicht bereuen und ich kann jetzt auch nicht das tun, was sie wollen, alles abbrechen und zurück nach L.A. gehen, weil sie es für sicherer halten. Selbst wenn es das zwischen Enzo und mir jetzt nicht mehr gibt, kann ich diese Tage und Wochen nicht bereuen, weil ich noch niemals so viel für einen Mann empfunden habe wie zu diesem Zeitpunkt. Für mich war das echt, echter als alles vorher, auch wenn es von seiner Seite aus vielleicht nicht so ist, ich kann es einfach nicht bereuen.

Am Montag besuche ich ganz normal meine Kurse wieder und vereinbare im Büro einen Termin beim Dekan, um zu klären, ob ich für ein Stipendium in Frage kommen würde, was ich mir nur schwer vorstellen kann, probieren werde ich es trotzdem. Ich muss aufpassen, meine Mutter hat mit meinem Arzt Rücksprache gehalten und er hat mir einen guten Arzt hier empfohlen, den ich in einer Woche aufsuchen soll. Ansonsten kann ich alles wieder tun, nur langsamer und vorsichtiger und ich soll auf meinen Körper hören. Deswegen sage ich für den Abend auch eine Kinotour ab, die Belva und Keke geplant haben. Mein Körper braucht noch Ruhe und ich werde dafür sorgen, dass er sie bekommt, auch wenn ich langsam wieder im Alltag ankomme.

Da ich es nicht zur Mittagspause geschafft habe, nehme ich mir ein asiatisches Fertiggericht mit. Das Zimmer in dem Motel ist klein, aber es reicht für die ersten Tage. Ich habe noch drei Tage gebucht, danach werde ich vielleicht etwas im Studentenwohnheim bekommen, Belva hat sich umgehört und erfährt morgen mehr.

Gerade als ich die Verpackung öffne und mit dem Essen beginnen möchte, klopft es laut an meiner Tür. Es ist dieses bestimmende Klopfen, was mich sofort aufhorchen lässt. Mit pochendem Herzen gehe ich zur Tür und öffne sie, absolut sicher, dass Enzo vor der Tür steht, doch ich sehe direkt in die dunklen Augen von Sophian.

Einen Moment sagt keiner etwas, wir sehen uns nur in die Augen, bis ich zur Seite trete und ihn hereinlasse. »Ich dachte, ihr dürft nicht in Mexiko-Stadt sein.« Meine Stimme ist sehr leise, Sophian tritt in den Raum und sieht sich um. »Dürfen wir auch nicht und ob es dir gefällt oder nicht, mit 'wir' bist du eingeschlossen.« Ich schließe die Tür wieder und stelle mich vor meinen Bruder. Er sieht mir in die Augen und ich sehe zu Boden, es tut mir weh, dass plötzlich solch eine Distanz zwischen uns ist. Er scheint das Gleiche zu empfinden, denn seine Stimme wird leiser. »Wie geht es dir?« Ich lache leise auf. »Etwas spät die Frage, mittlerweile geht es mir wieder ganz gut.« Auch Sophian ist noch nicht wieder ganz der Alte nach seiner Schusswunde. Er dürfte garantiert auch noch nicht so viel unterwegs sein, wie er es wieder ist, doch so war er schon immer.

»Du weißt genau, dass wir immer wussten, wie es dir geht, die Ärzte haben uns jeden Tag informiert. Ich meine nicht das Körperliche, sondern wie es dir sonst geht.« Natürlich, ich hebe leicht die Arme. »Meine Familie spricht nicht mit mir, weil ich den falschen Mann liebe, und ...« Sophian atmet tief aus und setzt sich auf den unbequemen Sessel neben einem schmalen Schreibtisch. »Tust du das, Tamina?« Ich spüre wieder die Tränen in mir aufkommen und lehne mich gegen die Wand. »Es ist nicht so, dass ich das tue um euch wehzutun, oder mich damit gegen euch entschieden habe. Es war auch nicht geplant, es ist einfach passiert und Enzo war so gut zu mir. Ich weiß, dass ihr ihn hasst und all das, doch er ... wir hatten eine schöne Zeit und er hat mich sehr gut behandelt. Ich habe euch nichts gesagt, weil ich wusste, dass ich auch bei ihm sicher bin. Aber auch wenn jetzt alles anders steht und wir nicht mehr zusammen sind, weiß ich trotzdem, dass er nicht zulassen wird, dass mir etwas passiert, also braucht ihr euch deswegen keine Sorgen zu machen. Es mag sein, dass er all das nur wegen euch getan hat, aus Rache, wie Papa sagt, doch für mich war das echt, auch wenn es vielleicht sehr naiv ist.«

Ich spüre den Blick meines Bruders auf mir und hebe meinen erst dann, um ihn anzusehen. »Ich denke mittlerweile nicht mehr, dass er das deswegen getan hat, ich war gerade bei ihm und ...«

Nun stehe ich sofort wieder gerade. »Bei ihm? Wieso das? Ich meine ...« Sophian spürt sofort, wie sehr mich der Gedanke aufwühlt, die beiden wieder in einem Raum zu wissen, der Gedanke an das letzte Aufeinandertreffen wird nicht mehr so leicht aus meinen Erinnerungen verblassen.

»Keine Sorge, er atmet noch.« Nun grinst Sophian frech und lehnt sich zurück. »Ich habe lange mit Papa gesprochen. Du bist kein Kind mehr, wir können nicht alle Entscheidungen für dich treffen, auch wenn uns das sehr schwerfällt, müssen wir deine Entscheidungen akzeptieren. Ich verstehe, dass du hier weiter studieren möchtest und uns ist klar, dass du das mit Enzo nicht getan hast, um uns zu ärgern. Du verstehst diese Feindschaft nicht wie wir und das ist auch in Ordnung, das musst du gar nicht. Als Enzo und seine Männer uns im Krankenhaus nicht angegriffen haben, habe ich schon gemerkt, dass da mehr hinter steckt. Ich bin ehrlich, ich hätte nicht gezögert zu schießen, hätte ich einen von ihnen bei uns gesehen. Enzo hat uns gesagt, dass du weiter hierbleiben kannst und nach diesen drei Wochen und den Aussagen deiner Mutter, wie schwer dir all das fällt, habe ich mir schon gedacht, dass du zurückkommst. Ich habe gestern Enzo kontaktiert, bin hergeflogen und direkt zu ihm gegangen. Wir haben uns zusammengesetzt und über dich gesprochen. Es war das erste Mal seit vielen Jahren, dass die beiden Familias wieder an einem Tisch saßen. Er müsste das nicht tun, Tamina. Enzo könnte weiter darauf bestehen, dass keiner von uns seine Gebiete betritt, doch er gibt in diesem Punkt nach und das nur wegen dir.

Seine Männer werden das sicher nicht unbedingt verstehen und ich weiß, dass er damit einige Zugeständnisse macht.«

Sophian atmet tief aus. Das war wohl nicht so einfach für ihn.

»Wir haben uns darauf geeinigt, dass du hierbleibst. Du studierst und wir versuchen weiterhin, deine Identität so gut es geht geheimzuhalten. Du bleibst in deiner Wohnung, die Wachleute werden unterrichtet, noch besser aufzupassen, vielleicht werden sie auch ersetzt. Wir drei können dich in Mexiko-Stadt besuchen, aber nur dazu herkommen und immer nur alleine. Dafür habe ich Enzo angeboten, die Grenzen zu erweitern und ihm mehr Land zu geben, doch er hat es abgelehnt. Er hat gesagt, dass vielleicht der Tag kommen wird, wo er mich um einen Gefallen bitten wird, und dann kann ich mich revanchieren. Vertrau mir, wenn du ihm egal wärst, hätte er alldem nicht zugestimmt. Wie gesagt, er muss das nicht tun, ich bin mir sicher, er tut das nur, weil er dich liebt, auch wenn ich mich an den Gedanken nicht gewöhnen kann.«

Ich spüre, wie glücklich mein Herz schlägt, es wendet sich doch noch alles zum Guten. »Also redet ihr jetzt normal miteinander?« Sophian steht vom Stuhl auf, man kann nicht lange darauf sitzen. »Wir werden keine besten Freunde, doch ich habe Papa auch gesagt, dass wir im Grunde mit den El Quarticos keine richtige Feindschaft mehr haben. Jeder hat seine Gebiete, wir haben schon ewig nichts mehr miteinander zu tun gehabt. Die schlimmsten Sachen, die passiert sind, liegen schon eine Generation zurück und wenn es um dein Glück geht, bin ich bereit, darüber hinwegzusehen.«

Ich lächle. »Aber was ist mit Papa? Er ist nicht da, er denkt wahrscheinlich nicht so wie du darüber.« Sophian kommt zu mir und bleibt genau vor mir stehen. »Ich weiß nicht, wem die letzten drei Wochen schwerer gefallen sind, du weißt gar nicht, wie wichtig du in unser aller Leben bist. Papa leidet sehr darunter, keinen Kontakt zu dir zu haben und er kann es nicht ertragen, dass du nun erwachsen bist, deswegen habe ich gesagt, dass ich mich darum kümmere. Aber glaube mir, er wird sich auch damit abfinden, weil er es muss, er muss dich erwachsen werden lassen ...«

Schon liege ich in Sophians Armen und schließe die Augen, als sein vertrauter Duft mich umhüllt. »Du hast mir so gefehlt.« Sophian drückt mich enger an sich und küsst meinen Scheitel. »Du mir auch. Aber versprich mir, dass du keine Geheimnisse mehr vor mir hast, hörst du? Ich würde es nicht ertragen, wenn dir etwas passiert. Und um deine absolute Sicherheit garantieren zu können, müssen wir immer alles wissen was passiert, versprich mir das.« Ich nicke und nun sind mir doch ein paar Tränen entwischt, die ich wegwische, während Sophian lächelt und mir einen Kuss auf die Stirn gibt.

»Na gut, dann pack deine Sachen, ich bringe dich in deine Wohnung, davor gehen wir aber etwas essen. Ich muss das ausnutzen, dass ich mal in Mexiko-Stadt bin, mein Flieger geht heute Nacht.« Das muss er mir nicht zweimal sagen, die meisten meiner Sachen sind eh noch in der Wohnung und es dauert nicht lange, da verlassen wir das Motel, Sophian hat den Arm um mich gelegt und ich weiß, dass langsam Stück für Stück alles wieder besser werden wird.

# Kapitel 26

»Mist.« Ich lege den Block mit Veras Notizen zurück. Es ist mitten in der Nacht, ich bin gerade erst aufgestanden, da mein Flug sehr früh geht. Da wir einiges nachzuholen haben, haben Vera und ich zusammen gelernt. Nächste Woche beginnen die Prüfungen und ich hoffe, wir bekommen das hin.

Sophian und ich haben uns etwas ganz Besonderes ausgedacht, deswegen fliege ich gleich los; es ist Freitag Morgen und heute ist ein Feiertag, somit steht ein verlängertes Wochenende bevor. Vera musste in der Nacht das erste Mal wieder arbeiten und ist von mir aus direkt in den Club gefahren, nun habe ich aber ihren Block mit den Notizen gefunden, den sie garantiert zum Lernen braucht. Ich schreibe ihr eine Nachricht, dass ich ihr den Block schnell vorbeibringe, es ist vier Uhr morgens und ihre Schicht geht bis fünf, ich fahre einfach früher los. Gepackt ist schon alles und ich schnappe mir meine Tasche. Mein Blick fällt noch einmal auf den riesigen Blumenstrauß ohne Rosen, der mich hier erwartet hat, als ich zurück in meine Wohnung gekommen bin, es war keine Karte dabei, doch das musste es auch nicht. Ich weiß, wer sie mir geschickt hat.

Ich verlasse die Wohnung und atme tief ein, ich bin richtig aufgeregt und hoffe, alles klappt, wie wir es geplant haben. Ich muss so früh losfliegen, damit alles klappt.

Der Sicherheitsmann meines Hauses hat mir ein Taxi bestellt. Ich habe nur eine größere Tasche dabei; da ich auf dem Flug sicherlich weiterschlafen werde, trage ich nur eine weiße Jogginghose, einen weißen Hoodie und ein Top darunter. Meine Haare habe ich mir zu einem fest geflochtenen Zopf gebunden, um für später Locken zu haben und ich bin komplett ungeschminkt.

Sobald das Taxi hält, bitte ich den Taxifahrer zu warten, nehme den Block und gehe schnell ins Dulce. So spät gibt es keine Schlange mehr und es sind auch nur noch vereinzelt Leute auf der Tanzfläche. Ich gehe schnell in den VIP-Bereich und zur Bar, als ich stocke und in meiner Bewegung einhalte.

Es ist sehr leer, nur noch wenige Leute sind hier oben, doch in dem Augenblick, als ich hochkomme, blicke ich sofort auf einen Tisch, um den Enzo, Cantara und zwei weitere Männer sitzen. Sie müssen gerade in ein Gespräch vertieft gewesen sein, aber dann blicken sie auf und ich sehe direkt in Enzos dunkle Augen.

Mein Körper reagiert sofort auf ihn, mein Herz rast vor Sehnsucht und mein Magen zieht sich zusammen. Ich nicke leicht in ihre Richtung, ich kann auch nicht so tun, als kenne ich sie nicht, doch dann gehe ich direkt zur Bar, wo Vera schon steht. »Sind die schon lange da?« Sie nimmt den Block entgegen und gibt mir einen Kuss auf die Wange. »Seit zwei Stunden, die scheinen wichtige Sachen zu besprechen, sie sind nicht einmal aufgestanden, sondern schieben sich die ganze Zeit Papiere hin und her, telefonieren und fangen dann wieder von vorne an.«

Ich nicke, mich geht das alles nichts an. »Ich bin Sonntag früh zurück, lern schön. War es sehr anstrengend heute?« Vera sieht auch noch blass um die Nase herum aus, doch sie hebt den Daumen. »Es ging, ich habe es mir schlimmer vorgestellt. Viel Spaß und ich hoffe, es klappt alles, wie ihr es euch vorgenommen habt.«

Das hoffe ich auch. Ich hebe noch einmal die Hand und gehe zur Treppe, da höre ich die raue Stimme, die mich sofort einhalten lässt. »Tamina, warte!« Ich sollte es nicht tun, ich sollte einfach die Treppen hinuntergehen und dieser Situation entkommen, doch ich bleibe stehen und wende mich zu Enzo um.

Als er dann nah vor mir stehen bleibt, wirkt er müde, tiefe Ringe liegen unter seinen Augen, die vor wenigen Tagen noch nicht da waren. Es ist vier Uhr morgens, er hat sicherlich nicht geschlafen.

Enzo trägt eine feine schwarze Anzughose und ein schwarzes Shirt, ich blicke auf sein Kreuz am Hals und dann in seine Augen.

»Hast du mit deinem Bruder gesprochen?« Ich nicke. »Ja, er war bei mir. Danke, dass du all diese Zugeständnisse machst, ich weiß, dass du das nicht tun müsstest und es dir sicher nicht leichtgefallen ist.« Ich sehe, dass die Männer hinter uns immer wieder verwundert zu uns sehen, bis Cantara sie abzulenken scheint. Im Club läuft gerade das neue Lied Hawaii von Maluma und ich atme tief ein, um klar denken zu können.

»Ich will nur, dass du glücklich bist, und wenn ich dafür hin und wieder einen Tijumara hier ertragen muss, werde ich damit klarkommen … solange sie sich benehmen. Auch deine Familie möchte nur, dass du glücklich bist. Für deinen Bruder war es nicht leicht, sich bei mir zu melden und nach einem Treffen zu fragen.« Ich sehe auf die große Uhr bei der Bar. »Ja, ich weiß. Ich fliege jetzt für ein paar Tage nach Hause, um einiges zu klären. Wie gesagt, danke, dass ihr euch deswegen einigen konntet und ich normal weitermachen kann.« Am liebsten würde ich ihn anschreien, dass ich aber nicht glücklich bin ohne ihn, doch ich lasse es sein, allerdings senke ich einen Moment den Blick, damit er meine Gedanken nicht in meinen Augen erkennt.

Enzo ignoriert die Männer und alle anderen, die uns beobachten, vollkommen, und wieder wird mir klar, wie viel Enzo für mich tut, ohne dass ich es wirklich wahrnehme. Es ist nicht selbstverständlich, dass der Anführer der Quarticos sich so wegen einer Frau benimmt, alles stehen und liegen lässt und seine eigenen Prinzipien und Fehden hinten anstellt.

Enzo räuspert sich leise. »Ich muss ständig an das denken, was du mir gesagt hast vor dem Motel. Es ist mir wichtig, dass du weißt, dass mir das alles nicht egal ist, nichts von dem, bei Weitem nicht, doch in diesem Moment wusste ich nicht anders zu handeln, aber mache nie den Fehler und glaube, dass du mir egal bist, Prinzessin.« Ich muss traurig lächeln, als er meine Hand in seine nimmt, ich sehe zu, wie sich unsere Finger miteinander verschlingen und seine große schützende Hand meine einhüllt.

»Ich weiß, Enzo, im ersten Moment denke ich einfach nur an uns beide und bin so wütend, dass du gegangen bist, doch dann, wenn ich das alles sehe, die Familias und dann uns, dann erkenne ich, wie viel du tust und was es auch für dich bedeutet … trotzdem wünschte ich einfach … wir beide wären wieder in Tulum und können all das hinter uns lassen.«

Nun setzt sich auch auf seine Lippen dieses traurige Lächeln. Wir beide wissen, dass das nicht geht, man kann diese Welt der Familias nicht einfach ausschalten, zumindest wir beide sind nicht in der Position dazu.

Ich blicke noch einmal auf unsere Hände und dann in seine Augen. »Ich muss los.« Er nickt und lässt meine Hand los. »Lass uns noch einmal miteinander reden, wenn du zurück bist.« Ich wende mich langsam zum Gehen um. »Ich weiß nicht, ob das so sinnvoll ist, die Grundsituation ändert sich doch nicht.« Enzo zuckt die Schultern. »Ich kenne da jemanden, der behauptet, miteinander zu reden ändert immer etwas.« Nun setzt sich das erste Mal ein echtes Lächeln auf meine Lippen, als ich mich daran erinnere, wie Enzo einmal wütend von mir zu Hause aufgebrochen ist, um jemanden aufzusuchen und ich ihn ermahnt habe, erst zu reden und dass das schon vieles ändern kann. Auch Enzo lächelt und ich nicke nur noch einmal, bevor ich den Club verlasse und zum Flughafen fahre, um endlich alles wieder in Ordnung zu bringen.


»Ich freue mich, dass ihr alle so zahlreich erschienen seid. Heute ist ein besonderer Tag und ich denke, dass die letzten Wochen uns alle vor besonders schwere Prüfungen gestellt haben und …«

In dem Moment, in dem meine Mutter, Alea und ich die Terrasse im Haus meines Vaters betreten, bricht dieser seine Ansprache ab und sieht verwundert zu uns.

Er wusste nicht, dass wir kommen und er wusste auch nicht, dass Sophian und ich alles geklärt haben. Sophian hat ihn hingehalten bis zu seinem Geburtstag heute, damit wir ihn überraschen können. Mir ist noch niemals etwas so schwergefallen, wie so lange keinen Kontakt zu meinem Vater zu haben und als ich ihn jetzt wiedersehe, treten mir die Tränen in die Augen und auch in seinen sehe ich, wie sehr ihn dieser Streit getroffen hat.

Er blickt von mir zu meiner Mutter und erst da sehe ich, wie voll es ist. Die wichtigsten Männer der Familia mit ihren Frauen sind da, meine Onkel und Tanten, und keine Sekunde später stellt sich Liv zu uns, begrüßt meine Mutter und Alea und legt den Arm um mich. »Nur du schaffst es, die wichtigsten Männer Mexikos zum Verzweifeln zu bringen.« Sie gibt mir einen Kuss auf die Wange und mein Vater fährt fort.

»Doch bei all den Prüfungen und schweren Zeiten spürt man am meisten, was einem die Familie bedeutet und dass es ohne sie alles nichts wert ist. Unsere Macht, unsere Erfolge, all das hat keinen Wert, wenn man es nicht mit denen teilen kann, die man liebt, deswegen werde ich ab jetzt noch mehr Zeit darin investieren, mich um all das zu kümmern und niemals vergessen, was am Ende zählt: die Liebe zu unseren Familien und La Familia Tijumara.«

Alle stimmen ein und heben ihre Gläser, ich muss lachen, als ich in die strahlenden Gesichter all derer blicke, die ich so sehr liebe. Keine Sekunde später liege ich schon im Arm meines Vaters und da kommt endlich heraus, was mir so lange auf dem Herzen lag. »Es tut mir so leid, Papa, ich wollte dich niemals enttäuschen.« Meine Tränen benetzen das weiße Hemd meines Vaters, der mich fest an sich drückt und meine Stirn küsst. »Oh Engel, im Grunde kannst du mich gar nicht enttäuschen, du bist mein größter Schatz, ich war nur sehr sehr wütend. Sophian hat mir vorhin gesagt, dass wir eine Lösung haben, wir besprechen das noch einmal in Ruhe, aber erst einmal ist es wichtig, dass du wieder hier bist.« Die Musik wird angestellt und die Leute unterhalten sich, doch für meinen Vater und mich steht einen Moment alles still, als ich ihn ansehe und er mir ernst in die Augen blickt.

»Ist es das, was du willst, Tamina? In Mexiko-Stadt studieren?« Ich nicke und sehe noch immer seine Sorgen in den Augen, doch auch er wird wissen, dass er mich nicht ewig aufhalten kann, meinen eigenen Weg zu finden. »Liebst du ihn?« Mein Vaters Stimme lässt mich noch einmal aufhorchen. »Ich denke nicht, dass das noch eine Bedeutung hat.« Er sieht mich weiter fest an. »Für mich bedeutet es etwas, also, liebst du ihn?« Ich nicke. »Ja, das tue ich. Sehr sogar.« Mein Vater atmet tief aus, doch er sagt erst einmal nichts dazu, sondern legt den Arm um mich, bevor wir uns zu den anderen umwenden. »Wir dürfen uns nie wieder streiten.« Ich höre selbst, wie trotzig ich klinge, doch vor meinem Vater macht es mir nichts aus, wieder sechs Jahre alt und bockig zu sein und er lacht leise auf. »Nie wieder! Weißt du, mein Vater hat mir immer gesagt, dass meine Söhne mein ganzer Stolz werden, doch eine Tochter ist dein Herz und nun weiß ich, was er gemeint hat.« Ich lege den Kopf auf seine Schulter und er küsst meine Stirn, dabei sehen wir zu meiner Mutter, die mit meinem Onkel Estephan spricht.

»Wie hast du sie dazu gebracht, herzukommen? Du weißt gar nicht, was ich schon alles probiert habe.« Meine Mutter sieht wunderschön aus. Sie trägt ein hellblaues Sommerkleid und keine andere Frau hier kann ihr das Wasser reichen.

»Na ja, weißt du, ich habe mich lange mit ihr unterhalten … bisher ging es bei euch beiden immer nur um mich. Ihr liebt euch, das habt ihr immer, doch um mir ein sicheres Leben zu gewährleisten, habt ihr alles andere beiseitegeschoben. Doch nun bin ich erwachsen und gehe meinen eigenen Weg, und vielleicht ist jetzt der richtige Zeitpunkt, um noch einmal einen Schritt aufeinander zuzugehen. Mama war all das hier nie geheuer, doch nun übernehmen deine Söhne die meisten Aufgaben. Vielleicht nimmst du dir einfach die Zeit und zeigst ihr, wie dein Leben hier ist, Papa. Ich möchte, dass ihr beide nun endlich mal Zeit habt nachzusehen, was da noch zwischen euch ist; ich weiß, dass keiner von euch nach meiner Geburt mehr etwas Festes mit jemand anderem hatte ... also.«

Mein Vater lacht leise, als ich ihn in Richtung meiner Mutter schiebe und hebt den Finger. »Denk aber nicht, dass ich dich deswegen aus den Augen lassen werde.« Ich muss lachen, das würde ich niemals denken.

Zufrieden sehe ich zu meinem Vater und meiner Mutter, die sich begrüßen und zu Sophian und Alea, die beieinander stehen und miteinander reden. Das war meine Überraschung für ihn, wir haben das mit mir und meiner Mutter zusammen geplant, Alea habe ich alleine eingeladen, weil ich weiß, dass es Zeit wird, dass auch die beiden endlich Klarheit zwischen sich schaffen.

»Wieso hast du nicht auf das Video reagiert, was ich dir geschickt habe?« Isaac ist plötzlich neben mir und küsst meine Wange, während er den Arm um mich legt. »Ist das dein Ernst? Das was widerlich, wie kannst du dir so etwas nur freiwillig ansehen?« Mufasa drückt mir ein Glas Limonade in die Hand und auch Liv kommt zu uns. »Tamina, über deinen Männergeschmack müssen wir noch einmal reden, doch ich bin beeindruckt, wie du mit einer Aktion alle Männer, die härter sind als alles, was ich kenne, innerhalb einer Sekunde den K.O.-Schlag gibst, was denkst du ...?«

Zusammen gehen wir zum Rest der Party und ich atme tief aus, ein Stück meines Herzens ist wieder verheilt und ich weiß, dass es nicht so leicht wieder zu brechen sein wird.

Es gibt nichts, was stärker ist als die Liebe, die uns alle hier zusammenhält.

# Kapitel 27

Ich schließe noch einmal meine Augen. Der Taxifahrer sieht mich durch den Rückspiegel unsicher an, seit einigen Minuten stehen wir vor einer Abfahrt, die in zwei verschiedene Richtungen führt. Ich muss es einfach tun, es wird keinen Weg daran vorbei geben, nicht wenn ich wieder frei atmen möchte, egal wie all das ausgehen wird, doch so kann es nicht weitergehen.

Ich deute den Fahrer in eine Richtung und er gibt Gas, zufrieden, dass er sich endlich fortbewegen kann.

Ich war Freitag und Samstag bei meiner Familie, heute früh bin ich losgeflogen, und sobald ich in Mexiko-Stadt gelandet bin, hat diese innere Unruhe begonnen. Eigentlich hat sie mich seit dem Zusammentreffen mit Enzo im Dulce nicht mehr losgelassen, soll ich dem aus dem Weg gehen? Sollen wir noch einmal miteinander sprechen? Ich weiß, dass mich das innerlich nicht zur Ruhe kommen lassen wird, bis wir alles geklärt haben, egal in welche Richtung die Entscheidung am Ende auch gehen wird. Ohne eine Aussprache werde ich viel zu viele Fragen im Kopf haben, die ich nun vielleicht ein für alle Mal klären kann.

Es ist Sonntag Mittag, die meisten Leute stehen bestimmt gerade erst auf. Ich könnte auch anrufen oder schreiben, doch wenn ich das tue, überlege ich es mir bis dahin wahrscheinlich noch dreimal anders, also atme ich tief ein und sehe auf die Straßen, die an mir vorbeiziehen.

Als wir zusammen waren, hat er mich nie zu seiner Familia gebracht, ich habe auch niemals danach gefragt, weil ich wusste, dass das zu kompliziert wäre, zu viele Fragen aufwerfen würde, doch dieses Versteckspiel ist vorbei, seine Familia weiß nun, dass es mich gibt.

Es waren einige von ihnen im Krankenhaus mit dabei, mein Bruder war bei ihm und ich bin mir sicher, seine Familia weiß, dass er etwas mit mir hatte.

Sobald das Taxi vor dem Wachhaus der Quarticos hält, steige ich aus, nehme meine Tasche und gehe direkt zu den drei Männern, die im Wachhaus sitzen und sich etwas auf einem Monitor ansehen und erst als das Taxi hält, verwundert zu mir sehen.

»Hallo, ist Enzo da?« Ich habe keinen der drei bisher gesehen, einer von ihnen grinst mich frech an. »Wer will das wissen? Wir hatten gestern eine lange Feier, die schlafen alle sicher noch. Ich bin mir sicher, er ist nicht begeistert, wenn ich ihn wecke.« Ich sehe dem Mann in die Augen. »Dann frag doch einfach mal nach, sag Enzo, dass Tamina hier ist.«

Daran hätte ich auch denken können, vielleicht schläft er noch, ich sollte ihn einfach selbst anrufen. Noch während ich dabei bin, mein Handy aus der Tasche zu kramen, hat einer der Männer schon angerufen. Er spricht mit jemandem und erklärt, dass ich hier bin, dann steht er auf und drückt auf einen Knopf.

»Ich bringe dich zu ihm.«

Als ich damals nach der Entführung Enzos Haus und sein Grundstück verlassen habe, bin ich so schnell ich konnte weggefahren, sodass ich auf nichts weiter geachtet habe. Nun sehe ich mich genau um, während ich neben dem Mann durch mehrere Straßen laufe, in denen viele Häuser stehen. Hin und wieder begegnen wir einigen Männern, doch ansonsten ist es sehr ruhig; wenn es gestern wirklich eine Party gegeben hat, werden die meisten hier noch schlafen. Die Männer, die wir treffen, begrüßen den Mann neben mir und sehen mich verwundert an, einige habe ich schon gesehen.

Da ich weiß, wie groß die Familia El Quartico ist, erkenne ich gleich, dass hier nicht alle leben werden, aber sicherlich die wichtigsten Männer.

Alles hier ist sehr gepflegt, vor den Häusern stehen jeweils mehrere teure Autos und man sieht, dass alle hier Geld haben. Es kommt eine kleine Straße, wo niemand zu wohnen scheint und dann tut sich vor uns ein größeres Haus auf. Offenbar lebt Enzo in dem Haus. Daneben gibt es noch zwei andere Gebäude, doch der Mann bringt mich zu der weißen Villa, aus der gerade zwei Männer kommen. Ich erkenne einige von Enzos Autos vor der Villa.

Der Mann öffnet die Haustür und nickt mir zu. »Er erwartet dich.« Damit lässt er mich alleine in den Vorraum treten und da erkenne ich sofort den dunklen Holzboden wieder. Ich sehe die Treppe hinauf und auf die weißen, weichen Läufer, hier wurde ich gefangengehalten.

Ich folge wie damals dem Weg durch den kleinen Flur, sehe die Bilder und nun erkenne ich die meisten Männer darauf. Wie viel sich seitdem geändert hat. Ich sehe auf Enzos strahlendes Gesicht, welches mir von den Bildern entgegen lächelt und weiß, dass egal was ist, wie all das hier enden wird, mich dieser Mann berührt hat wie noch niemals jemand vor ihm.

Als ich den Wohnbereich betrete, sehe ich direkt in den großen Garten, in den ich das letzte Mal geführt wurde, doch Enzo steht links von mir in der Küche. Er ist gegen seine Arbeitsplatte gelehnt und stellt gerade ein Glas ab. Auf der Küchentheke, an der man mit Barhockern auch sitzen kann, stehen einige benutzte Teller, Obst und einiges mehr. Offenbar wurde hier gerade erst gefrühstückt.

Auf Enzos Lippen legt sich ein Schmunzeln, als ich zu ihm in die Küche komme. »Miss Moore, willkommen in meinem Haus.« Offenbar musste auch er an unsere erste Begegnung hier im Haus zurückdenken.

Ich lege den Kopf ein wenig schief und gehe zu ihm in die Küche. Ich trage heute einen engen schwarzen Bleistiftrock und ein weißes Top. Ich weiß, dass Enzo diese Röcke an mir mag, er sagt, dass sie meinen Po noch besser zur Geltung bringen. Meine Haare trage ich offen und habe zumindest meine Wimpern getuscht, so fühle ich mich nicht ganz so ungeschminkt wie im Club bei unserer letzten Begegnung, obwohl Enzo mir immer wieder gesagt hat, dass er mich ungeschminkt direkt nach dem Schlafen mit nichts an meinem Körper, außer seinem Duft, am liebsten hat.

Ich schüttle den Kopf und schiebe diese Gedanken von mir, um einen klaren Kopf zu behalten. »Danke, hätte ich gewusst, dass du solch eine wilde Partynacht hinter dir hast, hätte ich dich nicht so früh gestört.«

Enzo deutet auf die Teller. »Du störst mich nicht. Möchtest du etwas essen?« Ich verneine und gehe zur Terrassentür, man sieht dem Garten deutlich an, dass hier gefeiert wurde, es liegen sogar noch Kleidungsstücke herum. »Das muss ja eine tolle Party gewesen sein.«

Ich spüre seinen Blick in meinem Rücken. »Das war es, ich habe nicht alles mitbekommen, aber es soll sehr gut gewesen sein.« Ich drehe mich wieder zu ihm um und treffe gleich auf seine dunklen Augen. Enzo kann noch nicht lange wach sein, so gut kenne ich ihn mittlerweile. Seine Haare sind zerzaust, er trägt nur eine schwarze Jogginghose und doch liegen seine Augen sehr wachsam auf mir. »Ich verstehe.«

Wahrscheinlich hört man heraus, dass mir der Gedanke an diese Party nicht gefällt, denn Enzo lacht leise auf und kommt zu mir. »Komm schon, Prinzessin. Ich hoffe doch, dass uns beiden mittlerweile klar ist, dass so etwas kein Problem mehr zwischen uns sein sollte. Denkst du wirklich, dass ich gerade genug Zeit und Nerven habe, um eine Party und irgendwelche Frauen genießen zu können, oder das überhaupt zu wollen? Denkst du das wirklich?«

Er steht genau vor mir und sieht zu mir hinab. Ich werde auf keinen Fall anfangen zu weinen. Es trifft mich, weil es mir wehgetan hat, Enzo zu verlieren und ich das nicht wollte und nicht damit gerechnet habe, doch hier und jetzt atme ich durch und zucke die Schultern.

»Ganz ehrlich, ich weiß nicht mehr, was ich denken soll. Ich wollte mich nicht in dich verlieben, aber es ist passiert, ich wollte dich nicht verlieren, doch du bist gegangen, ich wollte dich nur noch vergessen, doch dann warst du wieder da, ich wollte nicht herkommen, doch hier stehe ich. Also, wie wäre es, wenn du einfach mal sagst, was genau du möchtest, vielleicht ersparen wir uns so ganz viel Gefühlschaos und Zeit. Denn im Gegensatz zu mir handelst du einfach, ohne viel mit mir darüber zu sprechen, doch vielleicht ist es gerade jetzt an der Zeit dafür. Was willst du, Enzo Quartico? Du kannst nicht gehen und mich dann immer wieder festhalten, das wird nicht funktionieren.«

Nun sehe ich von seiner durchtrainierten Brust und den Tattoos, die ich mittlerweile alle so sehr liebe, hoch in seine Augen.

»Es geht oder ging nie darum, was ich will, Tamina. Wenn es darum gehen würde, hätte ich dich nicht eine Sekunde aus meinen Armen gelassen. Vielleicht willst du es gerade nicht zulassen, doch du weißt, wie sehr ich dich mittlerweile liebe.«

Nun kann ich die Tränen, gegen die ich angekämpft habe, nicht mehr zurückhalten und sie steigen in meine Augen. Es ist das erste Mal, dass Enzo vor mir von Liebe spricht.

»Es mag sein, dass ich es am Anfang als kleines verbotenes Spiel gesehen habe, dich aufzuziehen, doch dann habe ich mich selbst dabei erwischt, wie ich immer wieder nach dir gesucht habe, deine Nähe gesucht habe. Und ehe ich es selbst bemerkt habe, bist du viel zu schnell zu einem wichtigen Teil von mir geworden. Ich konnte dir nie widerstehen, ich liebe alles an dir. Wenn du mich ansiehst und strahlst, ist das für mich mehr wert als jedes großartige Geschäft, welches ich abschließen könnte, und auch wenn ich im Hinterkopf immer gedacht habe, dass ich das nicht zulassen sollte, konnte ich es nicht verhindern, Prinzessin.«

Er hebt seine Hand und streicht mir die Träne weg, die mir aus den Augen entwischt ist.

»Erst als dein Vater und dein Bruder vor mir standen, wurde mir tatsächlich bewusst, was wir da zugelassen haben. Meine einzige Wahl war es in dem Moment, dich gehen zu lassen oder dich zu bitten, deine Familie zu verlassen. Doch ein Blick auf die tiefe Bindung zwischen deinem Vater, deinen Brüdern und dir und ich wusste, dass ich dir das niemals antun kann, du würdest daran kaputtgehen.«

Er atmet tief aus und fährt sich durch die Haare. Mir war natürlich klar, wie schwer das alles auch für ihn ist, doch offenbar habe ich unterschätzt, wie schwer es ihn tatsächlich trifft.

»Dich gehen zu lassen, so verletzt und hilflos, war das Schwerste, was ich bisher tun musste, und glaub mir, ich musste schon einiges tun. Ich dachte wirklich, dass ich lernen werde, damit zu leben, ohne dich weiterzuleben, doch sobald ich gehört habe, du bist wieder da ... ich habe dich nicht gehen lassen, weil ich dich nicht mehr wollte, Prinzessin. Ich liebe dich mehr als alles andere und nur deswegen stehen wir jetzt hier. Weil ich nicht auf dich verzichten will, auch jetzt nicht, auch mit dem Wissen, dass wir es tun sollten.«

Viel mehr brauche ich gar nicht und schon liege ich endlich wieder in Enzos Armen, der mich fest an sich drückt.

»Es tut mir leid. Ich hätte dich nicht gehen lassen dürfen, doch ich wollte dich nicht vor die Wahl stellen.« Endlich wieder Enzos Arme um mich zu fühlen, mein Gesicht an seine Brust zu lehnen und den starken Herzschlag von ihm zu hören, lässt mich erneut spüren, wie sehr ich all das vermisst habe.

»Du darfst mich niemals vor diese Wahl stellen, Enzo. Ich verstehe ja, wieso all das passiert ist, doch sollten wir uns dann nicht aus dem Weg gehen und nicht wieder zurück an diesen Punkt?« Enzos Hand schlüpft unter mein Top und streicht meinen nackten Rücken entlang, während ich mich zurücklehne, um ihm in die Augen sehen zu können.

»Ja, das wäre sicherlich besser, doch ich habe gemerkt, dass ich schon viel zu weit über diesen Punkt hinaus bin, meine Gefühle sind schon viel zu stark für dich, als dass ich das einfach so vergessen und weiterleben könnte, als gäbe es dich nicht. Natürlich habe ich auch jetzt noch keine Lösung für all das, doch ich habe mich mit deinem Bruder zusammengesetzt. Wenn jemand mir vor einem halben Jahr gesagt hätte, dass ich mit Sophian einmal so ruhig an einem Tisch sitzen werde, hätte ich ihm das niemals geglaubt, doch unsere Liebe für dich hat uns beide dazu gebracht und das war uns beiden in diesem Moment auch klar. Ich habe ihm gesagt, dass ich dich liebe und für deine Sicherheit garantiere. Du bist hier bei uns und meiner Familia genauso sicher wie bei deiner. Ich bin auf deine Familia zugegangen und habe ihnen zugestanden, dich zu besuchen … unter gewissen Voraussetzungen. Im Grunde haben die letzten Kämpfe zwischen uns vor einigen Jahren stattgefunden und wir sind uns seitdem gekonnt aus dem Weg gegangen. Es ist nicht so, dass ein direkter Konflikt zwischen uns besteht, für den wir eine Lösung finden müssten, jeder macht weiter seine Sache. Es gibt jetzt nur einen Punkt, der beide Familias verbindet.«

Ich muss lächeln und lege meine Arme um seinen Hals.

»Und dieser Punkt bin ich?« Er nickt und man sieht ihm an, dass auch er erleichtert ist, mich wieder in seinen Armen zu halten; so hart und unnahbar ein Enzo Quartico auch sein mag, mit mir scheint bei ihm ein wunder Punkt entstanden zu sein, der mein Herz vor Glück wild in meiner Brust schlagen lässt. »Es sieht so aus, Prinzessin.«

Enzo neigt seinen Kopf zu mir, und als sich unsere Lippen nach solch einer langen Zeit wieder vereinen, schließe ich glücklich die Augen und genieße diesen Moment. Keiner kann uns eine Garantie dafür geben, was kommen wird, ob wir das schaffen werden, doch dieses Gefühl, welches sich in meinem Bauch ausbreitet, als wir den Kuss ausdehnen und ich zufrieden aufseufze, ist all das wert.

»Ich liebe dich.« Enzos Lippen verlassen nur widerwillig meine, als wir den Kuss lösen und ich schmiege mich noch enger an ihn. »Ich liebe dich auch. Und auch wenn wir noch nicht wissen, was alles passieren wird, ist das doch erst einmal das Wichtigste.«

Enzo lacht leise an meinem Hals und seine Lippen ziehen eine zarte Spur aus Küssen bis zu meinem Schlüsselbein. »Ich denke, was auch kommen wird, daran wird niemand mehr etwas ändern können.« Er lässt von meinem Hals ab und unsere Blicke treffen sich noch einmal, ich streiche über das Kreuz an seinem Hals und sehe ihn ernst an, bevor ich unsere Lippen erneut zu einem Kuss vereine. »Nein, niemand kann das!«


Ein zufriedenes Summen durchströmt meinen Körper. Ich spüre Enzo überall und lasse zufrieden meine Augen geschlossen.

Wir haben uns, seitdem wir vor zwei Wochen zusammengefunden haben, nicht mehr oft aus den Armen gelassen. Ich war das Wochenende bei meinem Vater, wo auch meine Mutter war und bin danach direkt wieder hergeflogen.

Meine Familie weiß, dass wir wieder zusammen sind. Auch wenn mir klar ist, dass sie nicht begeistert sind, ist es mir sehr wichtig, dass sie immer die Wahrheit wissen. Auch Enzo geht nun komplett offen damit um. Ich gehe bei ihm ein und aus, so wie er bei mir, und auch wenn noch nicht alles perfekt ist, läuft es gut, besser als ich es für möglich gehalten hätte. Ich war etwas abgelenkt durch Enzo, aber ich habe die Prüfungen doch ganz gut hinter mich gebracht. In dem Moment, in dem ich an die Uni denke, öffne ich schnell die Augen und blicke auf mein Handy. »Oh mein Gott, ich habe schon wieder verschlafen. Wieso schlafe ich immer wieder ein?« Ich springe aus dem Bett und höre ein leises Lachen. »Du hast doch die Prüfungen hinter dir. Entspann dich ein wenig und komm zurück ins Bett. Nach der letzten Nacht ist es kein Wunder, dass du nicht aus dem Bett kommst.« Ich schüttle den Kopf und muss mich selbst im Spiegel anlächeln, als sich beim Gedanken an letzte Nacht meine Wangen leicht rot färben. Enzo und ich sind uns sehr nahe und ich erlebe das erste Mal ein solch starkes Vertrauen zu einem Menschen, wie ich es niemals für möglich gehalten hätte.

Als ich jetzt in den Spiegel sehe, bemerke ich, wie glücklich ich aussehe. Das sagen mir Vera und Belva ständig, auch meine Mutter sieht mich an und sagt, dass sie mich noch nie so glücklich gesehen hat. Ich weiß, dass das sicherlich auch meinem Vater und meinen Brüdern auffällt und sie deswegen zulassen, dass ich weiter mit Enzo zusammen bin. Er macht mich sehr glücklich, anders kann man das nicht beschreiben.

Blitzschnell wasche ich mich, putze mir die Zähne, binde mir einen Zopf und stecke Creolen an, bevor ich in Enzos begehbaren Kleiderschrank gehe und mir eine Shorts und ein Top von mir überziehe, mittlerweile ist schon einiges meiner Garderobe hier.

Als ich noch einmal zurück zum Bett eile und Enzo einen Kuss gebe, halte ich noch einmal ein. Einen Moment bin ich wirklich versucht, alles zu vergessen und mich zurück zu ihm zu legen, doch dann gebe ich ihm einen Kuss auf den Mund und er muss lachen, er hat mein Zögern bemerkt. »Ich liebe dich, aber du bist zu diszipliniert.« Ich gehe schnell aus dem Schlafzimmer. »Ich gebe mein Bestes. Holt ihr uns nachher ab?«

Mittlerweile hat Vera Cantara doch eine Chance gegeben und wir unternehmen abends hin und wieder etwas zusammen. Heute ist Enzo mit seinen Männern länger unterwegs und die beiden wollen Vera und mich abends zum Essen einladen. »Ja, ich melde mich nachher.« Ich höre ihn kaum noch, als ich die Treppen hinabeile und unten fast in Cantara hineinlaufe. »Tijumara, bist du schon wieder zu spät? Ich hoffe, Enzo steht schon unter der Dusche, wir müssen gleich los.« Ich muss lachen und gebe Cantara einen Kuss auf die Wange. Auch wir beide sind mittlerweile wärmer miteinander geworden. »Du solltest dringend mal mit ihm über seine fehlende Disziplin sprechen. Bis später.«

Nun muss ich mich wirklich beeilen, ich fahre schnell zum Campus. Als ich zu meiner Vorlesung eile, bekomme ich von zwei Studenten einen Handzettel in die Hand und gehe weiter. Ich entschuldige mich für die Verspätung und hole erst einmal tief Luft, als ich mich nach hinten setze und meine Sachen heraushole. Da fällt mein Blick auf den Zettel und Frau Sanchez, die Frau, die gegen die Armut und die Auswanderung in Mexiko kämpfen möchte, lacht mir entgegen. Es gibt einen Aufruf zu einer Protestveranstaltung gegen die Regierung.

Den ganzen restlichen Tag kommen mir immer wieder die Bilder dieser Dokumentation ins Gedächtnis. Durch den Unfall und allem, was danach kam, habe ich das komplett vergessen, doch nun lassen mich die Bilder erneut nicht los. Vera hat länger Unterricht und so gebe ich nach der Uni die Adresse in mein Navi ein und fahre in das Büro, mitten im Zentrum von Mexiko-Stadt.

Es ist ein kleines chaotisches Büro in einem Hinterhaus und als ich die Tür öffne, sehen mir zwei ältere Frauen freundlich entgegen. »Hallo, ich suche Frau Sanchez ...« Da kommt sie schon aus einem der hinteren Räume und sieht mich freundlich an. »Hallo, hier bin ich. Was kann ich für Sie tun?« Sie reicht mir die Hand. »Hallo, ich war auf Ihrer Veranstaltung auf der UNAM. Mich hat das sehr beeindruckt und ich wollte mit Ihnen darüber sprechen.«

Sie lächelt mich an. »Natürlich, wir können jede helfende Hand brauchen, Miss ...« Ich atme tief ein und sehe ihr in die Augen. »Entschuldigung, ich habe mich gar nicht vorgestellt. Ich bin Tamina ... Tamina Tijumara.«

# Kapitel 28

»Du weißt, ich liebe dich, Cousinchen, doch momentan zweifle ich daran, ob das hier wirklich eine gute Idee ist.«

Mufasa lehnt sich zurück, während mein Vater durch den Raum tigert und meine Brüder sich zu unseren Cousins setzen. »Vertraut mir. Wenn es nicht wichtig wäre, hätte ich euch nicht hergerufen.« Ich stelle die Getränke auf den Tisch und rücke nervös die Stühle zurecht, was Sophian sofort bemerkt und die Augenbrauen hochzieht. Mufasa lässt nicht locker. »Das hast du auch gesagt, als du dem weißen Pferd von Liv schwarze Streifen gemalt hast, weil du ein Zebra wolltest.« Ich stemme die Arme in die Hüfte und sehe meinen Cousin sauer an. »Ist das jetzt dein Ernst? Da war ich höchstens zehn und Liv hat mitgemacht.«

Isaac lacht auf und sieht sich gleichzeitig um. »Es ist wie in einem kranken Museum hier, warum hast du uns einfliegen lassen, Tamina? Du weißt, dass wir nicht hier sein dürfen.«

Ich zucke unbedeutend die Schultern und sehe auf die Uhr. »Das Gebiet gehört zu Sinaloa.« Sophian schüttelt den Kopf. »Nicht mehr.« Ich sehe ihm in die Augen. »Aber damals und somit gehört es noch zum neutralen Boden, dieser Abschnitt wurde nie aufgeteilt, also dürft ihr hier sein, ich ...«

Endlich hört man Stimmen und im selben Moment öffnet sich die Tür zum großen Besprechungsraum und Enzo, Cantara und drei seiner wichtigsten Männer treten zu uns in den Raum. Sofort legen sich Enzos dunkle Augen auf mich und er seufzt leise auf. »Ich habe mir schon so etwas gedacht.«

Mein Vater bleibt stehen und sieht nun ebenfalls zu mir. »Dass wir all das dulden, sollte für dich eigentlich genug sein, musst du

…?« Ich hebe die Hand; bevor alle völlig ausrasten, deute ich auf die Stühle.

»Setzt euch bitte und hört erst einmal zu. Heute geht es mal ausnahmsweise nicht um die Familias und eure … Feindschaft. Ich habe euch hergebeten, um etwas Wichtiges mit euch zu besprechen, mit beiden Familias und woran ich seit knapp einem Monat mit Vera zusammen arbeite.«

Vera, die ganz ruhig neben mir steht, sieht unsicher zwischen allen hin und her, während ich Cantara ein Danke zuflüstere, ohne ihn hätte ich Enzo niemals herbekommen. Enzo hatte keine Ahnung und straft mich mit einem bösen Blick, heute Morgen sind wir noch friedlich zusammen wach geworden. Ich hoffe, ich bin nicht zu weit gegangen, doch ich musste das Risiko eingehen.

Momentan läuft alles sehr gut. Ich kann mich nicht beschweren. Enzo und ich sind sehr glücklich. Wir verbringen viel Zeit zusammen und verfestigen unsere Beziehung von Tag zu Tag mehr. Erst vorgestern sind wir aus Chile zurückgekommen, wo wir zusammen mit Vera und Cantara ein Wochenende verbracht haben.

Auch mit meiner Familie ist alles bestens. Ich sehe sie nun noch mehr. Meine Mutter ist oft bei mir und kennt Enzo bereits auch sehr gut. Wenn sie uns besuchen kommt, gibt er sich besonders viel Mühe, um uns eine schöne Zeit zu machen. Sie mag ihn sehr und sie mag vor allem die Art, wie er mich zum Strahlen bringt. Ich höre ständig, dass ich noch nie so glücklich aussah wie zur Zeit, auch Alea sagt mir das jedes Mal, wenn wir uns sehen. Natürlich ist unsere Situation keine leichte, doch ich weiß, dass wir beide sehr viel füreinander empfinden und das steht für mich über all diesen Problemen. Enzo sagt mir immer wieder, wenn er von schwierigen Verhandlungen kommt, oder es Probleme gab, dass er sich manchmal wie im Krieg fühlt, doch dann kommt er zu mir und findet seinen Frieden. Es ist nicht perfekt, doch wir beide sind glücklich.

Selbst mein Vater oder einer meiner Brüder ist hin und wieder bei mir, aber immer nur für ein paar Stunden, die meiste Zeit verbringen wir auf unserer Seite des Landes. Doch sie alle dulden die Beziehung von Enzo und mir und ich weiß, dass das nicht selbstverständlich ist.

Meine Familie weiß, wie glücklich ich bin und dass nun auch Enzo ein Auge auf mich hat. Ich weiß, dass Sophian und Enzo sich hin und wieder austauschen, die beiden nicken sich auch jetzt kurz zu. Mein Vater würdigt Enzo kaum eines Blickes und bei all dem Glück, was wir haben, weiß ich trotzdem auch, dass noch eine Menge Arbeit bevorsteht. Ich weiß, dass in unserer Situation Ruhe am besten ist, wenn man alldem Zeit gibt, doch gerade ging das nicht und ich hoffe, dass das hier nichts an dem ändert, wie es gerade steht.

»Dann wird es ja doch noch interessant.« Mufasa lehnt sich zurück. Ich ignoriere meinen frechen Cousin und sehe in die Ruhe.

»Ich muss mit euch allen etwas Wichtiges besprechen. Deswegen habe ich euch heute hergeholt.« Ich deute Enzo und seinen Männern, sich zu setzen. Der Besprechungstisch ist groß genug und auch wenn ich Enzo ansehe, dass er wütend ist, so setzen sich alle mit einem gewissen Abstand und sehen mich an. Okay, nun geht es los. Der gesamte letzte Monat an Arbeit hängt nun von diesen Minuten ab. Ich sehe alle nacheinander an.

»Wie gesagt, ich arbeite seit einigen Wochen an einer Sache, die mir sehr … wirklich wichtig ist und ich oder wir sind nun so weit, euch darüber zu informieren. Deswegen dieses Treffen in Puerto Vallarta; und da ich denke, dass ihr nicht von alleine hergekommen wärt, wenn ihr gewusst hättet, worum es geht, musste ich etwas tricksen. Kein anderer Ort bietet sich für solch ein Treffen besser an als dieses Haus hier, in dem sich die Sinaloa Familia früher zusammengefunden hat, aus der wir alle entstammen. Hier ist neutraler Boden und deswegen sind wir hier.«

Cantara sieht sich im Raum um. Vera und ich haben vor einigen Tagen hier alles etwas aufgefrischt. Das Bild, was ich damals gefunden habe, von den beiden Anführern der Sinaloa Familie, die sich dann im Streit getrennt haben und so die beiden Familias entstanden sind, hängt groß an der Wand. Die beiden strahlen, haben den Arm um den anderen gelegt und sehen auf uns hinab. Wir haben neue Stühle herbestellt und alles sauber gemacht.

»Okay, warum sind wir hier?« Nun setzt sich auch mein Vater als Letzter und ich sehe ihm in die Augen, während Vera den Flachbildschirm anschaltet.

»Vor einigen Wochen hat jemand in unserer Uni einen Vortrag über Mexiko gehalten. Ich bin nicht in Mexiko geboren und doch ist es auch meine Heimat, wie von uns allen. Wenn ich bisher etwas mit Mexiko verbunden habe, war es immer positiv: meine Familie, das Meer. Nun lebe ich hier und habe noch mehr positive Eindrücke …« Ich sehe einen Moment zu Enzo, alle Augen sind auf mich gerichtet und ich atme tief ein.

»Doch dieser Vortrag hat mir gezeigt, dass nicht alles in Mexiko so positiv ist, wie ich es erlebe. Es ging um die Seiten Mexikos, von denen ich auch weiß, doch um die ich mich nie gekümmert habe.«

Ich schalte das vorbereitete Band ein. Es ist eine Zusammenfassung der Dokumentation, die ich gesehen habe. In zwei Minuten wird das Schlimmste der Doku zusammengefasst, und als ich diese zusammengefassten zwei Minuten mir noch einmal angesehen habe, kamen mir erneut die Tränen, obwohl ich das Material bereits kannte. Es ist ganz still im Raum, auch als ich den Fernseher wieder ausschalte und von meinen Brüdern zu Enzo sehe.

»Wir alle wissen davon, da brauchen wir uns nichts vorzumachen, doch als ich diese Bilder gesehen habe, ist mir schlecht geworden. Wie kann es sein, dass es den Menschen in Mexiko so schlecht geht, dass sie durch die Wüste fliehen, verhungern und verdursten, dass sie sich in diese Gefahr begeben, ihre Kinder zu

248

verlieren? Bereit sind, lieber ihr Leben in einem Versteck irgendwo in Amerika zu führen, statt in Mexiko zu bleiben? Wie kann das sein? Und bitte sagt mir nicht, dass ihr nichts tun könnt, alle Macht Mexikos sitzt hier an dem Tisch, also wie kann das sein?«

Ich wollte nicht sauer werden, doch diese Bilder treffen mich erneut, sie werden mich nie kalt lassen. Enzo räuspert sich. »Tamina, wir kümmern uns nicht um die Politik des Landes, das macht der Präsident. Wir erledigen unsere Geschäfte und ernennen den Präsidenten, jede Familia wählt zwei Kanditaten aus und wir wählen einen aus und das über Vermittler, da wir sonst nie an einem Tisch sitzen. Was er macht, liegt nicht in …« Ich sehe von Enzo zu meinem Vater. »Es ist nicht so, dass ich euch die Schuld dafür gebe, doch ihr habt auch nichts getan, um das zu verhindern. Euch ist es wichtig, dass die Familias machen können, was sie wollen und die Politik soll laufen, deswegen sucht ihr einen geeigneten Kandidaten dafür und lasst es einfach laufen, doch wenn so etwas nicht passieren soll, funktioniert das nicht.«

Mein Vater verschränkt die Arme vor der Brust. »Wir haben genug zu tun, wir sind keine Politiker, wir können uns nicht auch noch darum kümmern, Tamina, und so war es schon immer. Diese Flüchtlinge gab es schon immer in Mexiko.«

Ich hole meine Akte aus meiner Tasche und hole die Blätter hervor, die ich die letzten Wochen zusammengetragen habe. »Aber nur weil es immer so war, heißt es nicht, dass man nichts ändern kann. Seht euch an, wie ihr hier am Tisch sitzt, Zeiten ändern sich und das müssen sie auch. Ich möchte alles dafür tun, dass keiner mehr sein Leben aufs Spiel setzen muss, weil er von hier weg möchte. Ich möchte, dass sie wieder eine Perspektive in Mexiko haben, dass das komplette soziale Netz neu aufgestellt wird, dass die Amerikaner nicht mehr auf uns zeigen, als wären wir der letzte Abschaum und dass Mexiko von Grund auf umgekrempelt wird.«

Ich verteile die Blätter, doch Sophian unterbricht mich. »Das ist ja alles schön und gut, Tamina, doch wir können es nicht riskieren, jemand Neues einzusetzen, keiner von uns hat die Zeit, sich darum zu kümmern. Versteh mich nicht falsch, mir gefällt das auch nicht, doch es ist nicht unsere Aufgabe, uns darum zu kümmern.«

Ich deute auf die Blätter.

»Derjenige, den ihr zur Zeit eingesetzt habt, ist niemand, der Mexiko anführen sollte. Ich habe zusammen mit Vera die letzten vier Wochen damit verbracht, zu recherchieren und Pläne aufzustellen, unter anderem haben wir uns mit dem jetzigen Präsidenten beschäftigt und was er alles macht und das ist nicht zu wenig. Die Leute müssen zehn Prozent Sozialsteuer abgeben, doch nichts davon kommt zu ihnen zurück in Form von Kindergärten, Schulen oder Absicherungen. Er steckt sich alles in die eigene Tasche. Die oberen Schichten in Mexiko verdienen fast dreimal so viel wie alle anderen. Ein Polizist kommt kaum über die Runden, während sich der Polizeipräsident drei Villen in der ganzen Welt verstreut leisten kann. Seit der Präsident im Amt ist, wurde nicht eine Schule erneuert, keine neue Kita gebaut, nichts am Sozialsystem getan. Mexiko verfügt über Millionen in der Staatskasse, die der Präsident nur für sich ausgibt. Ihr seht dort genau, was er alles allein in den letzten Jahren getan hat.«

Mufasa überfliegt das Blatt und reibt sich die Stirn. »Hatte ich gesagt, das wird lustig? Ich nehme alles zurück.«

Auch alle anderen sehen sich die Blätter an. Ich weiß, was sie sehen und ich weiß, dass es keinem von ihnen gefallen wird. Der Präsident hat viele krumme Geschäfte gemacht, wir haben sicher nicht einmal die Hälfte davon aufgedeckt. Vera und ich haben endlose Stunden all das zusammengetragen und recherchiert. Belva findet die Idee auch gut, doch sie kennt all das ihr Leben lang und hat wenig Hoffnung, dass sich wirklich etwas ändert, deswegen hält sie sich eher zurück, während Vera und ich uns richtig darauf gestürzt haben.

Nun sieht Enzo als Erster von den Papieren hoch. »Okay, also offenbar hast du dich wirklich damit auseinandergesetzt. Mir war der Präsident schon immer ein Dorn im Auge, doch es gibt keine gute Alternative. Was hast du geplant? Ich bin mir sicher, du hast schon einen kompletten Plan erstellt.«

Ich lächle, er kennt mich mittlerweile ziemlich gut. »Freya, du kannst reinkommen.«

Freya Sanchez sehe ich mittlerweile mehrmals die Woche und ich würde sagen, dass sie so etwas wie eine Freundin geworden ist. Ich weiß, dass alles, was für sie zählt, das Wohl Mexikos ist. Sie musste schwer schlucken, als sie wirklich begriffen hat, wer ich bin, doch dann hat sie auch erkannt, dass das eine Chance ist und dass ich bereit bin zu helfen, um etwas zu verändern.

»Das ist Freya Sanchez, sie hat den Vortrag gehalten und kämpft seit vielen Jahren für soziale Gerechtigkeit in Mexiko. Sie wurde in drei Teilen Mexikos zur Bürgermeisterin gewählt, was allerdings völlig sinnlos ist, da wir alle ja wissen, wie der Präsident ins Amt kommt. Mit ihr habe ich einiges erstellt, was geändert werden muss. Sie hat Pläne und Ideen, die wirklich etwas verändern können und ...«

Nun ist es mein Vater, der mich einhalten lässt. »Wir können keine Fremden ins Amt des Präsidenten lassen. Das Risiko, dass wir dann irgendwann Probleme haben, ist zu groß. Am Ende werden wir jeden Präsidenten auch wieder aus dem Amt holen können, doch diese Arbeit können wir nicht gebrauchen.«

Ich habe Freya als sehr starke, selbstbewusste Frau kennengelernt. Sie weiß, dass hier die gesamte Macht Mexikos sitzt. Alles was hier in Mexiko entschieden wird, kann von den Männern hier am Tisch wieder gekippt werden, ein Wort von ihnen und all das kann beendet werden, und ich bin nicht überrascht, dass sie sich räuspert und das Wort ergreift.

»Das sollen Sie auch gar nicht. Ich kämpfe seit Jahren gegen das an, was dort in dem Video gezeigt wird. Der einzige Grund, wieso ich Macht haben möchte, ist es, dafür zu sorgen, dass niemand mehr aus Mexiko fliehen möchte. Dass alle gut versorgt sind und das Geld für die Menschen bei den Menschen ankommt. Ich habe monatelang Pläne ausgearbeitet und bin all das mit Tamina durchgegangen. Kein Mexikaner hat Probleme mit den Familias. Keiner der normalen Menschen hat mit Ihnen zu tun, es sei denn, er hat ein Geschäft mit Ihnen gemacht, aber ansonsten gibt es nichts, was mich dazu bringen sollte, gegen Sie zu kämpfen. Nicht Sie sind es, die Mexiko zerstören, es ist der Präsident, die falschen Gesetze und das Geld, was nicht eingesetzt wird. Jeder Politiker weiß, dass man nur regieren kann, wenn man die Familias in Ruhe lässt und nichts anderes habe ich vor, doch ich möchte trotzdem das Beste für Mexiko tun und dafür brauchen wir Ihre Hilfe.«

Sophian legt die Blätter weg und sieht zu mir. »Es ist nicht so, als würden wir es nicht gut finden, wenn es den Menschen in Mexiko besser geht, doch wie stellt ihr euch das vor? Wir haben keine Zeit dafür.« Er sieht mir in die Augen.

»Das wissen wir. Ich werde mich darum kümmern. Ich studiere noch mindesten zwei Jahre und diese zwei Jahre werde ich zusammen mit Freya dafür sorgen, dass sich einiges ändert. Ich werde alles absegnen und überprüfen und darauf achten, dass nichts davon den Familias in den Weg kommt, und ich werde euch immer über alles in Kenntnis setzen. Der alte Präsident soll abgesetzt werden und dann bilden wir sozusagen eine Übergangsregierung für die nächsten zwei Jahre, so könnt ihr euch das Ganze erst einmal ansehen und überlegen und niemand bekommt zu viel Macht.«

Freya selbst hat auch einige Unterlagen zusammengestellt. »Hier sind meine Pläne für die nächsten zwei Jahre. Wir lösen die Konten auf, aus denen sich der Präsident bedient hat und Tamina hat gesagt, dass man auch an das Geld herankommt, was auf Unter-

252

konten angelegt sind. Wir reden von einigen Millionen, mit denen erst einmal die Sozialfonds aufgefüllt werden. Die Menschen geben weiter zehn Prozent ab, doch davon werden Krankenkassen bezahlt, die die Krankenversorgung garantieren. Niemand soll in die Situation kommen, sich keinen Arzt mehr leisten zu können. Es gibt einen Mindestlohn und die großen Firmen, die bisher den Arbeitern kaum Geld gezahlt und Milliardengewinne verbucht haben, werden gezwungen, ihre Mitarbeiter zu versichern. Es wird eine Rentenversicherung eingeführt, Kindergeld, die Schulen und Kindergärten werden in Ordnung gebracht. Einige Ämter und Institutionen müssen komplett umgekrempelt werden, weil es zu viel Korruption gibt. Ich habe all das aufgeführt, Sie können sich alles in Ruhe durchlesen und Bescheid geben, wenn etwas nicht gemacht werden soll, doch wenn die Menschen erst einmal wieder Hoffnung haben und sehen, dass sich etwas tut, werden sie nicht gezwungen sein, Mexiko zu verlassen. Ihre Kinder sind auch hier versorgt, sie können auf gute Schulen gehen und wir werden in verschiedenen Schritten versuchen, die gesamte Wirtschaft anzukurbeln.«

Alle im Raum sind still, ich weiß, dass es nicht fair ist, sie mit alldem zu überrumpeln, doch es musste sein und mir liegt das wirklich am Herzen. Ich habe die letzen Wochen jede freie Minute da hineingesteckt, das hier ist jetzt meine Heimat und ich möchte, dass wir versuchen, es zu dem Land zu machen, dessen Potenzial in ihm steckt.

Letztlich ist es mein Vater, der als Erster wieder sein Wort erhebt.

»Ich muss sagen, dass ich sehr stolz auf dich bin, Tamina. Du engagierst dich für Mexiko, und ich vertraue dir das Projekt an. Du hast meine volle Unterstützung. Nimm das in deine Hand, das wird die erste offizielle Aufgabe sein, die du für die Familia übernimmst.«

Ich sehe zu Enzo.

Das Einzige, was die Familias all die Jahre gemeinsam bestimmt haben, war der Präsident, der ja ganz Mexiko vertritt, deswegen musste ich auch beide Familias an den Tisch bekommen, das hier müssen beide entscheiden.

Enzo sieht von Freya zu mir.

»Auch die Quarticos werden dem Versuch, Mexiko gerechter zu machen, nicht im Weg stehen. Doch auch wir warten diese ersten zwei Jahre erst einmal ab, und auch ich lege das in deine Hände. Ich vertraue dir komplett und weiß, dass du das auch in unserem Sinne gut machen wirst. Der Präsident ist gerade in Mexiko-Stadt, ich werde ihn morgen absetzen. Ich habe hier einiges entdeckt, was ich noch mit ihm klären möchte, dann könnt ihr nächste Woche die Übergangsregierung bekanntgeben.«

Ich lächle und sehe zufrieden in die Runde, wobei ich den überraschten Blick meines Vaters und meiner Brüder bemerke. Ihnen ist klar, dass das zwischen Enzo und mir mehr als eine kleine Affäre ist, doch dass er mir schon so weit traut, um mir Verantwortung auch für seine Familia zu übergeben, damit haben sie nicht gerechnet und auch mich freut es. Ich werde mein Bestes geben, dass alle am Ende zufrieden sind.

»Okay, ich hoffe, dass wir es schaffen, Mexiko zu dem Land zu machen, was es sein kann und sollte.«

Mufasa klatscht in die Hände und nimmt sich alle Unterlagen.

»Na sieh an, da war das doch eine bessere Idee, als aus einem Pony ein Zebra zu machen, Engelchen. Ich bin stolz auf dich.« Ich zwinkere ihm zu und sehe zu dem Bild, was über aller Köpfe hängt und von dem uns die beiden Anführer der Sinaloa Familia ansehen.

»Ich bin mir sicher, dass gerade einige stolz sind, dass die Familias wieder in der Lage sind, gute Entscheidungen für Mexiko zusammen zu treffen.« In diesem Moment gehen alle Blicke zu dem Bild und die Hoffnung, dass am Ende alles gut wird, füllt mein Herz aus.

## Kapitel 29

Blätter in orange und rot fliegen an mir vorbei und ich ziehe mir meine Jacke fester zu, während ich auf das Footballfeld vor mir blicke. »Sieh dir das an, es war doch eine gute Entscheidung, nach Yale zu kommen.« Alea deutet auf die Footballspieler, die gerade aufs Feld laufen und in meinem Magen zieht sich etwas zusammen. »Ich weiß nicht genau, ich habe kein gutes Gefühl.«

Alea sieht zu mir und lächelt. »Aber es ist doch toll hier, glaub mir, keine Uni der Welt kann mit Yale mithalten.« Ich sehe mich um und spüre genau, dass all das falsch ist, braune Augen tun sich vor mir auf und ich habe das Gefühl, keine Luft mehr zu bekommen, als sich ein freches Grinsen in meinem Kopf ausbreitet. »Das ist falsch, ich habe die falsche Entscheidung getroffen, ich ...«

Alea lacht auf und hält mir die Hand hin. »Was ist denn los mit dir, Tamina? Du weißt doch, eine Entscheidung oder eine Begegnung kann dein ganzes Leben für immer verändern und du hast die richtige Entscheidung getroffen.«

Ich sehe sie an und schüttle den Kopf. Eine Sehnsucht breitet sich in mir aus, die wie bittere Säure in meinem Magen zu brodeln beginnt. »Nein!«


Zarte Küsse bringen mich dazu, meine Augen zu öffnen und ich sehe genau in die braunen Augen, die mir im Traum erschienen sind. »Du hast schlecht geträumt, was tust du hier draußen? Ich habe dich gesucht.«

Ich atme tief ein und aus und erst dann realisiere ich, dass ich in einer Hängematte unter Palmen liege. Wir sind gestern in Tulum angekommen. »Ich ... bin wachgeworden und wollte dich schlafen lassen, eigentlich wollte ich nur kurz hier liegen, doch ich muss wieder eingeschlafen sein. Ich hatte einen furchtbaren Traum.«

Enzo trägt nur seine Boxershorts und deutet mir zu rutschen, er legt sich zu mir in die Hängematte und ich platziere sofort meine Wange auf seiner Brust und gebe ihm einen langen Kuss. Ich bin müde, deswegen hat Enzo auch dieses Wochenende darauf bestanden, herzukommen. Seit einigen Wochen arbeite ich ständig mit Vera und Freya und nun auch mit Belva zusammen an neuen Gesetzen und Veränderungen. Wir haben schon einiges erreicht. Alle Mexikaner haben die Möglichkeit, sich krankenversichern zu lassen. Die Arbeitsbedingungen sind verbessert worden und der Mindestlohn eingeführt. Man spürt schon jetzt, dass die Bevölkerung sehr positiv auf all das reagiert und Freya ist perfekt, um diese Veränderung zu repräsentieren. Wenn uns mal Steine in den Weg gelegt werden oder eine Hürde vor uns liegt, räumen Enzo, mein Vater oder meine Brüder sie für uns weg. Sie unterstützen uns tatsächlich und ich sehe, wie stolz sie auf mich sind. Trotzdem haben wir auch schnell gemerkt, dass sich viele Dinge nicht in einigen Wochen ändern lassen werden und man Zeit braucht, doch es macht uns allen viel Spaß, daran zu arbeiten, auch wenn ich durch diese Doppelbelastung sehr müde bin. Enzo achtet aber darauf, dass ich auch mal alle Unterlagen weglege und entführt mich wie jetzt, damit ich Zeit zum Durchatmen habe.

»Was hast du geträumt?« So langsam werde ich richtig wach. »Dass ich mich damals anders entschieden habe und statt nach Mexiko nach Yale gegangen bin. Ich saß da und wusste, dass ich das Wichtigste in meinem Leben verpasst habe.« Enzo lacht leise auf und streicht über meine Haare. »Nicht jeder würde ein Studium in Yale als Albtraum bezeichnen.« Ich muss auch lächeln. »Aber dann hätten wir zwei uns niemals getroffen.« Nun bleibt er ruhig und ich streiche über seine Brust. »Manche Entscheidungen verändern dein ganzes Leben. Ich weiß, dass wir es nicht leicht haben, doch ich bereue nichts davon und niemals, jetzt hier bei dir zu sein.« Ich spüre Enzos Lippen an meiner Stirn.

»Das tue ich auch nicht und ich bin mir sicher, dass selbst wenn du in Yale gewesen wärst, wir uns irgendwann getroffen hätten.«

Ich blicke auf das türkisfarbene Meer hinaus. »Doch das hat unser Leben auch ganz schon durcheinandergewirbelt. Ich hätte niemals geglaubt, dass ich wirklich nur eine Frau an meiner Seite haben will und schon gar nicht so früh. Außerdem bin ich so viele Kompromisse wie selten zuvor eingegangen und nun treffe ich mich schon zum zweiten Mal mit deinem Bruder.« Ich hebe meinen Kopf und sehe ihm in die Augen. »Wirklich? Davon wusste ich gar nichts.« Er hebt die Augenbrauen. »Beide Familias haben in letzter Zeit Probleme mit Kolumbien. Die Familia dort nutzt immer wieder Mexiko, um ihre Ware zu schmuggeln und wir bekommen es nur hin und wieder mit. Sie machen das auf beiden Seiten des Landes, und als ich letztens erwähnt habe, dass wir die Kolumbianer zur Rede stellen wollen, hat Sophian gesagt, dass ihr das auch vorhabt. Es ist besser, dass wir das zusammen tun, so sehen sie, dass sie Mexiko für ihre Pläne streichen können. Wir haben sie für nächste Woche nach Puerto Vallarta eingeladen.« Ich muss lächeln. »Das ist doch gut, jeder Schritt aufeinander zu ist gut, sei er noch so klein. Auch dieses Wochenende wird uns weiterbringen.«

Ich muss über Enzos Gesichtsausdruck lachen. Meine Brüder haben ihn an meiner Seite akzeptiert. Isaac war letzte Woche in Mexiko-Stadt und mit uns essen und Sophian und Enzo haben immer wieder Kontakt zueinander. Mein Vater hingegen tut sich schwerer, auch weil er einfach mein Vater ist und das wahrscheinlich bei jedem Mann tun würde; dass der Mann, dem ich mein Herz geschenkt habe, Enzo ist, erschwert das Ganze natürlich noch. Doch wir konnten ihn überzeugen, das erste Mal nach Tulum zu kommen. Meine Mutter und er sind auch gestern angekommen. Enzo hat ihnen ein ähnliches Haus wie unseres gemietet, nachher gehen wir mit ihnen die Ruinen ansehen und am Meer essen. Mein Vater hat versprochen, heute kein Anführer einer Familia zu sein, sondern einfach nur mein Vater, der den

Mann kennenlernt, den ich über alles liebe. Auch Enzo kann sich das alles noch nicht so ganz vorstellen, doch ich weiß, dass auch das alles am Ende gut wird. Ich habe immer daran geglaubt, dass wir das alles zusammen schaffen.

»Cantara hat letztens etwas gesagt, was mich zum Nachdenken gebracht hat. Die Sinaloa Familia ist damals durch die Liebe einer Frau zerbrochen und nun, Generationen später, bringt diese Liebe all das wieder zusammen. Zumindest zum Teil.« Ich streiche über sein Kreuz am Hals und nicke. »Wie ich es gesagt habe, einige Entscheidungen und Begegnungen ändern manchmal alles. Wann hat sich für dich alles zu ändern begonnen?«

Enzo lächelt matt und sieht mir in die Augen. In diesem Augenblick kommt noch einmal alles vor mein inneres Auge. Der Moment, als er mich angesehen hat, wo ich in seinem Haus als Gefangene war, unser Gespräch im Garten, wie wir uns danach immer wieder im Club gesehen haben und unsere Nächte zusammen im Auto, unser erster Kuss und alles andere. Ich weiß aus ganzem Herzen, dass Enzo mein Leben verändert hat und ich bin dankbar, dass ich ihn gefunden habe.

»Alles geändert? Der Tag, an dem ich begann, dich zu lieben.« Seine raue Stimme dringt tief in mein Herz und ich lege meine Hand an seine Wange. »Ich liebe dich auch.«

Unsere Lippen treffen sich und in dem Moment wird uns beiden klar, dass das noch nicht das Ende des Weges ist, doch dass egal was kommt, wir ihn gemeinsam gehen werden.

Entdecken Sie die atemberaubende Welt von Jaliah J. ...

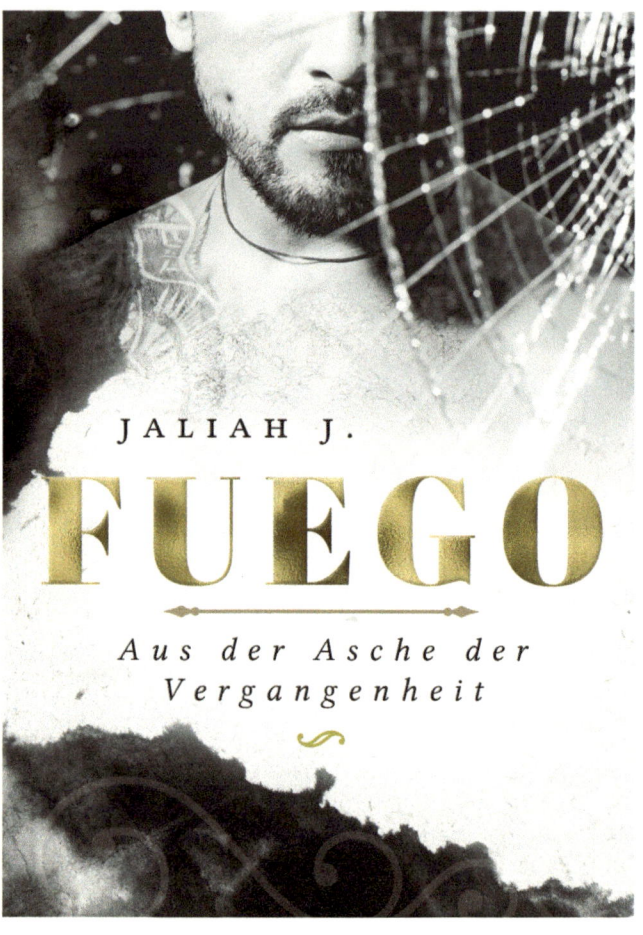

**JALIAH J.**

# FUEGO

*Aus der Asche der Vergangenheit*

Thiago Fuego hat in wenigen Tagen auf besonders grausame Art fast alles verloren, was ihm im Leben wichtig war. Es brauchte viele Monate, unendlich lange Nächte und die Hilfe seiner Brüder, bis er wieder auf die Beine gekommen ist. Von nun an ist es sein fester Wille, in sein altes Leben zurückzukehren. Wird es ihm gelingen, aus einem Haufen Asche ein neues Leben und eine neue Familia entstehen zu lassen, und wird sein Herz in der Lage sein, noch einmal neu anzufangen?

Mira begleitet ihre Mutter von Berlin nach Vancouver, um dort den beliebten Campus der B.C. zu besuchen und ein Jahr im Ausland zu studieren. Freudig stürzt sie sich in dieses Abenteuer, lernt neue Menschen kennen und verliebt sich in die bunte Stadt. Sie ahnt nicht, dass die nächsten Wochen und Monate viel mehr sein werden als nur ein kleiner Abschnitt ihres Lebens und sich für sie alles ändern wird.

264